宋詞三百首評注 典藏版 下

[清]上彊村民 編選
王水照等 注評
倪春軍 輯評

蔡 伸 二首

苏武慢

雁落平沙,烟笼寒水①,古垒鸣笳声断。青山隐隐②,败叶萧萧,天际暝鸦零乱。楼上黄昏,片帆千里归程,年华将晚。望碧云空暮,佳人何处,梦魂俱远。　　忆旧游、邃馆朱扉,小园香径③,尚想桃花人面。书盈锦轴④,恨满金徽⑤,难写寸心幽怨。两地离愁,一尊芳酒,凄凉危阑倚遍。尽迟留,凭仗西风,吹干泪眼。

【注释】

① 烟笼寒水:语出唐代杜牧《泊秦淮》:"烟笼寒水月笼沙。"
② 青山隐隐:语出唐代杜牧《寄扬州韩绰判官》:"青山隐隐水迢迢。"
③ 小园香径:语出宋代晏殊《浣溪沙》(一曲新词酒一杯):"小园香径独徘徊。"
④ 书盈锦轴:用前秦苏蕙织锦为回文璇玑图诗寄给丈夫窦滔事。见前柳永《曲玉管》(陇首云飞)注⑥。
⑤ 金徽:金饰的琴徽。徽,系弦之绳,后又指琴上区分音阶的琴节,此处指代琴。

【评析】

此词上片描绘了词人远望秋江凄景,油然而生思乡怀人之情。过片回首温馨的赏心旧游,与上片的眼前情景形成强烈反差。"书盈"以下三句,想象伊人思念自己的愁怀。末几句,极言自己孑然一身的栖迟之苦,苍凉凄楚。

【辑评】

　　蔡伸道与向伯恭尝同官彭城漕属，故屡有酬赠之作。毛氏谓其逊酒边三舍，殊非笃论。考其所作，不独《菩萨蛮》"花冠鼓翼"一首，雅近南唐；即《蓦山溪》之"孤城莫角"、《点绛唇》之"水绕孤城"诸调，与《苏武慢》之前半，亦几几入清真之室。恐子谭且望而却步，岂惟伯仲间耶。（清冯煦《蒿庵论词》）

　　上半写景，"碧云"三句寄情，递到下阕。下半言情，"西风"三句，又于情中带景，映合上面。结构精工，寓意深远。"佳人"改作"美人"，则更雅矣。古诗："日暮碧云合，佳人殊未来。"恰到好处，词则不必泥用。（清陈廷焯《词则·别调集》）

柳　梢　青

　　数声鹈鸠。可怜又是、春归时节。满院东风，海棠铺绣，梨花飘雪。　　丁香露泣残枝，算未比、愁肠寸结。自是休文①，多情多感，不干风月。

【注释】

① 休文：南朝诗人沈约的字。沈约因不受朝廷重用而抑郁成疾，异常消瘦。此为词人自况。

【评析】

　　此词抒发了词人惜花伤春的情意，同时暗暗寄寓着身世沉浮之慨。上片描绘暮春景象，下片描写自己愁肠百结，憔悴不堪，以沈约自比，大有深意。尤其末句，幽愁暗恨原是由风月勾引起的，而这里却全然不顾，以不容置疑、斩钉截铁的口吻，将其一口否认掉，实则愈见情感之浓挚沉着。恰如欧阳修所发出的喟叹："人生自是有情痴，此恨不关风与月。"（《玉楼春》）

周紫芝 二首

鹧鸪天

一点残釭欲尽时①。乍凉秋气满屏帏。梧桐叶上三更雨,叶叶声声是别离。　　调宝瑟,拨金猊②。那时同唱《鹧鸪词》。如今风雨西楼夜,不听清歌也泪垂。

【注释】

① 残釭（gāng）：即将熄灭的短焰。
② 金猊（ní）：相传狻（suān）猊（即狮子）好烟火,故古代铜制香炉常制为其形状,腹中燃香料,烟从口中冒出。

【评析】

此词写词人秋夜殷殷恋念歌女的情形。上片写秋夜灯残,词人满怀孤独凄惨；下片以昔日欢聚的温馨与眼前分离的悲苦相对比,情感之起伏跌宕昭彰。结拍情景交至,浑沦无间,尤觉语浅意深,令人难以释怀。全篇语意熔温庭筠《更漏子》（玉炉香）与晏幾道《临江仙》（梦后楼台高锁）二词于一炉,而以变化出之。

【辑评】

从愁人耳中听得。（清陈廷焯《词则·闲情集》）

踏 莎 行

情似游丝，人如飞絮。泪珠阁定空相觑①。一溪烟柳万丝垂，无因系得兰舟住。　　雁过斜阳，草迷烟渚。如今已是愁无数。明朝且做莫思量，如何过得今宵去。

【注释】

① 阁：同"搁"，这里指含着眼泪，不流下来。

【评析】

此词抒写别情。词人既描写出了岸边分手时的哀伤情景，又倾诉了今宵孤枕耿耿难熬的无限愁苦，从而将情与景、人与事拍合一处。通篇全用白描，直吐胸臆，而韵味悠长。开首以游丝自喻情思牵惹萦绕、惝恍迷离，以飞絮比喻行者因被命运所抛掷摆弄而身不由己，可谓即目所见，信手拈来。而怨柳丝不系兰舟，将无情之物予以拟人化，与之尔汝，可谓无理而妙。过片以寥廓凄迷的晚景渲染离情，恰到好处。末三句意脉一句一转，俱见顿挫之妙，情感的潮水撞开闸门，汹涌澎湃不已，不可遏抑。

李 甲 二首

帝 台 春

芳草碧色。萋萋遍南陌。暖絮乱红,也似知人、春愁无力。忆得盈盈拾翠侣①,共携赏、凤城寒食②。到今来,海角逢春,天涯为客。　　愁旋释。还似织。泪暗拭。又偷滴。漫倚遍危阑③,尽黄昏,也只是、暮云凝碧④。拚则而今已拚了,忘则怎生便忘得。又还问鳞鸿,试重寻消息。

【注释】

① 拾翠:古代妇女常春日出游,拾取翠鸟的羽毛作为首饰,后便以之指代妇女春日出郊嬉游的景象。
② 凤城:京城。
③ "漫倚"句:此句《全宋词》作"漫伫立、倚遍危栏"。
④ 暮云凝碧:化用南朝江淹《休上人怨别》:"日暮碧云合,佳人殊未来。"

【评析】

此词抒写天涯倦客的羁愁旅思。词人回想当年在京城与伊人携手同欢的情景,宛然历历在目,徒增黯然伤魂。"愁旋释,还似织"和"泪暗拭,又偷滴"各表达一种一往情深、无法释怀的沉甸甸感情,且合起来组成不太严格的流水对,相互映衬。"拚则而今已拚了,忘则怎生便忘得。"词意虽然显豁,却有执着的真情灌注,弥漫其词。

【辑评】

上自写其逢春忆别,下直吐其□情重会。因暮春起远别之思。写具掷之易而忘之难,何等婉切。口角传出相思调,尽是佳人几回肠。(明《新刻李于鳞先生批评注释草堂诗馀隽》伪托李攀龙评点)

末掉数言善形容妇人声口。(明《新刻注释草堂诗馀评林》李廷机评语)

曲至。"黄昏"、"碧云",已不堪矣,何况下个"尽"字、"只"字。"拚则"二句,恒语,浅语,不许恒人、浅人拈得。若"暗拭"、"偷滴"后,不禁呼号。(明沈际飞《草堂诗馀·正集》)

"拚则"二句,词意极浅,正未许浅人解得。(明潘游龙《精选古今诗馀醉》)

信笔抒写,却仍郁而不露,耐人玩索。(清陈廷焯《词则·放歌集》)

忆 王 孙

萋萋芳草忆王孙①。柳外楼高空断魂。杜宇声声不忍闻②。欲黄昏。雨打梨花深闭门③。

【注释】

① "萋萋"句:化用楚辞《招隐士》:"王孙游兮不归,芳草生兮萋萋。"
② 杜宇:即杜鹃鸟,相传为古蜀国君望帝杜宇让位给他的相臣开明,归隐后化为杜鹃鸟,啼声凄哀,有啼血杜鹃的说法。
③ "雨打"句:用宋代秦观《鹧鸪天》(枝上流莺和泪闻)成句,出自唐代刘方平《春怨》:"寂寞空庭春欲晚,梨花满地不开门。"

【评析】

此词为《忆王孙》组词中的春词。词人以其不露痕迹的精巧构思,描绘了一连串的闺中少妇望中景象。词中充溢着浓得化不开的感伤情调,有声有色地描绘出闺中少妇寂寞愁苦的伤情离绪,似乎也正如这寂寂寥寥黄昏的凄风苦雨一样惨恻黯淡,诚可谓"高楼风雨感斯人"、"刻意伤春又伤别"的情韵深婉的小令佳作。"雨打"句情景双绘,馀味亹亹,不绝如缕。

按:此首当是李重元词。《全宋词》附注:"别又误作李煜词,见《清绮轩词选》卷一。又误作秦观词,见《类编草堂诗馀》卷一。"

【辑评】

《文选》:"王孙游兮不归,芳草生兮萋萋。"因"楼高"曰"空",因"闭门"曰"深",极有斟酌。(明潘游龙《精选古今诗馀醉》)

因"楼高"曰"空",因"闭门"曰"深",俱可味。按高楼望远,"空"字已凄恻,况闻杜宇乎?末句尤比兴深远,言有尽而意无穷。(清黄苏《蓼园词选》)

《忆王孙》四首,句斟字酌,期于稳当,直似近人笔墨,古意全失矣。(清陈廷焯《词则·别调集》)

万俟咏 一首

三　台

清明应制①

　　见梨花初带夜月，海棠半含朝雨。内苑春②、不禁过青门，御沟涨③、潜通南浦。东风静、细柳垂金缕。望凤阙④、非烟非雾。好时代、朝野多欢，遍九陌⑤、太平箫鼓。　　乍莺儿百啭断续，燕子飞来飞去。近绿水、台榭映秋千，斗草聚、双双游女。饧香更⑥、酒冷踏青路。会暗识、夭桃朱户⑦。向晚骤⑧、宝马雕鞍，醉襟惹、乱花飞絮。　　正轻寒轻暖漏永，半阴半晴云暮。禁火天、已是试新妆，岁华到、三分佳处。清明看、汉蜡传宫炬。散翠烟、飞入槐府⑨。敛兵卫⑩、阊阖门开⑪，住传宣、又还休务⑫。

【注释】

① 应制：奉皇帝的旨意写作诗文。
② 内苑：皇宫内的庭园，即禁苑。
③ 御沟：流经皇宫的河道。
④ 凤阙：在汉代建章宫的东边，因其上铸有铜凤凰而得名，此处泛指宫廷。
⑤ 九陌：汉长安城中有八街、九陌，此处泛指都城大道。
⑥ 饧（xíng）：由麦芽或谷芽熬成的饴糖类食物。
⑦ "会暗识"句：唐代崔护在长安城外南庄邂逅一少女，次年故地重游，却不见伊人，遂有感而作《题都城南庄》："去年今日此门中，人面桃花相映红。人面不知何处去，桃花依

旧笑春风。"夭桃，艳丽的桃花，语出《诗经·周南·桃夭》："桃之夭夭，灼灼其华。"
⑧ 向：临近。
⑨ "清明看"四句：化用唐代韩翃《寒食》："春城无处不飞花，寒食东风御柳斜。日暮汉宫传蜡烛，轻烟散入五侯家。"槐府，指权贵府第，通常门前植槐。
⑩ 敛：收起，此处指撤除。
⑪ 阊阖（chāng hé）：皇宫的正门，此处泛指宫门。
⑫ 传宣：传令宣召。休务：宋人语，犹言停止办公。

【评析】

　　此词为三叠的节序词，作法取径于柳永，描写清明春日景象，极尽铺叙之能事，可谓不遗馀力，且有条不紊。虽粉饰涂抹，却正是北宋末年统治集团过着醉生梦死、声色犬马生活的真实写照。上片以写景为主，起首二句，一改惯常金玉满眼的富丽堂皇色彩，显得清秀淡雅。"好时代"以下几句，总揽全篇主旨。中片转入一派莺歌燕舞的欢快景象。下片切合节令，又归结到宫廷生活场景，开合井然有序。

【辑评】

　　上是季春景象，下是东作政务。叙到游女戏秋千，不但向花生春。描写寒暖轻阴晴半，半入"阊阖"、"传宣"，最为步武。铺叙有条，如收拾天下春归肺腑状。（明《新刻李于鳞先生批评注释草堂诗馀隽》伪托李攀龙评点）

　　首二句纤媚可爱。（托名杨慎评点《草堂诗馀》）

　　（"见梨花"二句）绣句。杂沓少伦，过接唤应，虚字少力。（明沈际飞《草堂诗馀·正集》）

　　昔万俟词隐《三台》词，自来皆作双调读，万红友独改为三叠，读者韪之。（清俞樾《刘光珊〈留云借月庵词〉序》）

徐 伸 一首

二 郎 神

闷来弹鹊①，又搅碎、一帘花影。漫试著春衫，还思纤手，熏彻金猊烬冷。动是愁端如何向，但怪得、新来多病。嗟旧日沈腰②，如今潘鬓③，怎堪临镜。　　重省。别时泪湿，罗衣犹凝。料为我厌厌，日高慵起，长托春酲未醒④。雁足不来⑤，马蹄难驻，门掩一庭芳景。空伫立，尽日阑干倚遍，昼长人静。

【注释】

① "闷来"句：化用冯延巳《谒金门》（风乍起）："终日望君君不至，举头闻鹊喜。"
② 沈腰：瘦腰。南朝梁沈约，以瘦弱著名。
③ 潘鬓：指中年白发，用西晋潘岳典。见前张耒《风流子》（亭皋木叶下）注③。
④ 春酲（chéng）：春日病酒，因酒醉而神志不清。
⑤ 雁足：借代送书信者。

【评析】

此词为抒写离情之作。上片抒发主人公触景生愁，睹"春衫"而怀人。过片"重省"以下三句承上"春衫"，又启牖下面的对方佳人。接着"料"字引领出一段佳人情事，写尽佳人无以为怀、空自伫望的离索情状。全篇由己及人，彼此心系，可谓一种相思，两处闲愁。

【辑评】

徐幹臣伸，三衢人。政和初，以知音律为太常典乐，出知常州。尝自制《转调二郎神》之词云："（略）。"既成，会开封尹李孝寿来牧吴门。李以严治京兆，号李阎罗。道出郡下，幹臣大合乐燕劳之。喻群娼令讴此词，必待其问乃止。娼如戒，歌至三四，李果询之。幹臣蹙頞云："某顷有一侍婢，色艺冠绝，前岁以亡室不容，逐去。今闻在苏州一兵官处，屡遣信欲复来，而之主公靳之，感慨赋此，词中所叙多其书中语。今焉适有天幸，公拥麾于彼，不审能为我之地否？"李云："此甚不难，可无虑也。"既次无锡，宾赞者请受谒次第。李云："郡官当至枫桥。"桥距城十里而远，翌日舣舟其所，官吏上下，望风股栗。李一阅刺字，忽大怒云："都监在法不许出城，乃亦至此。使郡中万一有火盗之虞，岂不殆哉！"斥都监下阶，荷校送狱。又数日，取其供牍判奏字，其家震惧求援，宛转哀鸣致恳。李笑云："且还徐典乐之妾了来理会。"兵官者解其旨，即日承命，然后舍之。（宋王明清《挥麈馀话》）

徐幹臣侍儿既去，作《转调二郎神》，悉用平日侍儿所道底言语。史志道与幹臣善，一见此词，踪迹其所在而归之。使鲁直知此，与之同时，"可惜国香天不管，随缘流落小民家"之句无从而发也。（宋张侃《拙轩词话》）

徐幹臣"雁足不来，马蹄难驻，门掩一庭芳景"，"驻"字当作"去"字，语意乃佳。（宋胡仔《苕溪渔隐丛话·前集》）

徐幹臣，名伸，三衢人。有《青山乐府》一卷行于世。然多杂周词，惟此一曲天下称之。（宋黄昇《唐宋诸贤绝妙词选》）

有《二郎神》词，前段云："闷来弹雀，又搅碎、一帘花影。漫试著春衫，还思纤手，薰彻金毬烬冷。"前押"影"字，后押"冷"字，用韵似不叶，然"冷"字有二音，一音鲁打切，一音鲁顶切。此曲"冷"字若作鲁打切，则不叶，当作鲁顶切矣。亦如《卜算子》词后段云："惊起却回头，有恨无人省。拣尽寒枝不肯栖，寂寞沙汀冷。"此"冷"字与"省"字同押，是亦鲁顶切也。（宋袁文《瓮牖

闲评》）

（"料为我"三句）词人惯将此等无指实处，说得确然。（明卓人月辑、徐士俊评《古今词统》）

"马蹄难驻"，胡苕溪谓"驻"字改作"去"字，语意方佳。此浅见也。马蹄所难去者，正以难驻耳。（明张綖《草堂诗馀别录》）

上有愁不可解之病，下有怨不得见之人。因愁生病，愁多病转多。尽日倚栏干，此时此情为谁诉？描出春愁种种，尽是病端；描来春闺寂寂，尽是愁府。（明《新刻李于鳞先生批评注释草堂诗馀隽》伪托李攀龙评点）

摹写春闷之怨，无逾此词。次段犹得妇人女子口。（明《新刻注释草堂诗馀评林》李廷机评语）

"闷"字意义深，鹊本喜声，为其无凭，故闷而弹之。诗人惯将此等无指实处说来，确然。一宛唱，如归风信鸽，平时阔绝，徒然面对。（明沈际飞《草堂诗馀·正集》）

为他想出凄断。（明陆云龙《词菁》）

鲜艳。（世经堂康熙十七年残本《词综》批语）

妙手偶得之句。（清王闿运《湘绮楼评词》）

沈际飞刻《草堂诗馀》本题作"怀去妾"。幹臣以太常出知常州，托去妾以自抒其悃乎？辞意婉曲深致，最耐讽咏。（清黄苏《蓼园词选》）

此作多说别后情事。起句从"举头闻鹊喜"翻出。（清许昂霄《词综偶评》）

田 为 一首

江神子慢

　　玉台挂秋月①。铅素浅,梅花傅香雪②。冰姿洁。金莲衬③、小小凌波罗袜。雨初歇。楼外孤鸿声渐远,远山外、行人音信绝。此恨对语犹难,那堪更寄书说。　　教人红消翠减,觉衣宽金缕④,都为轻别。太情切。消魂处、画角黄昏时节。声呜咽。落尽庭花春去也,银蟾迥⑤、无情圆又缺。恨伊不似馀香,惹鸳鸯结。

【注释】

① 玉台:传说中的天神居处,这里指代天空。
② 傅:同"附",附着。
③ 金莲:金制莲花。语出《南史·齐东昏侯纪》:"又凿金为莲华以帖地,令潘妃行其上,曰:'此步步生莲华也。'"后代指古代女子缠包过的小脚,亦形容步态之美。
④ 金缕:即金缕衣,饰以金缕的罗衣。
⑤ 银蟾:因相传月中有蟾蜍,故常以之代指明月。

【评析】

　　此词上片由情入景,极写闺中思妇对远行人一去无音的挂念。下片更由画角黄昏、花落春去、月圆又缺的哀景,兴起对当时轻别的悔恨和无尽的相思之苦。全篇娓娓道来,脉络分明,笔致婉转,立意造语既可颉颃柳永,又与周邦彦《浪淘沙慢》(昼阴重)有异曲同工之妙。

曹　组　一首

蓦 山 溪

梅

洗妆真态，不作铅华御。竹外一枝斜①，想佳人、天寒日暮②。黄昏院落，无处著清香，风细细，雪垂垂，何况江头路。　　月边疏影，梦到消魂处。结子欲黄时，又须作、廉纤细雨③。孤芳一世，供断有情愁，消瘦损，东阳也④，试问花知否。

【注释】

① "竹外"句：化用宋代苏轼《和秦太虚梅花》："竹外一枝斜更好。"
② "想佳人"句：化用唐代杜甫《佳人》："天寒翠袖薄，日暮倚修竹。"
③ 廉纤：细雨貌。
④ 东阳：南朝沈约曾为东阳（今属浙江）太守，此处为词人自喻。

【评析】

　　此词为咏梅之作。上片描绘梅花的玉骨冰魂、高标逸韵，将之比作孤芳自赏的绝代佳人，点化苏轼、杜甫诗句，浑然无迹。下片自抒赏梅的耿耿抑郁情怀，末以问花作结，微思远致，清俊脱尘。

【辑评】

　　曹元宠梅词："竹外一枝斜，想佳人、天寒日暮。黄昏院落，无处著清香，风细细，雪垂垂，何况江头路。"甚工，而结句落韵殊不强人意，曹盖富于才而贫于学也。（明杨慎《词品》）

　　"竹外一枝斜"，乃用东坡"竹外一枝斜更好"之句。徽宗时禁苏学，元宠近幸之臣，暗用苏句，所谓掩耳盗铃耳。噫！奸臣丑正直，徒为劳耳。（托名杨慎评点《草堂诗馀》）

　　上拟佳人之度如梅花之清雅，下拟梅花之态如佳人之冷淡。清香暗度黄昏，此情实难为言，花为雨瘦，花不自知。白玉为肤冰为魂，耿耿独与参黄昏。其国色天香，方之佳人幽趣何如。（明《新刻李于鳞先生批评注释草堂诗馀隽》伪托李攀龙评点）

　　微思远致，愧粘题装饰者。结句自清俊脱尘，用修泥，闽音呼"否"为"府"，而并结句落韵，不强人意，富于才，贫于学，是偏见也。（明沈际飞《草堂诗馀·正集》）

　　几于合杜、苏而一之矣。此首或以为白石作，然玩结处数语，气格软弱，其非姜作可知。（清许昂霄《词综偶评》）

　　曹组咏梅词，皆有佳句。其《蓦山溪》云："竹外一枝斜，想佳人、天寒日暮。"用东坡"竹外一枝斜更好"句，可谓入神。（清王弈清《历代词话》引《词品》）

　　此词佳处不在"一枝斜"句，佳在前后段跳脱处，情景交融，语多隽永耳。前段言梅不御"铅华"，如佳人安于寂寞院落也。人尚不自见，况风雨"江头"，谁知其清香乎？次阕言不独花开冷淡，即"结子欲黄"，尚多如尘之雨。盖伊一生，惟供人之有情者见而生愁，今我亦瘦如"东阳"花，知之乎？语语超隽，自是一篇拔俗文字。（清黄苏《蓼园词选》）

李 玉 一首

贺新郎

篆缕消金鼎①。醉沉沉、庭阴转午②，画堂人静。芳草王孙知何处，惟有杨花糁径③。渐玉枕、腾腾春醒④。帘外残红春已透，镇无聊⑤、殢酒厌厌病⑥。云鬓乱，未忺整⑦。　　江南旧事休重省。遍天涯、寻消问息，断鸿难倩。月满西楼凭阑久，依旧归期未定。又只恐、瓶沉金井⑧。嘶骑不来银烛暗，枉教人、立尽梧桐影⑨。谁伴我，对鸾镜。

【注释】

① 篆缕：指香烟缭绕升腾不绝如线缕，又如篆字。
② "庭阴"句：化用宋代苏轼《贺新郎》（乳燕飞华屋）："悄无人、桐阴转午，晚凉新浴。"
③ 糁（sān）：泛指散碎颗粒状的东西，引申指飘洒。
④ 腾腾：懒散，随意。
⑤ 镇：整日。
⑥ 殢（tì）酒：病酒，害酒病。
⑦ 忺（xiān）：愿意，想要。
⑧ "又只恐"句：化用唐代白居易《井底引银瓶》："井底引银瓶，银瓶欲上丝绳绝。石上磨玉簪，玉簪欲成中央折。瓶沉簪折知奈何，似妾今朝与君别。"
⑨ "枉教人"句：化用相传为吕洞宾所作《梧桐影》："今夜故人来不来，教人立尽梧桐影。"

【评析】

此词风流蕴藉，描写了思妇对景怀人、百无聊赖的情景，和久久望人不至时那种惊疑不定的复杂心情，诚所谓"幽秀中自饶隽旨"（清黄苏《蓼园词选》）。

过片"江南"句突兀而来，一下子触碰到女子的心坎上，明明是没齿难忘，然而在她看来却又是那么不堪。"休"字蕴含着多少难言之隐，接下来直言不讳地道出个中缘由，"又只恐、瓶沉金井"句表现了女子对自身无法掌握爱情命运的惶惑。全篇绮丽风华，情韵并盛，风情耿耿独上。

【辑评】

　　李君之词虽不多见，然风流蕴藉，尽此篇矣。（宋黄昇《唐宋诸贤绝妙词选》）

　　此词如"月满西楼凭阑久，依旧归期未定"及"嘶骑不来银烛暗，枉教人、立尽梧桐影。谁伴我、对鸾镜"，颇似流丽高雅，寓意托怀，无嫌闺阃。（明张綖《草堂诗馀别录》）

　　上有芳草生、王孙游之思，下又是银瓶欲断绝之意。厌厌之病果是醹酒中来否？梧桐影立尽，何等空伫无聊之至。李君之词虽不多见，然风流蕴藉，尽于《贺新郎》一词耳。（明《新刻李于鳞先生批评注释草堂诗馀隽》伪托李攀龙评点）

　　李君止一词，风情耿耿。（明沈际飞《草堂诗馀·正集》）

　　情词旖旎，风骨珊珊，幽秀中自饶隽旨。（清黄苏《蓼园词选》）

　　此词绮丽风华，情韵并胜，永推名作。（清陈廷焯《云韶集》）

　　此词情韵并茂，意味深长，黄叔旸谓"李君词不多见，然风流蕴藉，尽于此篇"，非虚语也。（清陈廷焯《词则·别调集》）

廖世美　一首

烛影摇红

题安陆浮云楼①

霭霭春空②，画楼森耸凌云渚。紫薇登览最关情，绝妙夸能赋③。惆怅相思迟暮。记当日、朱阑共语。塞鸿难问，岸柳何穷，别愁纷絮。　　催促年光，旧来流水知何处④。断肠何必更残阳⑤，极目伤平楚⑥。晚霁波声带雨。悄无人、舟横野渡⑦。数峰江上⑧，芳草天涯⑨，参差烟树⑩。

【注释】

① 安陆：即今湖北安陆。
② 霭霭：云密集貌。
③ "紫薇"二句：赞美杜牧才情卓越，登高能赋。紫薇，指杜牧。唐代中书省称紫薇省，杜牧曾官中书舍人，因称杜紫薇。
④ "惆怅"七句：化用唐代杜牧《题安州浮云寺楼寄湖州张郎中》："去夏疏雨馀，同倚朱阑语。当时楼下水，今日到何处？恨如春草多，事与孤鸿去。楚岸柳何穷，别愁纷若絮。"
⑤ "断肠"句：化用唐代杜牧《池州春送前进士蒯希逸》："芳草复芳草，断肠还断肠。自然堪下泪，何必更残阳。"
⑥ "极目"句：化用南朝谢朓《郡内登望》："寒城一以眺，平楚正苍然。"
⑦ "晚霁"二句：化用唐代韦应物《滁州西涧》："春潮带雨晚来急，野渡无人舟自横。"
⑧ "数峰"句：化用唐代钱起《省试湘灵鼓瑟》："曲终人不见，江上数峰青。"
⑨ "芳草"句：化用宋代苏轼《蝶恋花·春景》："枝上柳绵吹又少，天涯何处无芳草。"
⑩ "参差"句：化用唐代杜牧《题宣州开元寺水阁阁下宛溪夹溪居人》："惆怅无因见范蠡，参差烟树五湖东。"

【评析】

此词抒写了词人登高怀古念远之情。本篇开头描绘了安陆浮云寺楼高迥森严，并发思古之幽情，赞美杜牧登高而能赋，并隐然自况。"惆怅"句至过片"流水知何处"七句，化用杜牧诗，而以唱叹出之。"断肠"句以下描绘出暮春黄昏时极目远望的凄迷景物，衬托词人无限怅惘的心情，语淡而情深，使用前人诗句熨帖自然，一片化机。

【辑评】

廖世美《烛影摇红》过拍云："塞鸿难问，岸柳何穷，别愁纷絮。"神来之笔，即已佳矣。换头云："催促年光，旧来流水知何处。断肠何必更残阳，极目伤平楚。晚霁波声带雨，悄无人、舟横古渡。"语淡而情深。令子野、太虚辈为之，容或未必能到。此等词一再吟诵，辄沁入心脾，毕生不能忘。花庵《绝妙词选》中，真能不愧"绝妙"二字，如世美之作，殊不多觏。（清况周颐《蕙风词话》）

吕滨老 一首

薄　幸

　　青楼春晚①。昼寂寂、梳匀又懒。怎听得、鸦啼莺哢②，惹起新愁无限。记年时、偷掷春心，花间隔雾遥相见。便角枕题诗③，宝钗贳酒④，共醉青苔深院。　　怎忘得、回廊下，携手处、花明月满。如今但暮雨，蜂愁蝶恨，小窗闲对芭蕉展。却谁拘管⑤。尽无言、闲品秦筝，泪满参差雁⑥。腰肢渐小，心与杨花共远。

【注释】
① 青楼：泛指女子所居之楼室。
② 哢：鸟叫。
③ 角枕：用兽角装饰的枕头。
④ 贳（shì）：赊欠。此处指换酒。
⑤ 谁：怎样，如何。
⑥ 参差雁：指筝柱斜列如飞雁。

【评析】
　　此词塑造了一位无怨无悔的痴情女子。上片写女子因周围景物而勾起对往昔欢会的回忆，过片"怎忘得"两句承接上片词意，接着转入如今的孤寂难挨，"闲"字两用，与"共醉"、"携手"相形对比鲜明。全篇使用了倒叙、侧笔等多种手法，语言华美，曼妙谐婉，洵为本色当行的婉约词作。

【辑评】

　　圣求在宋人不甚著名,而词甚工。如《醉蓬莱》、《扑胡蝶近》、《惜分钗》、《薄倖》、《选冠子》、《百宜娇》、《荳叶黄》、《鼓笛慢》,佳处不减秦少游。(明杨慎《词品》)

　　此词可匹贺梅子。结复不尽。(世经堂康熙十七年残本《词综》批语)

查荎 一首

透碧霄

舣兰舟①。十分端是载离愁②。练波送远③,屏山遮断④,此去难留。相从争奈,心期久要⑤,屡更霜秋⑥。叹人生、杳似萍浮。又翻成轻别,都将深恨,付与东流。

想斜阳影里,寒烟明处,双桨去悠悠。爱渚梅⑦、幽香动,须采掇⑧、倩纤柔。艳歌粲发⑨,谁传馀韵,来说仙游。念故人、留此遐州⑩。但春风老后,秋月圆时,独倚西楼。

【注释】

① 舣:船靠岸。
② 端是:真是。
③ 练波:波涛色白如练。
④ 屏山:山峦排列如屏风。
⑤ 要(yāo):相约。
⑥ 更(gēng):变换,原本作"变"。
⑦ 渚(zhǔ):水中小块陆地。
⑧ 掇(duō):摘取。
⑨ 粲发:开口发声。
⑩ 遐州:遥远的洲渚。

【评析】

此词写离情别思。上片写别时情景,"练波送远"和"屏山遮断"写空间之阻隔,"心期久要"和"屡更霜秋"写时间之漫长。接以羁旅愁思,与离愁别绪一并付诸东流。下片写别后思念。遥想别离之后,再也没有纤手折梅,再也没有宛转歌喉，只留下孤独一人，在秋月春风中独倚西楼。全篇虚实相生，寄情深厚，今传查荎词虽只此一首，然亦足矣。

【辑评】

　　此查荎《透碧霄》词也，所谓一不为少。（明杨慎《词品》）

　　宋曹勋作《透碧霄》词一百十七字，较柳永、查荎所填一百十二字体，句读迥异。万氏未见曹集，致未收入又一体。柳、查二作，字句相同，而查作尤佳。其词云："（略）。"换头三语，真是绘水绘声之笔。《词综》录此词。"宛似"作"杳似"，"滞此"作"留此"，似不如"宛"字、"滞"字。又"采掇"句本作"须采掇，倩纤柔"，六字折腰，与柳词"空恁弹箜垂鞭"，句法小异。《词律》谓文义亦有可疑，若作"采掇须倩纤柔"，则理顺语协，宜从之。（清丁绍仪《听秋声馆词话》）

　　前段从别时写到别后，后段换头三句回忆别时情景，使人黯然魂销。"双桨"句应"兰舟"句，以下因采梅而想到纤柔之手，因说游而想到桨发之歌，后结"念故人"，以下写伤离中无聊情景。（蔡嵩云《柯亭词评》）

鲁逸仲 一首

南 浦

　　风悲画角,听《单于》①、三弄落谯门②。投宿骎骎征骑③,飞雪满孤村。酒市渐阑灯火,正敲窗、乱叶舞纷纷。送数声惊雁,乍离烟水,嘹唳度寒云④。　　好在半胧淡月⑤,到如今、无处不消魂。故国梅花归梦,愁损绿罗裙⑥。为问暗香闲艳,也相思、万点付啼痕。算翠屏应是⑦,两眉馀恨倚黄昏。

【注释】

①《单于》:唐曲中有《大单于》、《小单于》。
② 谯门:指古代城门上用以瞭望敌情的高楼,亦称谯楼。
③ 骎(qīn)骎:急速,匆忙。
④ 嘹唳(liáo lì):形容响亮凄清而漫长的声音。
⑤ 好在:叹赏、存问之词,义如"好么"、"无恙"。
⑥ 绿罗裙:指代家中着绿罗裙的伊人。
⑦ 翠屏:借代倚屏的人。

【评析】

　　《南浦》,词调名,当采自屈原《九歌·河伯》"送美人兮南浦"句。此词别本题作"旅怀",大概是经靖康之乱后所作。上片从听觉、视觉、远景、近景各个角度细致地描写了旅思凄凉的景况:画角悲鸣、飞雪满村、灯火阑珊、惊雁嘹唳,这种种意象织成一幅雪夜、荒村、孤旅的凄凉图画,感伤情调浓重,可知这绝非寻常的行旅图。下片是写怀望故乡的神情。过片写出风物依旧而满目河山之异的凄楚感情,以及对故国好景和伊人的深深眷念。"为问"二句,化用唐人诗句"君看陌上梅花红,尽是离人眼中血"之意,融入深沉的亡国哀思,淋漓痛快,笔仗亦佳。最后以想象伊人倚屏盼望作结,言有尽而意无穷。全篇词旨含蓄,寓情于景,情景交融,意境苍凉沉咽,音调凄怆,全无方外人的虚诞气息,遣词琢句亦自工绝警绝。

【辑评】

词意婉丽,似万俟雅言。(宋黄昇《唐宋诸贤绝妙词选》)

上是旅思凄凉之景况,下是故乡怀望之神情。旅邸凄,其最为抑郁无聊。梅花梦,真是相思万点。非躬涉客途冷落中,安得写凄楚如许?(明《新刻李于鳞先生批评注释草堂诗馀隽》伪托李攀龙评点)

细玩词中语意,似亦经靖康乱后作也。第词旨含蓄,耐人寻味。(清黄苏《蓼园词选》)

此词遣词琢句,工绝警绝,最令人爱。……"好在"二语真好笔仗。"为问"二语淋漓痛快,笔仗亦佳。(清陈廷焯《云韶集》)

岳 飞 一首

满 江 红

怒发冲冠①，凭阑处②、潇潇雨歇。抬望眼、仰天长啸，壮怀激烈。三十功名尘与土③，八千里路云和月④。莫等闲⑤、白了少年头，空悲切。　　靖康耻⑥，犹未雪。臣子憾，何时灭。驾长车踏破、贺兰山缺⑦。壮志饥餐胡虏肉，笑谈渴饮匈奴血⑧。待从头、收拾旧山河，朝天阙⑨。

【注释】

① 怒发冲冠：指由于愤怒而使得头发向上竖着顶起了帽子，形容愤怒之至。
② 凭阑：指凭倚着栏杆。处：指时候。
③ 三十：虚指三十岁，举成数而言。尘与土：比喻轻微不足贵。
④ 云和月：分别象征白天和晚上。
⑤ 等闲：白白地，无端。
⑥ 靖康耻：指北宋钦宗靖康二年（1127）宋徽宗和宋钦宗被金兵俘虏北去，北宋灭亡，此为汉民族国家之奇耻大辱，故称靖康耻。
⑦ 贺兰山：一名阿拉善山，在今宁夏西北边境和内蒙古交界处。按此处乃泛称边塞，不必坐实。缺：山的缺口，常为往来要冲。
⑧ 匈奴：从战国时起就活跃在今蒙古和我国北部内蒙古高原一带的少数民族，生活方式以游牧打猎为主，曾多次南下侵扰汉民族聚居区。
⑨ 朝：古代臣子见君主的指称。天阙：古代帝王所居的宫阙，引申指京师朝廷，此处指北宋故都东京开封府。

【评析】

　　此词为岳飞的直抒胸臆而气壮山河之作，集中体现了岳飞以为国雪耻、扫除强虏、整顿乾坤为己任的坚定信念和大义凛然无畏的英雄气概。其声调之高亢可以穿云裂石，可谓时代的最强音。起头"怒发冲冠"就如火山爆发，炽热的岩浆喷薄而出，不可遏止；又如万里一声惊雷，劈空而来，奠定了全篇的情感基调。千载之下读诵，尚凛凛然有生气，金声玉振，足以振聋发聩，起懦立顽，令人为之同仇敌忾，激奋不已。故而能家弦户诵，传唱千古不衰，尤其是在中华民族外患频仍、救亡图强的生死危急关头。

【辑评】

将军游文章之府，洵乎非常之才。韩蕲王晚年亦作小词，然不如岳。字字剑拔弩张。（明卓人月辑、徐士俊评《古今词统》）

胆量、意见、文章悉无今古。有此愿力，是大圣贤、大菩萨。（明沈际飞《草堂诗馀·别集》）

胆量意见，俱超今古。（明潘游龙《精选古今诗馀醉》）

词有与古诗同义者，"潇潇雨歇"，《易水》之歌也。（清刘体仁《七颂堂词绎》）

何等气概，何等志向！千载下读之，凛凛有生气焉。"莫等闲"二语，当为千古箴铭。（清陈廷焯《云韶集》）

两宋词人唯文忠苏公足当"清雄"二字。清，可及也；雄，不可及也。鄂王《满江红》词，其为雄并非文忠所及。二公之词皆自性真流出，文忠只是诚于中，形于外；忠武直是先行其言，而后从之。盖千古一人而已。（清况周颐《历代词人考略》）

张抡 一首

烛影摇红

上元有怀

双阙中天①,凤楼十二春寒浅②。去年元夜奉宸游③,曾侍瑶池宴④。玉殿珠帘尽卷。拥群仙、蓬壶阆苑⑤。五云深处⑥,万烛光中,揭天丝管。　　驰隙流年⑦,恍如一瞬星霜换⑧。今宵谁念泣孤臣,回首长安远。可是尘缘未断。漫惆怅、华胥梦短⑨。满怀幽恨,数点寒灯,几声归雁。

【注释】

① 双阙:古代宫殿、祠庙等两边高台上的楼观。中天:参天。
② 凤楼:皇宫中的楼阁。
③ 宸(chén)游:帝王的巡游。
④ 瑶池:古代神话中的西王母等神仙所居之地,此处借指皇宫。
⑤ 蓬壶阆(làng)苑:分别是指古代神话传说中的海上蓬莱仙境和昆仑山上神仙所居的阆风之苑,此处借指宫廷内苑。
⑥ 五云:五色彩云,古代人认为是吉祥的征兆。
⑦ 驰隙:即白驹过隙,比喻光阴如骏马一样疾驰而过。
⑧ 星霜:星辰运转,一年循环一次,霜则每年秋至始降,因用以指代年岁。
⑨ 华胥梦:相传黄帝昼寝,梦见自己游于华胥氏之国,"其国无帅长,自然而已;其民无嗜欲,自然而已"。见《列子·黄帝》。后用来代指梦境或理想之境。

【评析】

此词写于靖康之变后的次年(1128)上元夜,词人抚今追昔,不胜亡国之痛。

上片铺排敷设去岁今宵的繁华盛会,过片"驰隙"二句,以物换星移绾合上下文,"今宵"以下句,大有"失势一落千丈强"的意味,对照以眼前的无限悲凉惨淡,令人恍如隔世,荡人心魄,表现了深沉的故国之思。

【辑评】

元夕"双阙中天"一首,繁华感慨,已入选矣。(明杨慎《词品》)

沈际飞曰:材甫目靖康之难,前段追忆徽庙,后直指目前。哀乐各至。按材甫为南渡遗老,有《莲社词》一卷。词多变徵,此首尤清壮。(清黄苏《蓼园词选》)

程 垓 一首

水龙吟

夜来风雨匆匆,故园定是花无几。愁多怨极,等闲孤负,一年芳意。柳困桃慵,杏青梅小,对人容易。算好春长在,好花长见,原只是、人憔悴。　　回首池南旧事①。恨星星②、不堪重记。如今但有,看花老眼,伤时清泪。不怕逢花瘦,只愁怕、老来风味。待繁红乱处,留云借月③,也须拚醉。

【注释】

① 池南:出自宋代苏轼《和王安石题西太乙宫》:"从此归耕剑外,何人送我池南。"此处泛指故园某地。
② 星星:鬓发花白貌。
③ 留云借月:出自宋朱敦儒《鹧鸪天·西都作》:"曾批给雨支风券,累奏留云借月章。"此处意指留住大好光景。

【评析】

此词抒发了词人对故园的眷眷深情,对如烟往事的怀念和沉重的迟暮之感。然迥非一般的叹老嗟卑之作,而是与堪忧的时局紧密相连。起首词人悬想故园的阑珊春事,遂不禁愁从中来,不可断绝,接着感慨自己岁月蹉跎,老大无成。结拍更是于表面的旷达中包含无限凄怆。

张孝祥　一首

六州歌头

长淮望断,关塞莽然平。征尘暗,霜风劲,悄边声。黯消凝。追想当年事,殆天数,非人力,洙泗上①,弦歌地②,亦膻腥③。隔水毡乡,落日牛羊下,区脱纵横④。看名王宵猎⑤,骑火一川明。笳鼓悲鸣。遣人惊。　　念腰间箭,匣中剑,空埃蠹⑥,竟何成。时易失,心徒壮,岁将零。渺神京。干羽方怀远⑦,静烽燧⑧,且休兵。冠盖使,纷驰骛,若为情。闻道中原遗老,常南望、翠葆霓旌⑨。使行人到此,忠愤气填膺。有泪如倾。

【注释】

① 洙泗:即洙水和泗水,在今山东境内,曾为孔子讲学地,此处指中原文物衣冠之邦。
② 弦歌地:指有礼乐文化的地方。据记载孔子的弟子子游曾为武城县宰,意欲以礼乐化民,故弦歌不辍。
③ 膻(shān)腥:牛羊的腥臊气,此处用来讽刺经济文化上落后的金人。
④ 区(ōu)脱:匈奴人为守边屯戍而筑的土室,此处指金人的战备工事。
⑤ 名王:指金人的酋长。
⑥ 埃蠹(dù):蒙尘生虫。
⑦ 干羽:干,指木盾;羽,指旗帜。两者皆为古代舞者所手执,以示友好之诚意。
⑧ 烽燧:边境上用来通报敌情的烽火。点火为烽,燃烟为燧。
⑨ 翠葆:以翠羽为饰的天子之旗。霓旌:一种折羽毛,染五彩,用丝缕连缀起来的旌旗仪仗,远望如虹霓之气,故云霓旌。

【评析】

此词痛陈了沦陷后的中原横遭敌人蹂躏践踏的凄凉景象,指出了当时仍然岌岌可危的战争形势，表达了身处水深火热之中的中原父老渴望王师收复旧山河的殷切心情，谴责了苟安的当权者对敌人的一味妥协、屈膝求和，并不惜美化其可耻的卖国行径，倾吐了自己在闲散中空有满腔报国的雄心壮志而无用武之地的悲愤，可谓百感交集。全篇意脉盘旋而下，节拍急促顿挫，韵脚低沉，音调郁勃悲壮，与词人深心相激荡，如征战鼓声，大声鞺鞳，如惊涛出壑，转毂雷鸣，诚乃"淋漓痛快，笔饱墨酣，读之令人起舞"（清陈廷焯《白雨斋词话》）。

据记载，宋高宗绍兴三十二年（1162）春初，宋金之间刚刚发生过一场决定南宋朝廷生死存亡的采石大战，张孝祥在当时的建康（今南京市）留守、主战派首领张浚宴客席上赋此词，一曲唱罢，竟使张浚激动得食不下咽，为之罢席。

【辑评】

张安国在沿江帅幕。一日预宴，赋《六州歌头》云："（略）。"歌罢，魏公流涕而起，掩袂而入。（明陈霆《渚山堂词话》）

张孝祥《六州歌头》一阕，淋漓痛快，笔饱墨酣，读之令人起舞。惟"忠愤气填膺"一句，提明忠愤，转浅转显，转无馀味。或亦耸当途之听，出于不得已耶？（清陈廷焯《白雨斋词话》）

张孝祥安国于建康留守席上，赋《六州歌头》，致感重臣罢席。然则词之兴观群怨，岂下于诗哉。（清刘熙载《艺概》）

赍恨于湖笔气遒，隔江猎火望毡裘。符离取败张中令，忍听歌头唱《六州》。（清沈道宽《论词绝句》其二十）

唾壶击碎剑光寒，一座欷歔墨未干。别有心胸殊历落，不同花月寄悲欢。（清王僧保《论词绝句》其十三）

张安国《六州歌头》："（略）。"……皆所谓拔地倚天，句句欲活者。（清张德瀛《词徵》）

于湖在建康留守席上赋《六州歌头》,感愤淋漓,主人为之罢席。他若《水调歌头》之"雪洗虏尘静"一首,《木兰花慢》之"拥貔貅万骑"一首,《浣溪沙》之"霜日明霄"一首,率皆眷怀君国之作。(清冯煦《蒿庵论词》)

韩元吉 二首

六州歌头

东风著意,先上小桃枝。红粉腻。娇如醉。倚朱扉。记年时。隐映新妆面。临水岸。春将半。云日暖。斜桥转。夹城西。草软莎平,跋马垂杨渡、玉勒争嘶①。认蛾眉。凝笑脸、薄拂燕脂②。绣户曾窥。恨依依。　　共携手处香如雾。红随步。怨春迟。消瘦损。凭谁问。只花知。泪空垂。旧日堂前燕,和烟雨,又双飞③。人自老。春长好。梦佳期。前度刘郎④,几许风流地,花也应悲。但茫茫暮霭,目断武陵溪⑤。往事难追。

【注释】

① 跋马:勒住马的缰绳使马回转过来。玉勒:装饰精美的带嚼子的马笼头,此处指马。
② 燕脂:即胭脂。
③ "旧日"三句:系将唐刘禹锡《乌衣巷》"旧时王谢堂前燕"和宋晏几道《临江仙》"微雨燕双飞"合在一处化用。
④ 刘郎:一指因志怪小说中汉代刘晨、阮肇入天台山遇仙女结下奇缘事,遂多用"刘郎"来指称情郎;一指唐代刘禹锡在遭受政敌打击的十四年曾两度回京,分别作诗云:"玄都观里桃千树,尽是刘郎去后栽。"(《元和十年自朗州承召至京戏赠看花诸君子》)"种桃道士归何处,前度刘郎今又来。"(《再游玄都观》)后世文人因此多喜以去而复来的"刘郎"自称。此处兼而用之。
⑤ 武陵溪:指避世隐居之地。晋陶渊明《桃花源记》讲述武陵渔人无意中进入桃花源,见安居乐业之景。后来由于迷失原来的路径,而再也无法找寻到的故事。

【评析】

此词原题作"桃花",实则借物怀人,倾诉了一段永志难忘的爱情故事,缠绵悱恻。《六州歌头》词牌本是用来反映边地的,好事者便倚其声作为吊古词,音调悲壮,使人为之慷慨激昂,击节高歌,成为一时风习。而此词特变悲壮,成温婉,抒写男女恋情,可谓别开生面,开径自行。

好事近

凝碧旧池头①,一听管弦凄切。多少梨园声在②,总不堪华发。　　杏花无处避春愁,也傍野烟发。惟有御沟声断,似知人呜咽。

【注释】

① 凝碧池:在唐代东都洛阳宫廷内。此处借指北宋时汴京故宫。
② 梨园:唐玄宗曾遴选乐工、宫女数百人在宫中植有梨树的梨园教授乐舞之类,号为"皇帝梨园弟子",故后世便以"梨园"指代曲艺、戏曲之苑所,此处指北宋教坊乐人。

【评析】

孝宗乾道九年(1173)三月,词人出使金国途经宋朝的旧日故都汴京,在金人宴席上听到北宋时的宫廷音乐,不禁唏嘘感慨系之而作此词。词中上片借用王维"凝碧池头奏管弦"(《凝碧池》)诗意,以安禄山乱唐类比金人亡北宋事,寓托了词人的故宫黍离麦秀之痛。"凄切"一词直接点明词人的心声。下片写杏花生愁,御沟声断,以无情之物衬托有情之人,更见物犹如此,人何以堪,格外熨帖。

【辑评】

("杏花"句)避却唐诗窠臼,愈冷落愈要著色。白石《扬州慢》可参。(清陈澧手批《绝妙好词笺》)

麦(孺博)丈云:"赋体如此,高于比兴。"(梁令娴《艺蘅馆词选》)

袁去华　三首

瑞鹤仙

郊原初过雨，见数叶零乱，风定犹舞。斜阳挂深树。映浓愁浅黛，遥山媚妩。来时旧路。尚岩花、娇黄半吐。到而今，惟有溪边流水，见人如故。　　无语。邮亭深静①，下马还寻，旧曾题处。无聊倦旅。伤离恨，最愁苦。纵收香藏镜②，他年重到，人面桃花在否。念沉沉、小阁幽窗，有时梦去。

【注释】

① 邮亭：驿馆，古代设在驿道旁供传送公文的官差和旅客歇息住宿的馆舍。
② 收香：此指贾午赠香韩寿事。见前周邦彦《风流子》（新绿小池塘）注⑨。藏镜：南朝陈徐德言娶乐昌公主为妻，亡国之际各执半面铜镜作为信物，希冀他日凭此而得重团聚事。

【评析】

　　此词主要抒写旅愁别恨。上片铺排了沿途所见景物，深浅浓淡，动静皆有，的确令人感到美不胜收。"到而今"三句则一转，充溢着物是人非之感。"伤离恨，最愁苦"从正面将题旨提摄而出，可谓点睛之笔。末二句托身梦魂，强自安慰。此篇深得周邦彦词之三昧，置于周词集中，几可乱真，殊无愧色。

剑器近

夜来雨。赖倩得①、东风吹住。海棠正妖娆处。且留取。　悄庭户。试细听、莺啼燕语。分明共人愁绪。怕春去。　佳树。翠阴初转午。重帘未卷,乍睡起、寂寞看风絮。偷弹清泪寄烟波,见江头故人,为言憔悴如许。彩笺无数。去却寒暄②,到了浑无定据③。断肠落日千山暮。

【注释】

① 倩得:借助,凭借。
② 寒暄:问候冷暖的家常客套话。
③ 到了:归期。浑:全然。定据:凭据,说定的准信。

【评析】

此词抒发词人惜春怀远的满怀愁绪,为双拽头的长调词。所谓"双拽头",指三片词的前两片字句相同,字数比第三片短,有如第三片的"双头"。上片写风雨之后,海棠正在东风中盛开,一片欣欣向荣。中片写莺啼燕语,和人一样怕春归去。下片写午睡乍起,借寄泪江流兴怀人之情,同时嗔怪对方的归期无定,末句以景结情,更见出情深无限。全篇层层递进,步步深入,一气舒卷,悱恻缠绵。

安公子

弱柳千丝缕。嫩黄匀遍鸦啼处。寒入罗衣春尚浅,过一番风雨。问燕子来时,绿水桥边路。曾画楼、见个人人否①。料静掩云窗②,尘满哀弦危柱③。　　庾信愁如许④。为谁都著眉端聚。独立东风弹泪眼,寄烟波东去。念永昼春闲,人倦如何度。闲傍枕、百啭黄鹂语。唤觉来厌厌,残照依然花坞⑤。

【注释】

① 人人:宋代口语,对爱昵者的称呼,犹谓"人儿"。
② 云窗:装饰华美的窗户,常指女子闺房。
③ 哀弦危柱:指乐声凄绝。柱,指筝瑟之类弦乐器上的立柱。
④ "庾信"句:此借庾信自指,表达思念之情。见前张耒《风流子》(亭皋木叶下)注②。
⑤ 花坞:花房。坞,原指地势周围高而中央低凹的地方,后引申为四面避风的建筑物。

【评析】

此词为写离别相思的怀人之作。上片由景及人,向归燕发问,暗示双方音讯不通,用笔轻灵而有韵味。下片由人及景,写别后凄苦,相思之深。末以花坞残照景语作结,将怀人之意寄寓其中。全词以景起结,中间大段抒情,既使前后照应,又觉情景交融,婉转曲折,深切动人。

陆 淞 一首

瑞 鹤 仙

脸霞红印枕。睡觉来、冠儿还是不整。屏间麝煤冷①。但眉峰压翠②,泪珠弹粉。堂深昼永,燕交飞、风帘露井。恨无人,说与相思,近日带围宽尽③。　重省④。残灯朱幌⑤,淡月纱窗,那时风景。阳台路迥。云雨梦,便无准⑥。待归来,先指花梢教看,欲把心期细问⑦。问因循、过了青春⑧,怎生意稳⑨。

【注释】

① 麝煤:此处指燃烧用的麝香。
② 压翠:皱眉。因用深绿色的螺黛画眉,故以"翠"称代眉。
③ 带围宽尽:汉代刘向《列女传·母仪·魏芒慈母》:"前妻中子,犯魏王令,当死,慈母忧戚悲哀,带围减尺。"带围,腰围,腰带绕身一周的长度。
④ 省(xǐng):察看。
⑤ 朱幌:红色的帷幔。
⑥ "阳台"三句:用楚王梦遇巫山神女事。见前聂冠卿《多丽》(想人生)注⑥。
⑦ 心期:两心相期许。
⑧ 因循:拖延,迁延。青春:春天。
⑨ 怎生意稳:心里怎么能安稳。怎生,如何。

【评析】

此词本事,据《耆旧续闻》卷十载,南渡初,陆淞眷恋一近属士家侍姬盼盼,"一日宴客,(盼盼)偶睡,不预捧觞之列。陆因问之,士即呼至,其枕痕犹在脸。公为赋《瑞鹤仙》,有'脸霞红印枕'之句,一时盛传之,逮今为雅唱"。此词写一女子慵懒相思的情态。上片写睡起后情景。"脸霞红印枕"写美人慵懒情态如画，然意义亦仅止于此。冠不整、麝煤冷写其无心情，引出下文直写人物愁态二句，然后以堂深昼永、燕飞、风帘露井等景物作烘衬，再写人物之内心。上片由外而内，层层写来，井然有序，但总体说来，并不怎么高明。下片较上片为佳。"重省"四句是忆旧，是当时欢聚情景。"阳台"三句是怨语，情亦深婉。"待归来"至结尾应一气读下，其间有企盼，有相思，有幽怨，絮絮叨叨，逼肖人物口吻，是全词最精彩处。

【辑评】

簸弄风月，陶写性情，词婉于诗。盖声出莺吭燕舌间，稍近乎情可也。若邻乎郑卫，与缠令何异也。如陆雪溪《瑞鹤仙》云："（略）。"辛稼轩《祝英台近》云："宝钗分……"皆景中带情，而存骚雅。故其燕酣之乐，别离之愁，回文题叶之思，岘首西州之泪，一寓于词。若能屏去浮艳，乐而不淫，是亦汉魏乐府之遗意。（宋张炎《词源》）

委宛深厚，不忍随口念过。汉魏遗意。（明卓人月辑、徐士俊评《古今词统》）

能如此作情词，亦复何伤？（清先著、洪程《词洁》）

从来文之所在，不必名之所在。如陆雪窗名不甚著，其《瑞鹤仙·春情》末云："待归来，先指花梢教看，却把心期细问。问因循、过了青春，怎生意稳。"迷离婉妮，几在秦、周之上。今误作欧公，非是。（清贺裳《皱水轩词筌》）

质而腴，自不同南北曲语。（清陈澧手批《绝妙好词笺》）

南渡后，南班宗子有居会稽者，其园亭甲于浙东，坐客皆一时之秀，陆子逸与焉。宗子侍姬名盼盼者，色艺殊绝，陆尝顾之。一日宴客，盼盼偶未在捧觞之列。陆询之，以昼眠答，旋亦呼至。枕痕在颊，媚态愈增。陆为赋《瑞鹤仙》云：

"（略）。"此词一时传唱，后盼盼竟归陆氏云。子逸名淞，曾刺辰州，放翁之弟也。（清叶申芗《本事词》）

小说造为咏歌姬睡起之词，不顾文理，本事之附会，大要如此。（清王闿运《湘绮楼评词》）

陆游 三首

卜算子

咏梅

驿外断桥边,寂寞开无主。已是黄昏独自愁,更著风和雨①。　无意苦争春,一任群芳妒。零落成泥碾作尘,只有香如故。

【注释】

① 著(zhuó):着,受,遭。

【评析】

此词咏梅。上片写梅之处境。"驿外"句,见梅所处位置之辽远、荒僻;"寂寞"句,见梅之孤独、无助。"已是"句,从时间上写,"独自愁"与"寂寞"句相呼应。"更著"句,从外在压力上写。梅处于荒远偏僻之地已是不堪,再加风雨之侵袭,益不堪矣!上片是词人眼中之梅,至下片词人已化而为梅,是以梅写梅,纯是梅之口吻,词意上则以退为进。"无意"句,将梅与群芳对比,是上片之自然延伸,既见梅之孤独寂寞,又见梅之高洁无匹。结二句,将孤独、高洁并一处来写,而以"香"字统摄之,使之得以升华,无上文之哀怨、苦涩,更多些孤高、自豪,愈显出梅之贞刚劲节。全词虽谓写梅,却无半句摹写物形之语,唯从梅之意态、精神落笔,并将词人身世之感及高洁品格融于其中,既是咏物,亦为言志,所以高出众作,卓绝千古。

【辑评】

(末句)想见劲节。(明卓人月辑、徐士俊评《古今词统》)

末二句大为梅誉。(明潘游龙《精选古今诗馀醉》)

言梅虽零落,而香不替如初,岂群芳所能妒乎?(明钱允治《类编笺释续选草堂诗馀》)

渔 家 傲

东望山阴何处是①。往来一万三千里。写得家书空满纸。流清泪。书回已是明年事。　寄语红桥桥下水②。扁舟何日寻兄弟。行遍天涯真老矣。愁无寐。鬓丝几缕茶烟里③。

【注释】

① 山阴:今浙江绍兴,陆游的故乡。
② 红桥:山阴近郊地名。
③ "鬓丝"句:化用唐代杜牧《题禅院》:"今日鬓丝禅榻畔,茶烟轻飐落花风。"

【评析】

此词原题"寄仲高",是陆游写给堂兄陆升之的。陆升之,字仲高,陆游从兄,长陆游十二岁。词当作于淳熙二年(1175)前,时陆游正宦游蜀地,而仲高则贬归山阴。起句就点出蜀、越两地的方位距离,正因为相隔如此遥远,故两人书信来往尚要一年时间。现实中既然没有机会相聚,那么只能通过寄语来聊表心愿，希望有一天驾一叶扁舟到红桥下与兄长相聚。那时候，兄弟二人皆两鬓斑白，垂垂老矣，面面相觑，无语凝噎。

词不同于诗，词中很少表现兄弟之情，苏轼的《水调歌头》（明月几时有）也只是借月怀人。陆游的这首词纯粹表现兄弟之情，且坦诚直率，恰如一纸家书，感人肺腑，是其手足之情的最好见证。

【辑评】

轩豁是放翁本色。（清陈廷焯《词则·放歌集》）

定 风 波

进贤道上见梅赠王伯寿①

敧帽垂鞭送客回。小桥流水一枝梅。衰病逢春都不记。谁谓。幽香却解逐人来。　　安得身闲频置酒。携手。与君看到十分开。少壮相从今雪鬓②。因甚。流年羁恨两相催③。

【注释】

① 进贤：今江西进贤。
② 雪鬓：白发。
③ 流年：如水流逝的岁月。羁恨：寄居异乡的痛苦。

【评析】

前首词写亲情，这首词写友情。起句表现词人送客归来时的失意怅惘，次句从溪边的一枝梅花写起。梅花的淡淡幽香不仅逐人衣袖，而且也提醒着春天的到来，同时又唤起他对朋友的深切思念。下片展开想象。想象与友人他日重逢，把酒言欢，携手探梅，阅尽风流。结尾回到现实，并由此发问：昔日的少年朋友如今为何垂垂老矣？是似水流年，是羁旅离恨，还是坎坷的人生和无常的命运？全词将身世之感打并入友情之中，纤细似淮海，雄慨似东坡，体现了放翁词独特的艺术风格。

陈 亮 一首

水 龙 吟

闹花深处楼台,画帘半卷东风软。春归翠陌,平莎茸嫩①,垂杨金浅②。迟日催花③,淡云阁雨④,轻寒轻暖。恨芳菲世界,游人未赏,都付与,莺和燕。　　寂寞凭高念远,向南楼、一声归雁。金钗斗草⑤,青丝勒马⑥,风流云散。罗绶分香⑦,翠绡封泪,几多幽怨。正消魂又是⑧,疏烟淡月,子规声断⑨。

【注释】

① 茸嫩:形容初生草柔细娇嫩。
② 金浅:形容垂杨枝条浅黄的颜色。
③ 迟日:春日。
④ 阁:同"搁",停。
⑤ 金钗斗草:拿金钗作赌注斗草。斗草,斗百草,古代游戏。众人采花草,比赛多少优劣,常在端午时玩耍。
⑥ 青丝:指用青丝做的马缰绳。
⑦ 罗绶分香:指男女分别时将带着香气的罗带送给对方,以示留念。罗绶,罗带,丝带。
⑧ 消魂:形容极度悲伤或愁苦。
⑨ 子规:鸟名,又名杜鹃、杜宇,传说为古蜀帝魂所化,其声甚悲。

【评析】

　　此词写春恨。上片写烂漫春光,是景,但先从楼台、画帘说起,是景乃人眼中之景,并为下片抒情预留地步。写春景则由近而远,翠陌、平莎、垂杨、迟日、淡云以及轻寒轻暖,均是典型早春景物,由"春归"二字领起,一一写足。"恨芳菲"三句,总上而启下,笔力如椽,最堪玩赏。下片写情。换头"寂寞凭高念远"领起下片,"念远"二字,为一篇情之主脑,有此二字,"故目中一片春光,触我愁肠,都成泪眼"(陈廷焯《白雨斋词话》)。"金钗"三句是感旧,"罗绶"三句睹物而思人,反反复复,均在一"情"字。结尾三句归到当前,仍从凭高念远中来,却不直写情字,而只以景结住,馀音袅袅,有含蓄不尽之妙。

【辑评】

"罗袖分香,翠绡封泪",属对。(元陆辅之《词旨》)

以龙川之豪,降而为此调,所谓能赋梅花不独宋广平。(明张綖《草堂诗馀别录》)

上叙春光色色可人,下叙春恨绵绵难遣。柳绿花红,莺啼燕舞,自是芳菲堪赏。春深恨更深,争奈子规啼月,尤为恼人。春光如许,游赏无方,但愁恨难消,不无触物生情。(明《新刻李于鳞先生批评注释草堂诗馀隽》伪托李攀龙评点)

有能赏而不知者,有欲赏而不得者,有似赏而不真者,人不如莺也,人不如燕也。怨也风流。(明沈际飞《草堂诗馀·正集》)

陈同父绝不能诗,今集存者仅二绝一长歌,知其未尝事声律也。集末载诗馀数十阕,而《草堂》所选《水龙吟》词特佳甚,而集不存,古今制作佳者不必传,传者不必佳,大都有幸不幸耶。此怀所欢,作者殊足情致,与同父他词不类。周公瑾《野语》载陈尝狎一妓,欲娶之,蕲落籍于唐与正,唐以言间妓好,遂弗终,陈因是大憾。构唐朱元晦,卒起严蕊之狱,此词之作,岂即其时耶?所狎妓或即蕊,故与正不肯为落籍耶?今《紫阳集》载论劾与正封事几万言,所谓"行首严蕊,稍以色称",紫阳笔也。蕊亦能词,见《野语》甚详。以一妇人色致诸名士纷纷聚讼,为千古口舌,端令人喷饭不已。(明胡应麟《少室山房类稿》)

《词品》曰:同甫《水龙吟》一阕:"闹花深处层楼,画帘半卷东风软。"可诵也。(清沈雄《古今词话·词评》)

陈同父开拓万古之心胸，推倒一世之豪杰，而作词乃复幽秀。其《水龙吟》云："（略）。"（清王弈清《历代词话》引《词苑》）

同父，永康人。淳熙间诣阙上书，孝宗欲官之，亟渡江归。至光宗策进士，擢第一。史称其千言立就，气迈才雄，推倒智勇，开拓心胸。授金书建康府判官厅事，未至官而卒。其策言恢复之事甚剀切，无如当事者志图逸乐，狃于苟安，此《春恨》词所以作也。"闹花深处层楼"，见不事事也；"东风软"，即东风不竞之意也；"迟日"、"淡云"、"轻寒轻暖"，一暴十寒之喻也。好世界不求贤共理，惟与小人游玩，如莺燕也；"念远"者，念中原也；"一声归雁"，谓边信至。乐者自乐，忧者徒忧也。（清黄苏《蓼园词选》）

感时之作，必借景以形之。如……同甫云："恨芳菲世界，游人未赏，都付与莺和燕。"不言正意，而言外有无穷感慨。（清沈祥龙《论词随笔》）

同甫《水龙吟》云："恨芳菲世界，游人未赏，都付与莺和燕。"言近指远，直有宗留守大呼渡河之意。（清刘熙载《艺概》）

范成大 三首

忆秦娥

楼阴缺①。阑干影卧东厢月。东厢月。一天风露,杏花如雪。　　隔烟催漏金虬咽②。罗帏黯淡灯花结③。灯花结。片时春梦,江南天阔④。

【注释】

① 缺:指树阴未遮住的楼阁一角。
② 金虬:铜龙,造型为龙的铜漏,古代滴水计时之器。
③ 灯花结:灯芯烧结成花,旧俗以为有喜讯。
④ "片时"二句:化用唐代岑参《春梦》:"枕上片时春梦中,行尽江南数千里。"

【评析】

　　本词为抒写思妇愁怀之作。上片写月夜景色。起首二句,以清丽含蓄的笔触描绘出朦胧而略带伤感的夜色。接下来,词人视角逐渐外移,满天的风露、如雪的杏花在词人笔下显得那么飘逸清隽,给读者以如画的美感。下片抒写怀人的愁思。过片用拟人化笔法,赋予无情的铜漏以有情人的愁思,在漫漫长夜中的鸣咽声(滴水声)里更见思妇春宵难度的孤寂苦涩。行文至此,似已极哀。正当读者欲沿着忧伤的主线继续下寻时,词人笔锋忽然振转,在"灯花结"的意象中注入了喜悦的憧憬,让思妇带着憧憬入梦,飞向千里江南寻觅远去的游子。又于梦境的片时喜悦中反衬现实之长久苦楚,其哀情更显深重。全词委婉动人,清雅优美。

醉落魄

栖乌飞绝。绛河绿雾星明灭①。烧香曳簟眠清樾②。花影吹笙，满地淡黄月。　　好风碎竹声如雪。昭华三弄临风咽③。鬓丝撩乱纶巾折。凉满北窗④，休共软红说⑤。

【注释】

① 绛河：银河。绿雾：青色的雾气。
② 清樾：清凉的树荫。
③ 昭华：古乐器名，这里指笙。
④ 凉满北窗：《晋书·陶潜传》："夏月虚闲，高卧北窗之下。"
⑤ 软红：软红尘，繁华的都市。

【评析】

此词写闲居生活。起句描绘了一个空阔寂静的夏夜，主人公在香雾缭绕中卧睡在凉荫之下。一阵悠扬的笙曲打破了宁静，满地的月光与清越的笙声融为一体。下片起句，先用比喻的手法描写乐曲，又从听众的角度感知乐曲，笔法细腻，如临其境。继而转回现实，"鬓丝撩乱纶巾折"，既是真实写照，也是安慰自嘲。煞尾抒情，表达远离世俗的闲情逸致。此词与石湖田园诗一脉相承，语言清新，意境混融，透发出"一种清逸淡远之趣，令人尘襟为之顿爽"（薛砺若《宋词通论》）。

【辑评】

范石湖《醉落魄》词："（略）。"高江村曰："'笙'字疑当作'帘'，不然与下'昭华'句相犯。"按高说非也。此词正咏吹笙。上解从夜中情景，点出吹笙。下解"好风碎竹声如雪"，写笙声也。"昭华三弄临风咽"，吹已止也。"鬓丝撩乱"，言执笙而吹者，其竹参差，时时侵鬓也。如吹时风来，则纶巾折，知凉满北窗也。若易去"笙"字，则后解全无意味。且花影如何吹帘，语更不属。（清宋翔凤《乐府馀论》）

词家有作，往往未能竟体无疵。每首中，要亦不乏警句，摘而出之，遂觉片羽可珍。……范石湖云："花影吹笙，满地淡黄月。"又云："凉满北窗，休共软红说。"又云："惟有两行低雁，知人倚画楼月。"（清李佳《左庵词话》）

较"双鬟坐吹笙"难分伯仲。此等无须用意而色泽精绝，其境味是从唐诗佳句得之。"说"字韵，则纯是词中隽味矣。（清陈澧手批《绝妙好词笺》）

霜天晓角

晚晴风歇。一夜春威折①。脉脉花疏天淡②，云来去、数枝雪。　　胜绝③。愁亦绝。此情谁共说。惟有两行低雁，知人倚、画楼月。

【注释】

① 春威：初春的寒威。
② 脉脉：深含感情的样子。
③ 胜绝：美景超绝。

【评析】

本词别题作"梅"，是一首借梅抒情的优秀词作。上片写春寒料峭中梅花的高洁风韵。起首二句，冷峻峭拔，以"折"字显示出春寒对梅花的摧残，也隐隐流露出词人对梅的怜惜与眷恋之情。接下来，词人转入对梅的正面描绘，"脉脉"一词准确地传达出梅花在高天浮云映衬下的动人情态。上片结句"云来去，数枝雪"，雪云相辉，更显高逸隽美。下片以梅喻人，写春夜中伊人倚楼相思之情。"胜绝，愁亦绝"承上启下，不仅将上片中梅的超绝之美与下片中伊人多情秀美的形象紧密联系在一起，更将梅备受春寒摧折的凋落处境与伊人饱受相思煎熬的孤寂苦情巧妙融合，给读者留下人清如梅的无限美感。全词末尾以人倚画楼作结，情思绵邈，哀婉动人。本词淡雅超逸，构思精巧，在物我合一的境界中达到了出神入化的艺术高度。

蔡幼学 一首

好事近

日日惜春残,春去更无明日。拟把醉同春住①,又醒来岑寂。　　明年不怕不逢春,娇春怕无力。待向灯前休睡,与留连今夕。

【注释】

① 拟:准备。

【评析】

此词原题"送春",抒发惜春之情。全篇"春"字共出现五次,属词中嵌字体。起句即点明"惜春"主旨,"更无明日"表达了春去的无可奈何。幻想一醉能把春留住,可是醒来终究是一场徒劳。下片进一步加深这种情感,不是害怕春天不再来临,而是害怕春去太匆匆。为了留住今日的美好春色,情愿守着春儿彻夜不眠。本词语言浅白,感情深挚,表达了人类对自然的热爱和珍惜。

辛弃疾 十首

贺 新 郎

别茂嘉十二弟①

绿树听鹈鴂。更那堪、鹧鸪声住,杜鹃声切②。啼到春归无啼处,苦恨芳菲都歇③。算未抵、人间离别。马上琵琶关塞黑④,更长门⑤、翠辇辞金阙⑥。看燕燕,送归妾⑦。

将军百战身名裂⑧。向河梁⑨、回头万里,故人长绝⑩。易水萧萧西风冷,满座衣冠似雪。正壮士、悲歌未彻⑪。啼鸟还知如许恨⑫,料不啼清泪长啼血。谁共我,醉明月。

【注释】

① 茂嘉:辛弃疾族弟,时因事贬官桂林。
② 鹈鴂、鹧鸪、杜鹃:俱鸟名。
③ 芳菲:百花。
④ 马上琵琶:用王昭君出塞,于马上演奏琵琶之典故。
⑤ 长门:汉武帝时,陈皇后失宠,幽闭长门宫。后用黄金百斤,请司马相如为之作《长门赋》。汉武帝十分感动,复又宠幸陈皇后。见汉司马相如《长门赋》序。后以"长门"借指女子失宠所住之凄凉冷清之地。
⑥ 翠辇:以翠羽装饰的宫车。
⑦ "看燕燕"二句:春秋时卫庄公妻庄姜无子,收其妾戴妫之子完为己子。卫庄公死,完即位,不久被州吁所杀,戴妫被迫返家,庄姜痛哭送别。事见《诗经·邶风·燕燕》。
⑧ "将军"句:汉武帝时,李陵为将军战匈奴,弹尽粮绝而救兵不至,遂失败投降,给自己的名声留下永远也洗不去的污点。
⑨ 河梁:事见传为汉李陵所作的《与苏武诗》:"携手上河梁,游子暮何之。"河梁,桥。
⑩ 故人:指苏武。
⑪ "易水"三句:荆轲刺秦,燕太子丹及宾客皆着白衣冠送至易水上饯行。高渐离击筑,荆轲和而歌,曰:"风萧萧兮易水寒,壮士一去兮不复还。"事见《史记·刺客列传》。
⑫ 还:如果。

【评析】

　　本词为一首送别之作。开篇五句，以鸟啼、春归起兴，融情入景，在凄清的环境描写中渲染出离别的伤感。"算未抵、人间离别"二句承上启下，由自然的描绘转入对人事的铺陈，点明离别的主旨。接下来，词人以精妙的艺术手法将"昭君出塞"、"庄姜送妾"、"苏李握别"、"荆卿去国"四个离别的典故有机糅合在一起，以激越的感情纵贯上下片，形成了一股磅礴的气势。含蓄蕴藉中流露出多少山河破碎的沉痛，多少壮志难酬的悲愤！

　　在结构上，本词也别具特色。章法严谨，首尾相应。篇首以鸟之悲啼起兴，在引发人世间种种别恨后，词尾再次归转"啼鸟还知如许恨，料不啼清泪长啼血"。词人在回旋动荡的节奏中，在变幻不定的情感跳跃中，完成了封闭回环的严谨结构，开创了送别词的新领域。无怪陈廷焯赞曰："沉郁苍凉，跳跃动荡，古今无此笔力。"（《白雨斋词话》）

【辑评】

　　尽集许多怨事，太白《拟恨赋》手段。慧于骨髓。（明沈际飞《草堂诗馀·别集》）

　　（上片）北都旧恨。（下片）南渡新恨。（清周济《宋四家词选》批语）

　　稼轩"杯，汝前来"，《毛颖传》也。"谁共我，醉明月"，《恨赋》也。皆非词家本色。（清刘体仁《七颂堂词绎》）

　　旧注云："鹈鴂、杜鹃实两种"，见《离骚补注》。（"看燕燕，送归妾。"）《诗》小序云："燕燕，送归妾也。"竟作换头用，直接亦奇。（"将军百战身名裂"六句）上三项说妇人，此二项言男子。中间不叙正位，却罗列古人许多离别，如读文通《别赋》，亦创格也。悲壮。（清许昂霄《词综偶评》）

　　稼轩词，自以《贺新郎·别茂嘉十二弟》一篇为冠。沉郁苍凉，跳跃动荡，古今无此笔力。（清陈廷焯《白雨斋词话》）

悲郁。沉郁顿挫，姿态绝世。换头处起势崚嶒。悲歌顿挫。（清陈廷焯《云韶集》）

稼轩《贺新郎》词"送茂嘉十二弟"，章法绝妙。且语语有境界，此能品而几于神者。然非有意为之，故后人不能学也。（王国维《人间词话删稿》）

贺 新 郎

赋琵琶

凤尾龙香拨①。自开元②、《霓裳曲》罢③，几番风月④。最苦浔阳江头客⑤，画舸亭亭待发。记出塞⑥、黄云堆雪⑦。马上离愁三万里⑧，望昭阳⑨、宫殿孤鸿没。弦解语，恨难说。　辽阳驿使音尘绝⑩。琐窗寒⑪、轻拢慢捻⑫，泪珠盈睫。推手含情还却手⑬，一抹《梁州》哀彻⑭。千古事、云飞烟灭。贺老定场无消息⑮，想沉香亭北繁华歇⑯，弹到此，为呜咽。

【注释】

① 凤尾：形容琵琶的槽状音箱形如凤尾，这里代指琵琶。龙香拨：龙香柏木做的拨子。杨贵妃的琵琶以龙香板为拨。
② 开元：唐玄宗李隆基的年号。
③ 《霓裳曲》：唐代宫廷乐曲。
④ 风月：岁月。
⑤ 浔阳：古县名，治所在江西九江。长江流经浔阳境内的一段，称浔阳江。江头客：指白居易，其《琵琶行》起句云："浔阳江头夜送客。"
⑥ 出塞：指昭君出塞。
⑦ 黄云：黄沙被风吹起形成云状沙雾。
⑧ 马上离愁：石崇《王明君辞序》："昔公主嫁乌孙，令琵琶马上作乐，以慰其道路之思。"
⑨ 昭阳：汉代宫殿名。
⑩ 辽阳：今辽宁省辽阳市，这里泛指远方。
⑪ 琐窗：装饰着连环花纹雕刻和绘画的窗户。
⑫ 轻拢慢捻：均为弹奏琵琶的指法。

⑬ 推手、却手、抹：均为弹奏琵琶的指法。
⑭ 哀彻：极为哀伤沉痛。
⑮ 贺老：指贺怀智，唐玄宗时为梨园供奉，是当时弹奏琵琶的著名艺人。定场：压场。
⑯ 沉香亭：唐代皇宫中的亭子，相传唐明皇和杨贵妃常在此游乐。

【评析】

　　本词名为"赋琵琶"，实则借琵琶以写盛衰之感。上片，词人连用三个典故，以《霓裳曲》之消逝抒写盛唐以来世道渐衰的感慨，以《琵琶行》中主人公之失志寥落抒发自己壮志难酬的忧愤，以昭君出塞、苦恋故国之典抒写词人对沦落山河的无限眷恋。感情深沉，寄托幽远。下片，词人同样连用三个典故，前半片用赋法写思妇对征人的思念。词人巧妙化用白居易《琵琶行》中的诗句，在琵琶女思念征人的弹奏中寄寓了词人对中原的深沉思念。接下来，以"贺老定场无消息"、"想沉香亭北繁华歇"两个典故抒发了"云飞烟灭千古事"的兴亡之感。感愤激切，令人扼腕呜咽。

　　在结构上本词用事虽多却婉转流美。六个典故皆以"琵琶"为引，一片忠愤之情作为主线贯穿始终，故虽有掉书袋之嫌却无堆垛晦涩之感。梁启超评曰："琵琶故事，网罗胪列……惟其大气足以包举之，故不觉粗率，非望人勿学步也。"（梁令娴《艺蘅馆词选》引）这正是此词的魅力所在。

【辑评】

　　辛稼轩词，或议其多用事，而欠流便。予览其"琵琶"一词，则此论未足凭也。《贺新郎》云："（略）。"此篇用事最多，然圆转流丽，不为事所使，称是妙手。（明陈霆《渚山堂词话》）

　　写出哀怨。（明李濂批点《稼轩长短句》）

　　（"弦解语"二句）略束。（"千古事"至末）一齐收拾。（清许昂霄《词综偶评》）

　　（"马上"句以下）谪逐正人，以致离乱。（"推手"三句）晏安江沱，不复北望。（清周济《宋四家词选》批语）

此词运典虽多，却是一片感慨，故不嫌堆垛。心中有泪，故下笔无一字不呜咽。哀感顽艳，笔力却高。（清陈廷焯《云韶集》）

水 龙 吟

登建康赏心亭①

楚天千里清秋，水随天去秋无际。遥岑远目②，献愁供恨，玉簪螺髻③。落日楼头，断鸿声里④，江南游子。把吴钩看了⑤，阑干拍遍，无人会、登临意。　　休说鲈鱼堪脍。尽西风、季鹰归未⑥。求田问舍，怕应羞见，刘郎才气⑦。可惜流年，忧愁风雨，树犹如此⑧。倩何人⑨，唤取红巾翠袖⑩，揾英雄泪。

【注释】

① 赏心亭：在南京城西门城楼上。
② 遥岑：远山，指北沦陷区内的山。
③ 螺髻：女子盘在脑后的螺形发髻。
④ 断鸿：孤鸿，失群之雁。
⑤ 吴钩：宝刀名。吴地所造，故名。后泛指锋利的刀剑。
⑥ "休说"二句：晋张翰为齐王东曹掾，在洛阳见秋风起，因思吴中菰菜、莼羹、鲈鱼脍，遂命驾便归。季鹰，张翰的字。事见《世说新语·识鉴》。
⑦ "求田"三句：刘备批评许汜只知购置田舍而无济世之志。事见《三国志·陈登传》。刘郎，指刘备。
⑧ 树犹如此：东晋桓温率部北伐，经过金城，看到以前所种柳树已有十围粗，慨然曰："木犹如此，人何以堪！"遂攀枝执条，泫然流涕。事见《世说新语·言语》。
⑨ 倩：请。
⑩ 红巾翠袖：代指穿红着绿的歌女。

【评析】

本词上片写景，下片抒情。上片借景抒情，写登高远望时的复杂悲怆之情，景物境界阔大,突出了千里楚天秋暮特有的苍茫之感。在笔法上,词人较多地采用了倒装反卷句式。如"秋无际"从"水随天去"中见,"玉簪螺髻"之"献愁供恨"从"远目"中见,"江南游子"从"断鸿落日"中见,有力地突出了词人胸中的抑塞不平。下片以古喻今,对四位历史人物进行褒贬,抒发壮志未酬的忧愤情怀。词人连续使用否定反诘语气,慷慨悲歌,极具回肠荡气的艺术感染力;在章法结构上,本词别具特色。上片之"愁"、"恨"与下片之"忧愁"前后相接,贯穿全篇。下片之"倩何人"亦与上片之"无人会"遥相呼应,相互映带,纵横豪宕中有一种回环往复之美,开宏铺陈中却字字都有脉络。在此词的结尾处,词人把"红巾翠袖"与"阑干拍遍"的英雄形象神奇地组合在一起,将柔美熔铸于壮美之中,更显出词人感情之沉郁悲慨。

【辑评】

　　词起结最难,而结尤难于起,盖不欲转入别调也。"呼翠袖、为君舞"、"倩盈盈翠袖、揾英雄泪",正是一法。然又须结得有"不愁明月尽,自有夜珠来"之妙乃得。(清刘体仁《七颂堂词绎》)

　　裂竹之声,何尝不潜气内转。(清谭献评《词辨》)

　　起二语苍苍茫茫,笔力雄劲可喜。落落数语,不输王粲《登楼赋》。字字是泪,结得风流悲壮。(清陈廷焯《云韶集》)

摸 鱼 儿

　　　　淳熙己亥①,自湖北漕移湖南②,同官王正之置酒小山亭③,为赋。

更能消、几番风雨。匆匆春又归去。惜春长怕花开早，何况落红无数。春且住。见说道④、天涯芳草无归路。怨春不语。算只有殷勤，画檐蛛网，尽日惹飞絮。

长门事⑤，准拟佳期又误。蛾眉曾有人妒⑥。千金纵有相如赋，脉脉此情谁诉。君莫舞。君不见、玉环飞燕皆尘土⑦。闲愁最苦。休去倚危阑⑧，斜阳正在，烟柳断肠处。

【注释】

① 淳熙己亥：宋孝宗淳熙六年（1179）。
② 湖北：指宋代行政地区荆湖北路。漕：漕司，即转运使，主管盐粮贮存运输的官员。湖南：荆湖南路。
③ 王正之：即王正己，继辛弃疾后任湖北转运副使。
④ 见说道：听说。
⑤ 长门事：用司马相如为陈皇后所作《长门赋》事。见前辛弃疾《贺新郎·别茂嘉十二弟》注⑤。
⑥ 蛾眉：女子细长而美丽的眉毛。此处为美女代称。
⑦ 玉环：杨玉环，唐玄宗宠妃，后被赐死于马嵬坡。飞燕：赵飞燕，汉成帝皇后，深受宠爱。后成帝死，飞燕被王莽逼迫自杀。
⑧ 危阑：高楼上的栏杆。

【评析】

　　本词是一首借美人伤春、蛾眉遭妒来抒发词人忧时感世之情怀的优秀词作。词的上片紧扣"春"字，将主人公之惜春、留春、怨春的情怀描绘得淋漓尽致。上片起首处，词人以一个极有分量的反诘疑问句发端，用"有力如虎"的激情触发起读者跌宕的感情波澜，同时引出下文的无限愁思。接下来，词人以细腻的笔触塑造了一位伤感而又痴情的美人形象。她惜春怜花，却面对着"落红无数"，她欲"留春且住"，然而"春又归去"，万般无奈中只能"怨春不语"地独自体味空虚寂寞的愁怀。下片以美女遭妒抒发词人壮志难酬的忧愤。在下片中，词人充分运用了比兴、象征和以古喻今的艺术手法。在陈后遭妒失宠的事典中隐括了词人备受投降派打击而被迫闲置的痛苦遭遇。接下来，词人笔锋振转，借玉环飞燕虽得宠一时却不得善终的古事含蓄而有力地警告了那些苟且偏安、骄横一时的当权派。结句寓意更加深远，在斜阳惨淡的悲情描绘中透露出南宋王朝日薄西山的命运。全词情调凄恻哀婉，风格沉郁顿挫，有力地表现了词人对国家前途的深深忧虑。

【辑评】

　　康伯可《曲游春》词头句云："脸薄难藏泪，恨柳风不与，吹断行色。"惜别之意已尽。辛幼安《摸鱼儿》词头句云："更能消、几番风雨。匆匆春又归去。"惜春之意亦尽。二公才调绝人，不被腔律拘缚。至"但掩袖，转面啼红，无言应得"与"闲愁最苦。休去倚危阑，斜阳正在，烟柳断肠处"，其惜别惜春之意，愈无穷。（宋张侃《拙轩词话》）

　　近世作词者，不晓音律，乃故为豪放不羁之语，遂借东坡、稼轩诸贤自诿。诸贤之词，固豪放矣，不豪放处，未尝不叶律也。如东坡之《哨遍》、"杨花"《水龙吟》，稼轩之《摸鱼儿》之类，则知诸贤非不能也。（宋沈义父《乐府指迷》）

　　辛幼安晚春词"更能消、几番风雨"云云，词意殊怨。"斜阳烟柳"之句，其与"未须愁日暮，天际乍轻阴"者异矣。使在汉、唐时，宁不贾种豆、种桃之祸哉？愚闻寿皇见此词，颇不悦，然终不加罪，可谓至德也已。（宋罗大经《鹤林玉露》）

　　稼轩中年被劾，凡十六章，自况凄楚。（明卓人月辑、徐士俊评《古今词统》）

　　辞意似过于激切。第南渡之初，危如累卵。"斜阳"句，亦危言耸听之意耳。持重者多危词，赤心人少甘语，亦可以谅其志哉。（清黄苏《蓼园词选》）

　　无咎词堂庑颇大，人知辛稼轩《摸鱼儿》（更能消、几番风雨）一阕，为后来名家所竞效。其实辛词所本，即无咎《摸鱼儿》（买陂塘、旋栽杨柳）之波澜也。

（清刘熙载《艺概》）

稼轩"更能消、几番风雨"一章，词意殊怨。然姿态飞动，极沉郁顿挫之致。起处"更能消"三字，是从千回万转后倒折出来，真是有力如虎。（清陈廷焯《白雨斋词话》）

权奇倜傥，纯用太白乐府诗法。（"见说道"句）开。（"君不见"句）合。（清谭献评《词辨》）

感时之作，必借景以形之。如稼轩云："算只有殷勤，画檐蛛网，尽日惹飞絮。"同甫云："恨芳菲世界，游人未赏，都付与莺和燕。"不言正意，而言外有无穷感慨。（清沈祥龙《论词随笔》）

词主谲谏，与诗同流。稼轩《摸鱼儿》，酒边《阮郎归》，鹿虔扆之"金锁重门"，谢克家之"依依宫柳"之属，所谓国风好色而不淫，小雅怨悱而不乱，此固有之。但不必如张皋文胶柱鼓瑟耳。（清张祥龄《词论》）

是张俊、秦桧一班人。亡国之音，不为讽刺。（清王闿运《湘绮楼评词》）

时春未去也，然更能消几番风雨乎。言只消几番风雨，则春去矣。倒提起。"惜春"七字，复用逆溯，然后跌落下句，思力沉透极矣。"春且住"，咽住。"无归路"，复为春计不得。"怨春不语"，又咽住。"蛛网"、"飞絮"，复为怨春者计亦不得，极力逼起下阕"佳期"。果有佳期，则不怨春矣，如又误何。至佳期之误，则以蛾眉之见妒也。纵有相如之赋，亦无人能谅此情者，然后佳期真无望矣。"君"字承"谁"字来。既无诉矣，则君亦安所用舞乎，咽住。环燕尘土，复推开，言不独长门一事也，亦以提为勒法。然后以"闲愁最苦"四字，作上下脱卸。言此皆往事，不如眼前春去之闲愁为最苦耳。斜阳烟柳，便无风雨，亦只匆匆。如此开合，全自龙门得来，为词家独辟之境。（清陈洵《海绡说词》）

回肠荡气，至于此极。前无古人，后无来者。（梁令娴《艺蘅馆词选》引梁启超语）

永遇乐

京口北固亭怀古①

　　千古江山,英雄无觅,孙仲谋处②。舞榭歌台,风流总被③,雨打风吹去。斜阳草树,寻常巷陌,人道寄奴曾住④。想当年,金戈铁马⑤,气吞万里如虎。　元嘉草草⑥,封狼居胥⑦,赢得仓皇北顾⑧。四十三年⑨,望中犹记,烽火扬州路⑩。可堪回首,佛狸祠下⑪,一片神鸦社鼓⑫。凭谁问,廉颇老矣,尚能饭否⑬。

【注释】

① 北固亭:在镇江城北北固山上。
② 孙仲谋:三国时东吴大帝孙权,字仲谋。
③ 风流:英雄人物的事迹。
④ 寄奴:南朝宋武帝刘裕的小名。
⑤ 金戈铁马:形容兵强马壮。
⑥ 元嘉:南朝宋文帝刘义隆年号(424—453)。宋文帝命王玄谟北伐,大败而归。
⑦ 狼居胥:山名,在今内蒙古西北部。汉朝霍去病战胜匈奴,封狼居胥山。宋文帝谓闻王玄谟论兵,使人有封狼居胥之意。
⑧ 仓皇北顾:在忙乱的撤退中回望追兵。一说为仓皇退至北固山下,从此只能流涕"北顾"。
⑨ 四十三年:辛弃疾于绍兴三十二年(1162)渡江南归,到开禧元年(1205)写此词时,前后共四十三年。
⑩ 烽火:原本作"灯火"。扬州路:指淮南东路,首府在扬州,大致相当于今江苏北部和安徽东北部。
⑪ 佛(bì)狸祠:北魏太武帝拓跋焘的祠庙。拓跋焘小名佛狸,曾兴兵南侵,在瓜步山(位于长江北岸,今江苏六合境内)上建立行宫,后改为佛狸祠。
⑫ 神鸦:祭祀时飞来觅食的乌鸦。社鼓:社日祭神时的鼓声。
⑬ "廉颇"二句:赵王想起用廉颇,派使者去探望,使者受贿,回报说:"廉将军虽老,尚善饭。然与臣坐,顷之,三遗矢(屎)矣。"赵王闻此言,遂不复用廉颇。事见《史记·廉颇蔺相如列传》。

【评析】

　　本词是一首借古讽今之作。上片写对两位历史英雄人物的追忆与赞美。起首三句，即以宏阔的气势展示出词人无限沧桑的今昔之感。紧接着，词人的笔调转入沉郁，在凄风惨雨的气氛中渲染出孙权身后的悲凉。"寻常巷陌，人道寄奴曾住。"当年曾"金戈铁马"、气吞胡虏的英雄刘裕，千载后竟也是同样寂寞。在纵横开阖的变化中，将词人力主抗金北伐的激越情感表现得淋漓尽致。下片写现实的惨痛和壮志难酬的悲愤。从过片中对"元嘉草草"的沉痛反思到对南归前后烽火征程的慷慨追忆，从对佛狸社鼓的郁闷描绘到对廉颇老矣英雄失意的强烈悲愤，吊古与伤今两种情绪始终交错，彼此互动。寓意深广的意象中透露出词人对安于现状、苟且投降政策的无比愤恨。结句中，词人以廉颇自喻，苍凉悲慨的反问尽显词人对复国大业的满腔忠义。本词寄托深远、风格悲壮，是怀古词中不可多得的名篇。

【辑评】

辛稼轩守南徐，已多病谢客，予来筮仕委吏，实隶总所。例于州家殊参辰，旦望赞谒刺而已。余时以乙丑南宫试，岁前莅事仅两旬，即谒告去。稼轩偶读余《通名启》而喜，又颇阶父兄旧，特与其洁。余试既不利，归官下，时一招去。稼轩以词名，每燕必命侍妓歌其所作。特好歌《贺新郎》一词，自诵其警句曰："我见青山多妩媚，料青山见我应如是。"又曰："不恨古人吾不见，恨古人不见吾狂耳。"每至此，辄拊髀自笑，顾问坐客何如，皆叹誉如出一口。既而又作一《永遇乐》，序北府事，首章曰："千古江山，英雄无觅，孙仲谋处。"又曰："寻常巷陌，人道寄奴曾住。"其寓感慨者，则曰："不堪回首，佛狸祠下，一片神鸦社鼓。凭谁问：廉颇老矣，尚能饭否？"特置酒召数客，使妓迭歌，益自击节，遍问客，必使摘其疵，孙谢不可。客或措一二辞，不契其意，又弗答，然挥羽四视不止。余时年少，勇于言，偶坐于席侧，稼轩因诵启语，顾问再四。余率然对曰："待制词句，脱去今古轸辙。每见集中有'解道此句，真宰上诉，天应嗔耳'之序，尝以为其言不诬。童子何知，而敢有议？然必欲如范文正以千金求《严陵祠记》一字之之易，则晚进尚窃有疑也。"稼轩喜，促膝亟使毕其说。余曰："前篇豪视一世，独首尾两腔，警语差相似；新作微觉用事多耳。"于是大喜，酌酒而谓坐中曰："夫君实中予痼。"乃咏改其语，日数十易，累月犹未竟，其刻意如此。余既以一语之合，益加厚，颇取视其骩骳，欲以家世荐之朝，会其去，未果。（宋岳珂《桯史》）

此词集中不载，尤隽壮可喜。（宋罗大经《鹤林玉露》）

事迹一经其用，政不多见。（明沈际飞《草堂诗馀·别集》）

典故一经其手，正不患多。（明卓人月辑、徐士俊评《古今词统》）

无限感慨悲凉之意，而词足以发之。妙！妙！（明李濂批点《稼轩长短句》）

升庵云："稼轩词中第一。"发端便欲涕落，后段一气奔注，笔不得遏。廉颇自拟，慷慨壮怀，如闻其声。谓此词用人名多者，当是不解词味。（清先著、程洪《词洁》）

今人论词，动称辛、柳，不知稼轩词以"佛狸祠下，一片神鸦社鼓"为最，过此则颓然放矣。耆卿词以"关河冷落，残照当楼"与"杨柳岸、晓风残月"为佳，非是则淫以亵矣。此不可不辨。（清田同之《西圃词说》）

（上片）有英主则可以隆中兴，此是正说。英主必起于草泽，此是反说。（下片）继世图功，前车如此。（清周济《宋四家词选》批语）

此阕悲壮苍凉，极咏古能事。（清李佳《左庵词话》）

稼轩词如《永遇乐·京口北固亭怀古》……才气虽雄，不免粗鲁。世人多好读之，无怪稼轩为后世叫嚣者作俑矣。读稼轩词者，去取严加别白，乃所以爱稼轩也。（清陈廷焯《白雨斋词话》）

此词拉杂使事，而以浩气行之，如猊之怒，如龙之飞，不嫌其堆垛，岳倦翁谓此作微觉用事多，非也。句句有金石声，吾怖其神力。（清陈廷焯《云韶集》）

起句嫌有犷气。使事太多，宜为岳氏所讥。非稼轩之盛气，勿轻染指也。（清谭献评《词辨》）

运用书卷，词难于诗。稼轩《永遇乐》，岳倦翁尚谓其用事太实。然亦有法，材富则约以用之，语陈则新以用之，事熟则生以用之，意晦则显以用之，实处间以虚意，死处参以活语，如禅家转法华，弗为法华转，斯为善于运用。（清沈祥龙《论词随笔》）

否，方矩切，陈琳《大荒赋》"岂云行之藏否"，辛弃疾《永遇乐》"为问廉颇尚能饭否"，俱与上文"虎"字叶，盖古音也。（清谢章铤《赌棋山庄词话》）

辛稼轩《永遇乐·京口北固亭怀古》一词，意在恢复，故追数孙刘，皆南朝之英主。屡言佛狸，以拓跋比金人也。《古今词话》载，岳倦翁议之云："此词微觉用事多。"稼轩闻岳语大喜，谓座客曰："夫夫也，实中余痼。"乃抹改其语，日数十易，累月未竟。按此，则今传辛词，已是改本。《词综》乃注岳语于下，误也。（清宋翔凤《乐府馀论》）

辛稼轩《永遇乐》词"从头问，廉颇老矣，更能饭否"，故戴石屏词云："吴姬劝酒，唱得廉颇能饭否。"以一阕之工，形诸齿颊，盖玉以和氏宝，饮以中泠贵矣。（清张德瀛《词徵》）

稼轩《贺新凉》、《永遇乐》二词，使座客指摘其失，岳珂谓其《贺新凉》首尾二腔语句相似，《永遇乐》用事太多。乃自改其语，日数十易，未尝不呕心艰苦。（清胡薇元《岁寒居词话》）

金陵王气，始于东吴。权不能为汉讨贼，所谓英雄，亦仅保江东耳。事随运去，本不足怀，"无觅"亦何恨哉。至于寄奴王者，则千载如见其人。"寻常巷陌"胜于"舞榭歌台"远矣。以其能虎步中原，气吞万里也。后阕谓元嘉之政，尚足有为。乃草草卅年，徒忧北顾，则文帝不能继武矣。自元嘉二十九年，更谋北伐无功。明年癸巳，至齐明帝建武二年，此四十三年中，北师屡南，南师不复北。至于魏孝文济淮问罪，则元嘉且不可复见矣。故曰"望中犹记"，曰"可堪回首"。此稼轩守南徐日作，全为宋事寄慨。"廉颇老矣，尚能饭否"，谓己亦衰老，恐无能为也。使事虽多，脉络井井可寻，是在知人论世者。（清陈洵《海绡说词》）

木兰花慢

滁州送范倅①

老来情味减,对别酒,怯流年②。况屈指中秋,十分好月,不照人圆。无情水、都不管,共西风、只管送归船。秋晚莼鲈江上③,夜深儿女灯前。　　征衫④。便好去朝天⑤。玉殿正思贤⑥。想夜半承明⑦,留教视草⑧,却遣筹边⑨。长安故人问我⑩,道愁肠、殢酒只依然⑪。目断秋霄落雁,醉来时响空弦⑫。

【注释】

① 滁州:今属安徽。范倅(cuì):同僚范昂,时任滁州通判,为词人之助理官。倅,副职。
② 怯:害怕。
③ 莼鲈:莼菜和鲈鱼。见前《水龙吟·登建康赏心亭》注⑥。
④ 征衫:旅途样式的衣服。
⑤ 朝天:朝觐天子。
⑥ 玉殿:皇宫。思贤:征召贤才。
⑦ 承明:汉有承明庐,为朝官值宿之处。
⑧ 视草:为皇帝起草制诏。
⑨ 筹边:筹划边防军务。
⑩ 长安:汉唐都城,此处指代南宋都城临安。
⑪ 殢(tì)酒:困酒、病酒。
⑫ 空弦:未上箭的弓弦,用以称赞箭法高明。战国时,更羸与魏王仰见飞雁,更羸道他可以只振空弦便可射落飞雁,魏王不信。更羸立振空弦,雁应声而落。更羸解释道,此雁身有箭伤未愈,故闻弦惊心而落。事见《战国策·楚策》。

【评析】

　　本词是一首送别之作。上片写惜别之情,下片写壮志难酬之悲。词的起首三句直抒胸臆,为全词奠定了忧伤的基调。接下来词人寓情于景,在好月不照人圆、流水只管送归的移情描写中充分抒发了词人对故友依依不舍的深情。上片末尾以张翰辞官之典作结，包含了两重深意，起到了承上启下的作用。遥想友人返乡与儿女欢聚是顺承上文之送别而来，自然谐婉，水到渠成。而惜其忘怀时事一意则为下文之言志埋下了铺垫性的伏笔。下片中，词人以一波三折的方式将层层跌宕的激情表现得淋漓尽致。前四句，词人通过"朝天"、"思贤"、"承明"、"视草"等昂扬自信的词语豪迈地抒写了自己渴望建立宏伟功业的壮志。然而第五句"却遣筹边"却笔锋骤转，以巨大的情感落差发出了壮志难酬的不平之鸣。结尾处，词人以沉重的笔调进一步抒写了自己"愁肠殢酒"、"空弦落雁"的痛楚心态。全词于起伏开阖中尽显哀怨悲壮，感人肺腑。

【辑评】

　　此稼翁晚年笔墨，不必十分经意，只信手写去，如闻饿虎吼啸之声，古人词焉得不望而却步。（清陈廷焯《云韶集》）

　　一直说去，而语极浑成，气极团炼，总由力量大耳。（清陈廷焯《词则·放歌集》）

祝英台近

　　宝钗分①，桃叶渡②。烟柳暗南浦③。怕上层楼④，十日九风雨。断肠片片飞红，都无人管，更谁劝、啼莺声住。　　鬓边觑。试把花卜归期，才簪又重数。罗帐灯昏，哽咽梦中语。是他春带愁来，春归何处。却不解、将愁归去。

【注释】

① 宝钗分：古代女子与情人分离时，常将钗两股分开，各执一股以留念。
② 桃叶渡：此指与情人分离。用晋王献之送别爱妾桃叶事。见前贺铸《蝶恋花·改徐冠卿词》注①。
③ 南浦：泛指送别的地方。
④ 层楼：高楼。

【评析】

　　本词原题"晚春"，为伤春怀远之作。上片写凭栏望春。起首即通过两个典故渲染出恋人离别的哀痛。在接下来的景物描绘中，词人注入了自己浓郁的主观情思，将春愁赋予无生命的花鸟，在"有我之境"中以"无人管"、"更谁劝"等凄切的词语进一步抒写出词人对春光的无限眷恋。下片写思妇对游子的思念。词人展示出高妙的艺术手法，通过对"花卜归期"、"哽咽梦语"这两个典型细节的生动描绘，写尽了寂寞思妇的犹疑、忐忑、期待、惆怅等种种心理，真可谓"昵狎温柔"，令人"魂消意尽"。

　　本词情调缠绵，妩媚委婉，与多数辛词"激扬奋厉"的风格迥异。但细细看来，本词字里行间仍展示了词人深远的寄托。"怕上层楼，十日九风雨"，"却不解、将愁归去"。前句写威风淫雨之无情摧春，后句写春归迅疾而留下春愁无限，皆超出闺情而寓有深意，寄托了词人对时局的深广忧患。

【辑评】

　　吕婆即吕正己之妻，淳熙间，姓名亦达天听。……吕婆有女事辛幼安，因以微事触其怒，竟逐之，今稼轩"桃叶渡"词因此而作。（宋张端义《贵耳集》）

　　雍陶《送春》诗云："今日已从愁里去，明年更莫共愁来。"稼轩词云："是他春带愁来，春归何处，却不解和愁将去。"虽用前语，而反胜之。（宋刘克庄《后村诗话》）

　　"宝钗分，桃叶渡，烟柳暗南浦。……"此辛稼轩词也。风流妩媚，富于才情，若不类其为人矣。……盖其天才既高，如李白之圣于诗，无适而不宜，故能

如此。（宋魏庆之《诗人玉屑》）

辛幼安词："是他春带愁来，春归何处，却不解带将愁去。"人皆以为佳，不知赵德庄《鹊桥仙》词云："春愁元是逐春来，却不肯随春归去。"盖德庄又本李汉老"杨花"词："蓦地便和春，带将归去。"大抵后之作者，往往难追前人。（宋陈鹄《西塘集耆旧续闻》）

辛幼安《祝英台》云："是他春带愁来，春归何处，又不解和愁归去。"王君玉《祝英台》云："可堪妒柳羞花，下床都懒，便瘦也教春知道。"前一词欲春带愁去，后一词欲春知道瘦。近世春晚词，少有比者。（宋张侃《拙轩词话》）

辛稼轩《祝英台近》云："宝钗分，桃叶渡，烟柳暗南浦。（下略）"皆景中带情，而存骚雅。故其燕酣之乐，别离之愁，回文题叶之思，岘首西州之泪，一寓于词。若能屏去浮艳，乐而不淫，是亦汉魏乐府之遗意。（宋张炎《词源》）

上有归咎风雨催春意，下有春愁万状难解处。点点飞红，却悟莺啼血。愁来愁不去，只是伤春情多。以心中愁怀归于春上，极有风致，但王公不管人憔悴耳。（明《新刻李于鳞先生批评注释草堂诗馀隽》伪托李攀龙评点）

无可埋怨处。（托名杨慎评点《草堂诗馀》）

此以心中愁怀归于春上，极有风致，但天公不管人憔悴耳。（明《新刻注释草堂诗馀评林》李廷机评语）

妖艳。唐诗："莫作商人妇，金钗当卜钱。"不能擅美。怨春、问春，口快心灵，非关剿袭。（明沈际飞《草堂诗馀·正集》）

稼轩词以激扬奋厉为工，至"宝钗分，桃叶渡"一曲，昵狎温柔，魂消意尽，才人伎俩，真不可测。（清沈谦《填词杂说》）

（"肠断"三句）一波三过折。（末三句）托兴深切，亦非全用直语。（清谭献评《词辨》）

此与德祐太学生二词用意相似。"点点飞红"，伤君子之弃。"流莺"，恶小人得志也。"春带愁来"，其刺赵、张乎？（清张惠言《词选》）

此闺怨词也。史称稼轩人材，大类温峤、陶侃。周益公等抑之，为之惜，此必有所托而借闺怨以抒其志乎！言自与良人分钗后，一片烟雨迷离，落红已尽，而莺声未止，将奈之何乎？次阕，言问卜欲求会，而间阻实多，而忧愁之念，将不能自已矣。意致凄惋，其志可悯。史称叶衡入相，荐弃疾有大略，召见，提刑江西，平剧盗，兼湖南安抚。盗起湖湘，弃疾悉平之。后奏请于湖南设飞虎军，诏委以规画。时枢府有不乐者，数阻挠之。议者以聚敛闻，降御前金字牌停住。弃疾开陈本末，绘图缴进，上乃释然。词或作于此时乎？（清黄苏《蓼园词选》）

讽刺语却婉雅。按《贵耳录》：吕婆有女事辛幼安，以微事触怒，逐之，稼轩因作此词。此亦一说。（清陈廷焯《词则·大雅集》）

茗柯又评稼轩《祝英台近》词云："此与德祐太学生二词用意相似。'点点飞红'，伤君子之弃。'流莺'，恶小人得志也。'春带愁来'，其刺赵、张乎。然据《贵耳集》云，吕婆，吕正己之妻。正己为京畿漕，有女事辛幼安，因以微事触其怒，竟逐之。今稼轩'桃叶渡'词因此而作。是辛本非寓意，张说过曲。"（清张德瀛《词徵》）

词贵愈转愈深。稼轩云："是他春带愁来，春归何处，却不解带将愁去。"玉田云："东风且伴蔷薇住，到蔷薇春已堪怜。"下句即从上句转出，而意更深远。（清沈祥龙《论词随笔》）

青玉案

元　夕

东风夜放花千树。更吹落、星如雨。宝马雕车香满路①。凤箫声动②,玉壶光转③,一夜鱼龙舞④。　蛾儿雪柳黄金缕⑤。笑语盈盈暗香去⑥。众里寻她千百度。蓦然回首,那人却在,灯火阑珊处⑦。

【注释】

① 宝马雕车:装饰华丽的车马。
② 凤箫:即形状似凤翅的排箫。
③ 玉壶:玉石做的灯。
④ 鱼龙:指鱼形和龙形的灯。
⑤ 蛾儿、雪柳、黄金缕:都是当时妇女元宵节常佩戴的装饰品。
⑥ 盈盈:形容女子仪态美好。暗香:此处借指美人。
⑦ 阑珊:零落、冷清。

【评析】

　　本词上片写景,描绘了元宵佳节灯火辉煌的热闹场面,下片描写了一对情人的巧遇。从表面上看似乎是描写男女恋情的词作,但实际上却是借风月以抒己志。当其时,投降派权势日重,而词人却宁可独抱冰心,固守孤寂也决不与当权小丑同流合污。在本词中,词人着力推出的美人形象即寄寓着词人高洁的理想。梁启超称之为"自怜幽独,伤心人别有怀抱",的确独具慧眼。在结构上,本词也别具特色,上片全写灯火,但却无一处明点灯火二字,只用"花千树"、"星如雨"、"鱼龙舞"等词从各方面进行烘托,直到下片最后一句才明现"灯火",可谓画龙点睛,更见神韵。下片通篇写寻人,但却一直没有推出所寻之妙人,通过"蛾儿雪柳"、"笑语盈盈"等意象的重重渲染,直到最后才拨云见月,将那不慕荣华、高洁独立的佳人形象凸显在读者面前。草蛇灰线、正反衬托等多种艺术手法被词人有机结合起来,运用得炉火纯青,显出辛弃疾在词的创作上已达到了自然高妙的境界。

【辑评】

　　("蓦然"三句)星中织女,亦复吹落人世。(明卓人月辑、徐士俊评《古今词统》)

辛稼轩"蓦然回首，那人却在，灯火阑珊处"，秦、周之佳境也。（清彭孙遹《金粟词话》）

《金粟词话》曰："柳耆卿'却傍金笼教鹦鹉，念粉郎言语'，《花间》之丽句也。辛稼轩'蓦然回首，那人却在，灯火阑珊处'，周、秦之妙境也。"两公平生无此等词，直是竿头进步，若近似俳体，则流为秽亵矣。（清沈雄《古今词话·词品》）

题甚秀丽，措辞亦工绝，而其气仍是雄劲飞舞，绝大手段。（清陈廷焯《云韶集》）

艳语，亦以气行之，是稼轩本色。（清陈廷焯《词则·闲情集》）

稼轩心胸，发其才气，改之而下则犷。（"更吹落、星如雨"）赋色瑰异。（结句）何尝不和婉。（清谭献评《词辨》）

古今之成大事业、大学问者，必经过三种之境界。"昨夜西风凋碧树，独上高楼，望尽天涯路"，此第一境也。"衣带渐宽终不悔，为伊消得人憔悴"，此第二境也。"众里寻他千百度，回头蓦见，那人正在，灯火阑珊处"，此第三境也。此等语皆非大词人不能道。然遽以此意解释诸词，恐为晏欧诸公所不许也。（王国维《人间词话》）

自怜幽独，伤心人别有怀抱。（梁令娴《艺蘅馆词选》引梁启超语）

鹧鸪天

鹅湖归病起作①

枕簟溪堂冷欲秋。断云依水晚来收。红莲相倚浑如醉，白鸟无言定自愁。　　书咄咄②，且休休③。一丘一壑也风流④。不知筋力衰多少，但觉新来懒上楼。

【注释】

① 鹅湖：在今江西铅山东北。
② 书咄咄：殷浩被贬职后，终日无言，只以手在空中写"咄咄怪事"四字。事见《晋书·殷浩传》。
③ 且休休：司空图离职后隐居中条山，筑"休休亭"。事见《旧唐书·司空图传》。
④ 一丘一壑：指代隐居之地。《世说新语·品藻》："明帝问谢鲲：'君自谓何如庾亮？'答曰：'端委庙堂，使百官准则，臣不如亮；一丘一壑，自谓过之。'"风流：潇洒自得。

【评析】

本词为辛弃疾被诬离职后退隐带湖所作。词的上片写对秋感怀。起首二句即在冰枕凉簟、断云依水的景物渲染中流露出词人孤寂苦闷的情愁。接后二句寓情于景，"生派愁怨与花鸟"（沈际飞《草堂诗馀·正集》），在拟人化的描写中进一步突出深广的愁思。下片抒发词人的感慨。通过三个退隐典故的运用，委婉地诉说了词人的心曲：原本是心系天下的志士，现在却成为玩赏丘壑的隐士。沉痛而无奈的反语中流露出词人对投降派当权误国、排斥异己的强烈不满。结句含蓄抑郁，以委婉的笔触抒发了自己筋力渐衰而无处报国的烈士情怀。平淡如家常的叙述令人倍感真切。本词格调苍劲低回，意味深厚，是体现辛词深婉沉郁风貌的代表之作。

【辑评】

"敧枕静闻庭叶落"，"倚筇闲看白云飞"，亦足此意。一本后段作："无限事，不胜愁。那堪鱼雁两悠悠。秋怀不识知多少。"此稼轩鹅湖归，病起作也，作"秋怀"者非。（明潘游龙《精选古今诗馀醉》）

其有《匪风》、《下泉》之思乎？可以悲其志矣。妙在结二句放开写，不即不离尚含住。（清黄苏《蓼园词选》）

稼轩词着力太重处，如《破阵子·为陈同甫赋壮诗以寄之》、《水龙吟·过南涧双溪楼》等作，不免剑拔弩张。余所爱者，如"红莲相倚深如怨，白鸟无言定是愁"。又，"不知筋力衰多少，但觉新来懒上楼"。又，"城中桃李愁风雨，春在溪头荠菜花"之类，信笔写去，格调自苍劲，意味自深厚。不必剑拔弩张，洞穿已过七札，斯为绝技。（清陈廷焯《白雨斋词话》）

定是妙。壮心不已，稼轩胸中有如许不平之气。（清陈廷焯《词则·放歌集》）

辛幼安云："不知筋力衰多少，只觉新来懒上楼。"填词者试于此消息之。（清谭献《复堂词序》）

《吹剑录》云："古今诗人间出，极有佳句。无人收拾，尽成遗珠。陈秋塘诗：'不知筋力衰多少，但觉新来懒上楼。'"按此二句乃稼轩词《鹧鸪天》歇拍。稼轩倚声大家，行辈在秋塘稍前，何至取材秋塘诗句？秋塘平昔以才气自豪，亦岂肯沿袭近人所作？或者俞文豹氏误记辛词为陈诗耶？此二句入词则佳，入诗便稍觉未合。词与诗体格不同处，其消息即此可参。（清况周颐《蕙风词话》）

（"枕簟溪堂冷欲秋"二句）谭仲修最赏此二语，谓学词者当于此中消息之。（梁令娴《艺蘅馆词选》引梁启超语）

菩 萨 蛮

书江西造口壁[①]

郁孤台下清江水[②]。中间多少行人泪。西北是长安[③]。

可怜无数山。　　青山遮不住。毕竟东流去。江晚正愁余④。山深闻鹧鸪⑤。

【注释】

① 造口：又名皂口，在今江西万安西南。
② 郁孤台：在江西赣州西北田螺岭上。清江：赣江与袁江合流处旧称清江。
③ 长安：汉、唐旧都，此指北宋都城汴京。
④ 愁余：使我发愁。
⑤ 鹧鸪：鸟名，叫声好像"行不得也哥哥"。

【评析】

　　本词是一首小令，上片寓情于景，从登台眺望中引起对多少往事的追忆。起首二句凄清抑郁，以泪伴江水这熟悉而沉痛的意象展示出对山河破碎的遗恨。接下二句由虚入实，词人以跌宕的激情诉说着对故国的无限思念。下片词人进一步展开想象，以江水喻爱国志士的抗金决心，以青山喻投降派的阻挠。在惜山怨水的比兴中有力地表达了词人对祖国统一的热切企盼，对投降偏安的强烈不满。在结构上本词别具特色，寥寥八句竟奇妙地呈现出抑扬开阖、起伏顿挫的开放性宏阔结构，使词人的忠愤之情得到充分展现。全词格调沉郁却决不颓废。"青山遮不住，毕竟东流去"二句可称宋词中的千古名句，寓理于景。历史一定会向前发展，规律不可抗拒，坚定昂扬，一扫上片的凄凉悲愁，给全词带来了一股向上的力量。无怪梁启超曰："《菩萨蛮》如此大声鞺鞳，未曾有也。"（梁令娴《艺蘅馆词选》引）以小令写大感慨，本词为首创。

【辑评】

　　南渡之初，虏人追隆祐太后御舟至造口，不及而还，幼安自此起兴。"闻鹧鸪"之句，谓恢复之事行不得也。（宋罗大经《鹤林玉露》）

　　忠愤之气，拂拂指端。（明卓人月辑、徐士俊评《古今词统》）

　　无数山水，无数悲愤郁伊。文公云：若朝廷赏罚明，此等人皆可用。（明沈际

飞《草堂诗馀·正集》）

《庆元党禁》云：嘉泰四年，辛弃疾入见，陈用兵之利，乞付之元老大臣。侂胄大喜，遂决意开边。则稼轩先以韩为可倚，后有"书江西造口壁"一词。《鹤林玉露》言"山深闻鹧鸪"之句，"谓恢复之事行不得也"，则固悔其轻言。然稼轩之情，可谓忠义激发矣。（清宋翔凤《乐府馀论》）

此词寓意，《鹤林玉露》言之最当。（清许昂霄《词综偶评》）

惜水怨山。（清周济《宋四家词选》批语）

慷慨生哀。（清陈廷焯《词则·大雅集》）

血泪淋漓，古今让其独步。结二语号呼痛哭，音节之悲，至今犹隐隐在耳。（清陈廷焯《云韶集》）

稼轩《菩萨蛮》一章，用意用笔，洗脱温、韦殆尽，然大旨正见吻合。（清陈廷焯《白雨斋词话》）

（"西北"二句）宕逸中亦深炼。（清谭献评《词辨》）

词有与风诗意义相近者，自唐迄宋，前人钜制，多寓微旨。如李太白"汉家陵阙"，《兔爰》伤时也。……辛稼轩"郁孤台上"，《燕燕》慨失偶也。（清张德瀛《词徵》）

姜　夔　十六首

点　绛　唇

丁未冬过吴松作①

燕雁无心②，太湖西畔随云去。数峰清苦。商略黄昏雨③。　第四桥边④，拟共天随住⑤。今何许。凭阑怀古。残柳参差舞。

【注释】

① 丁未：宋孝宗淳熙十四年（1187）。吴松：县名，今江苏苏州吴江。
② 燕（yān）雁：幽燕一带飞来的大雁。无心：无留恋之意。
③ 商略：酝酿。
④ 第四桥：即吴江城外的甘泉桥。
⑤ 天随：唐陆龟蒙，自号天随子。

【评析】

此为词人自湖州往苏州，道经吴松所作。上片写景。词人通过南飞的塞雁，远处的群峰等特定意象，出色地勾勒出太湖一带迷蒙萧寂的冬景，并运用拟人化手法巧妙避开了物象本身的具体描绘，而将着眼点放在主体的审美感受上，变静为动，化实为虚，将强烈的主体情感注入景物描写中，有力渲染出词人飘零无依的凄凉心境。下片因地怀古。"第四桥边，拟共天随住。"在对唐代隐逸词人陆龟蒙的追慕与怀念中，表达了与古人远隔时空的深深惋惜，同时也隐隐展示出词人以陆龟蒙自况的胸襟,意在言外,含蓄蕴藉。结句仍用拟人化手法,使无情之物富有感情色彩,寄寓了无限沧桑之感。全词意象高远,风格飘逸,被陈廷焯推为绝调:"无穷哀感,都在虚处。"(《白雨斋词话》)不愧为小令中的名篇。

【辑评】

"商略"二字诞妙。(明卓人月辑、徐士俊评《古今词统》)

("数峰清苦"二句)逎紧。(清许昂霄《词综偶评》)

字字清虚,无一笔犯实,只摹叹眼前景物而令读者吊古伤今,不能自止,真绝调也。"今何许"三字提唱,"凭阑怀古"下只以"残柳"五字咏叹了之,神韵无尽。(清陈廷焯《词则·大雅集》)

白石长调之妙,冠绝南宋,短章亦有不可及者。如《点绛唇·丁未过吴淞作》一阕,通首只写眼前景物。至结处云:"今何许。凭阑怀古。残柳参差舞。"感时伤事,只用"今何许"三字提唱。"凭阑怀古"以下,仅以"残柳"五字,咏叹了之。无穷哀感,都在虚处。令读者吊古伤今,不能自止。洵推绝调。(清陈廷焯《白雨斋词话》)

鹧 鸪 天

元夕有所梦①

肥水东流无尽期②。当初不合种相思③。梦中未比丹青见④,暗里忽惊山鸟啼。　　春未绿,鬓先丝。人间别久不成悲。谁教岁岁红莲夜⑤,两处沉吟各自知。

【注释】

① 元夕：农历正月十五元宵节。
② 肥水：源出安徽合肥紫蓬山，东南流经将军岭，至施口入巢湖。
③ 不合：不应该。
④ 丹青：泛指图画，此处指恋人的画像。
⑤ 红莲夜：指元宵之夜。红莲，指花灯。

【评析】

　　词人曾几度客游合肥，并与歌伎真挚相恋。本词正是元宵夜梦合肥恋人的有感之作。词的开头处即以相思点题。全词紧紧围绕夜中相思这个特定的场景，展开深婉而沉郁的抒写。上片写梦醒前后的感受。就像东流的肥水永无尽期，词人对恋人的刻骨相思夜夜入梦。当山鸟的啼叫将梦境击碎后，全词立即转入了更加凄冷的下片。早春尚寒，草木未绿，而人却早已两鬓斑白，进入了孤苦的暮年。自然界的寒冽与现实生活的无情紧紧交织起来，引领出词人"人间别久不成悲"的嗟叹。此句从表面上看似乎有一种万念俱灰的无奈，实际却是欲扬先抑，意在蓄势，为欲思还休、欲罢不能的深情张本。结尾两句重点相思，在深沉含蓄的感慨中，将情感推向高潮，曲终馀味，绵绵不绝。本词笔法清隽，寄意幽邃，有力地体现了姜词哀婉而内敛的艺术特色。

【辑评】

　　"红莲"谓灯，此可与"丁未元日金陵，江上感梦之作"参看。（清郑文焯手批《白石道人歌曲》）

踏莎行

自沔东来①，丁未元日至金陵②，江上感梦而作。

燕燕轻盈，莺莺娇软③。分明又向华胥见④。夜长争得薄情知，春初早被相思染。　　别后书辞，别时针线。离魂暗逐郎行远。淮南皓月冷千山⑤，冥冥归去无人管。

【注释】

① 沔（miǎn）：唐宋时州名，今湖北汉阳。
② 丁未：宋孝宗淳熙十四年（1187）。
③ 燕燕、莺莺：代指词人在合肥所恋女子。
④ 华胥：传说中的古国名。《列子·黄帝》："昼寝，而梦游于华胥之国。"后以华胥代指梦境。
⑤ 淮南：指合肥。宋时合肥属淮南路。

【评析】

此词构思别致，全词紧紧抓住"感梦"二字。从情人入梦开篇，以情人魂魄归来收尾，结构细密严谨。上片写词人对恋人的怀念。起首三句描绘了"感梦"的情形。"分明"二字表明恋之深，"又"则表现出梦会已非一日。日夜思念的情人只能在梦中相见，凄怆之情跃然纸上。接下来的二句描写词人梦中的体会，词人并不直接倾诉自己的相思愁苦，相反却移情于景，用相思染就春色，在"有我之境"中营造出一段更加缠绵悱恻的相思。下片移写对方的相思之情，使前后呼应。词人将视角转换到恋人一方，以我之衷肠遥想情人的魂魄赴梦而来，有力地突出了原本模糊的伊人形象，使人物鲜活生动，相思之情更加深沉。全词意境幽邃凄冷，语言精炼澄澈，有力体现了姜词清空的特点。

【辑评】

白石之词，余所最爱者，亦仅二语，曰："淮南皓月冷千山，冥冥归去无人管。"（王国维《人间词话删稿》）

庆 宫 春

绍熙辛亥除夕①，余别石湖归吴兴②，雪后夜过垂虹③，尝赋诗云:"笠泽茫茫雁影微④,玉峰重叠护云衣⑤。长桥寂寞春寒夜⑥,只有诗人一舸归。"后五年冬,复与俞商卿⑦、张平甫⑧、铦朴翁自封禺同载诣梁溪⑨,道经吴松,山寒天迥,云浪四合,中夕相呼步垂虹,星斗下垂,错杂渔火,朔吹凛凛,卮酒不能支⑩。朴翁以衾自缠,犹相与行吟,因赋此阕,盖过旬涂稿乃定。朴翁咎余无益,然意所耽不能自已也。平甫、商卿、朴翁皆工于诗,所出奇诡,余亦强追逐之,此行既归,各得五十馀解。

双桨莼波,一蓑松雨,暮愁渐满空阔。呼我盟鸥⑪,翩翩欲下,背人还过木末⑫。那回归去,荡云雪、孤舟夜发。伤心重见,依约眉山⑬,黛痕低压。　　采香径里春寒⑭,老子婆娑,自歌谁答。垂虹西望,飘然引去,此兴平生难遇。酒醒波远,正凝想、明珰素袜⑮。如今安在,惟有阑干,伴人一霎⑯。

【注释】

① 绍熙辛亥:宋光宗绍熙二年(1191)。
② 石湖:范成大,号石湖居士。吴兴:浙江湖州。
③ 垂虹:即吴江城利往桥,因桥上建亭名垂虹,故称垂虹桥。
④ 笠泽:即太湖。
⑤ 玉峰:指太湖中被白雪覆盖的西洞庭山缥缈峰和东洞庭山百里峰。
⑥ 长桥:即垂虹桥。
⑦ 俞商卿:俞灏,字商卿,世居杭州,晚年筑室西湖九里松,号青松居士。
⑧ 张平甫:张鉴,字平甫,张浚之孙。
⑨ 铦朴翁:葛天民,字无怀,初为僧,名义铦,字朴翁,山阴(今浙江绍兴)人,居西湖。封禺:二山名,在今浙江德清县西南。梁溪:古地名,在无锡城西,亦为无锡别称。
⑩ 卮酒:杯酒。
⑪ 盟鸥:指隐居,与鸥鸟相盟为伴。
⑫ 背人:离开人。木末:树梢。
⑬ 眉山:形容女子眉色如望远山。
⑭ 采香径:在江苏苏州香山旁。因吴王种香于香山,使美人泛舟于溪以采香,故名。
⑮ 明珰:女子所戴之耳珠。
⑯ 一霎:片刻。

【评析】

本词是重经旧地的怀人之作。上片写傍晚时的凄迷景象。起首三句,词人以清丽的笔触描绘了湖上的烟波清景。暮霭沉沉,空寂清冷,一股难以名状的愁绪弥漫在长天碧水间。接着,词人笔调忽然振转,由沉郁悲凉一跃而为轻快活泼,"呼"字的运用更惟妙惟肖地刻画了词人渐入佳境、浑然忘机的俊朗风神。然而,此处之扬并非意味着全词主基调的改变,而是为后文再抑张本。从"那回归去"起,词作再次转入睹物伤怀的抒写,"依约眉山,黛痕低压"。在对山水的描绘中,词人寓悲情于清景,通过拟人化手法的运用展示出自己的无限愁思。下片以往昔之欢乐反衬今日之愁绪。无论是往日纵情恣意的婆娑自歌,还是任舟飘然引去的随意自得,无不与"惟有阑干,伴人一霎"的悲凉现实形成了鲜明的对比。全片不言感伤而感伤自现,在对比映衬中更见孤寂愁思之深重。

本词用笔清隽,风格清旷高远,在深婉蕴藉中给人不尽的回味。此外,小序秀雅隽爽,如同一篇优美的散文,是情景交融的上乘佳作,对词作本身也是有力的映衬和补充。

【辑评】

往余见姜贯道画图,后有子固端平三年监新城商税日叙姜尧章《庆宫春》词,爱其词翰丰茸,故备载之。(元陆友仁《砚北杂志》)

元人沈伯时作《乐府指迷》,于清真词推许甚至。唯以"天便教人,霎时廝见何妨"、"梦魂凝想鸳侣"等句为不可学,则非真能知词者也。清真又有句云:"多少暗愁密意,唯有天知。""最苦梦魂,今宵不到伊行。""拚今生、对花对酒,为伊泪落。"此等语愈朴愈厚,愈厚愈雅,至真之情,由性灵肺腑中流出,不妨说尽而愈无尽。南宋人词如姜白石云:"酒醒波远,正凝想、明珰素袜。"庶几近似。然已微嫌刷色。(清况周颐《蕙风词话》)

齐 天 乐

丙辰岁①,与张功甫会饮张达可之堂②,闻屋壁间蟋蟀有声,功甫约余同赋,以授歌者。功甫先成,词甚美。余徘徊茉莉花间,仰见秋月,顿起幽思,寻亦得此。蟋蟀,中都呼为促织③,善斗。好事者或以三二十万钱致一枚,镂象齿为楼观以贮之。

庾郎先自吟愁赋④。凄凄更闻私语。露湿铜铺⑤,苔侵石井,都是曾听伊处。哀音似诉。正思妇无眠,起寻机杼。曲曲屏山⑥,夜凉独自甚情绪。　西窗又吹暗雨。为谁频断续,相和砧杵⑦。候馆迎秋,离宫吊月⑧,别有伤心无数。豳诗漫与⑨。笑篱落呼灯⑩,世间儿女。写入琴丝⑪,一声声更苦。

【注释】

① 丙辰:宋宁宗庆元二年(1196)。
② 张功甫:张镃,字功甫。词人好友。张达可:张镃的兄弟。
③ 中都:指北宋都城汴京。
④ 庾郎:南北朝著名诗人庾信,曾著《哀江南赋》。见前张耒《风流子》(亭皋木叶下)注②。
⑤ 铜铺:铜制的门环底座,用以衔住门环,多为兽面之形,故称铺首。
⑥ 屏山:绘有山水画之屏风。
⑦ 砧杵:捣衣石和捣衣棒,亦指捣衣,即洗衣服。
⑧ 离宫:帝王在京师外的行宫。
⑨ 豳诗:《诗经·豳风·七月》中有写蟋蟀之句。
⑩ 篱落:篱笆。
⑪ 琴丝:琴弦。此句指将蟋蟀写入词曲。

【评析】

　　本词为咏物名篇。此词从结构上看,序与正文分工明确。小序纯作叙事,对词的创作背景进行了周详的交代。正文则重在抒发感情,层层深入,尽情渲染,二者相辅相成,互为唇齿。

　　本词开篇即以南北朝诗人庾信自喻,点出全篇的情感主线——"离愁",同时也为下文由蟋蟀哀鸣而引出的一幕幕场景进行了自然的铺垫。蟋蟀无情,听者有意,不同心境的人听来有不同的感受。从"起寻机杼"的"无眠思妇"

到"候馆迎秋"的羁旅游子,再到"离宫吊月"的失国君王,词人的视角一步步扩大,愁的内容也一步步深广,从情愁、乡愁到国愁,直至与开篇首句相呼应,使全词的感情主线形成了一个完整的回环。在结尾处,词人以沉痛的笔触转入现实。在结句后姜夔自注道:"宣政间,有士大夫制《蟋蟀吟》。"其寄托之意不言而喻。眼见家国破碎,风雨飘摇,而南宋君臣却早已忘记北宋覆亡的惨痛,依旧沉迷在醉生梦死的浮靡生活中。"写入琴丝,一声声更苦。"含蓄凝重的感叹中寄寓满腔的忧愤,词作的主题也因此升华到一个更加高远的境界。

【辑评】

　　作慢词,看是甚题目,先择曲名,然后命意。命意既了,思量头如何起,尾如何结,方始选韵,而后述曲。最是过片不要断了曲意,须要承上接下,如姜白石词云:"曲曲屏山,夜凉独自甚情绪。"于过片则云:"西窗又吹暗雨。"此则曲之意脉不断矣。(宋张炎《词源》)

　　《齐天乐》赋促织云:"(略)。"此皆全章精粹,所咏了然在目,且不留滞于物。(同上)

　　赋物如此,何忍删去,至如柳耆卿咏莺、康伯可闻雁,则不敢虚奉也。(明潘游龙《精选古今诗馀醉》)

　　姜夔字尧章,号白石道人,南渡诗家名流,词极精妙,不减清真乐府。其间高处有周美成不能及者。善吹箫,自制曲,初则率意为长短句,然后协以音律云。其咏蟋蟀《齐天乐》一词最胜,其词曰:"(略)。"……其腔皆自度者。传至今,不得其调,难入管弦,只爱其句之奇丽耳。(明杨慎《词品》)

　　有收有纵,事必联情。(明卓人月辑、徐士俊评《古今词统》)

　　词欲婉转而忌复,不独"不恨古人吾不见"与"我见青山多妩媚",为岳亦斋所消。即白石之工,如"露湿铜铺"与"候馆吟秋",总是一法。(清刘体仁《七颂堂词绎》)

张玉田谓咏物最难。体认稍真，则拘而不畅，摹写差远，则晦而不明。而以史梅溪之咏春雪、咏燕，姜白石之咏促织为绝唱。（清王士禛《花草蒙拾》）

稗史称韩幹画马，人入其斋，见幹身作马形，凝思之极，理或然也。作诗文亦必如此始工。如史邦卿咏燕，几于形神俱似矣。次则姜白石咏蟋蟀："露湿铜铺，苔侵石井，都是曾听伊处。哀音似诉。正思妇无眠，起寻机杼。"又云："西窗又吹暗雨。为谁频断续，相和砧杵。"数语刻划亦工。蟋蟀无可言，而言听蟋蟀者，正姚铉所谓"赋水不当仅言水，而言水之前后左右"也。然尚不如张功甫"月洗高梧，露溥幽草，宝钗楼外秋深。……凉夜听孤吟"……常观姜论史词，不称其"软语商量"，而赏其"柳昏花暝"，固知不免项羽学兵法之恨。（清贺裳《皱水轩词筌》）

姜白石，诗家名流，词尤精妙，不减清真乐府，其间高处有美成所不能及者。善吹箫，多自制曲，初则率意为长短句，既成，乃按以律吕，无不协者。有咏蟋蟀《齐天乐》一阕最胜。（清王弈清《历代词话》引《词品》）

咏物一派，高不能及。石帚此种亦最可法。分明都是泪。石帚"促织"云："西窗又吹暗雨。"玉田"春水"云："和云流出空山。"皆是过处争奇，用笔之妙，如出一手。（清先著、程洪《词洁》）

将蟋蟀与听蟋蟀者层层夹写，如环无端，真化工之笔也。（"候馆吟秋"三句）音响一何悲。（"笑篱落呼灯"二句）高绝。（清许昂霄《词综偶评》）

白石号为宗工，然亦有……补凑处（《齐天乐》："豳诗漫与，笑篱落呼灯，世间儿女。"）……不可不知。（清周济《宋四家词选目录序论》）

咏物虽小题，然极难作，贵有不粘不脱之妙，此体南宋诸老尤擅长。姜白石"蟋蟀"云："候馆迎秋，离宫吊月，别有伤心无数。"……数语刻画精巧，运用生动，所谓空前绝后矣。（清吴衡照《莲子居词话》）

词中虚字，犹曲中衬字，前呼后应，仰承俯注，全赖虚字灵活，其词始妥溜而不板实。不特句首虚字宜讲，句中虚字亦当留意，如白石词云"庾郎先自吟愁

赋，凄凄更闻私语"，"先自"、"更闻"，互相呼应，馀可类推。（清沈祥龙《论词随笔》）

张子野《庆春泽》："飞阁危桥相倚。人独立，东风满衣轻絮。"以"絮"字叶"倚"，用方音也。后姜尧章《齐天乐》，以"此"字叶"絮"字，亦此例。（清宋翔凤《乐府馀论》）

咏物词虽不作可也，别有寄托如东坡之咏雁，独写哀怨如白石之咏蟋蟀，斯最善矣。（清谢章铤《赌棋山庄词话》）

即谨严雅饬如白石，亦时有出入。若《齐天乐·咏蟋蟀》阕，末句可见，细校之不止一二数也。盖词人笔兴所至，不能不变化。（同上）

东坡《水龙吟》起云："似花还似非花。"此句可作全词评语，盖不离不即也。时有举史梅溪《双双燕》咏燕、姜白石《齐天乐》赋蟋蟀，令作评语者，亦曰："似花还似非花。"（清刘熙载《艺概》）

此词精绝。一直说去，其中自有顿挫起伏，正如大江无风波涛自涌，前无古后无今。"篱落"二句平常意，一经点缀便觉神味渊永，其妙真令人不可思议。（清陈廷焯《词则·大雅集》）

白石《齐天乐》一阕，全篇皆写怨情，独后半云："笑篱落呼灯，世间儿女。"以无知儿女之乐，反衬出有心人之苦，最为入妙。用笔亦别有神味，难以言传。（清陈廷焯《白雨斋词话》）

词有"内抱"、"外抱"二法。"内抱"如姜尧章《齐天乐》"曲曲屏山，夜凉独自甚情绪"是也。"外抱"如史梅溪《东风第一枝》"恐凤靴挑菜归来，万一灞桥相见"是也。元代以后，鲜有通此理者。（清张德瀛《词徵》）

古人文字，难可吹求，尝谓杜诗"国初以来画马"句，何能着一"鞍"字，此等处绝不通也。词句尤甚，姜尧章《齐天乐》咏蟋蟀最为有名，然开口便说"庾郎愁赋"，捏造故典，"豳诗"四字太觉呆诠，至"铜铺"、"石井"、"候馆"、"离宫"，亦嫌重复。其《扬州慢》"纵豆蔻词工"三句，语意亦不贯。若张玉田之《南浦》咏

春水一首，了不知其佳处，今人和者如牛毛，何也。（清陈锐《裒碧斋词话》）

《负暄杂录》："斗蛩之戏，始于天宝间。长安富人镂象牙为笼而蓄之，以万金之资，付之一喙。"此叙所记好事者云云，可知其习尚至宋宣、政间，殆有甚于唐之天宝时矣。功父《满庭芳》词咏促织儿，清隽秀美，实擅词家能事，有观止之叹；白石别构一格，下阕托寄遥深。亦足千古已。（清郑文焯手批《白石道人歌曲》）

琵琶仙

《吴都赋》云："户藏烟浦，家具画船。"①惟吴兴为然②，春游之盛，西湖未能过也。己酉岁③，余与萧时父载酒南郭④，感遇成歌。

双桨来时，有人似、旧曲桃根桃叶⑤。歌扇轻约飞花⑥，蛾眉正奇绝。春渐远、汀洲自绿，更添了、几声啼鴂。十里扬州，三生杜牧⑦，前事休说。　　又还是、宫烛分烟⑧，奈愁里、匆匆换时节。都把一襟芳思，与空阶榆荚⑨。千万缕、藏鸦细柳，为玉尊、起舞回雪。想见西出阳关⑩，故人初别。

【注释】

① 《吴都赋》：词人误记，应为《西都赋》，唐代李庚作。"户藏烟浦，家具画船"，原文作"户闭烟浦，家藏画舟"。
② 吴兴：今浙江湖州。
③ 己酉岁：宋孝宗淳熙十六年（1189）。
④ 萧时父：萧德藻之侄，词人内弟。

⑤ "旧曲"句：用晋王献之送别爱妾桃叶并作《桃叶歌》事。见前贺铸《蝶恋花·改徐冠卿词》注①。
⑥ 约：拦住。
⑦ "十里"二句：借杜牧自比。三生，佛家语，指前生、今生、来生。杜牧，唐代诗人，曾

任湖州刺史。杜牧《赠别二首》其一："春风十里扬州路，卷上珠帘总不如。"又宋代黄庭坚诗："春风十里珠帘卷，仿佛三生杜牧之。"
⑧ 宫烛分烟：化用唐代韩翃《寒食》诗："日暮汉宫传蜡烛，轻烟散入五侯家。"
⑨ 榆荚：即榆钱。化用唐代韩愈《晚春》："杨花榆荚无才思，惟解漫天作雪飞。"
⑩ 西出阳关：化用唐代王维《送元二使安西》："劝君更尽一杯酒，西出阳关无故人。"

【评析】

　　这是一篇游春感遇的怀人之词。上片写奇遇时的感受和怅惘。起首"双桨"二句，奇崛秀逸，想落天外，为后文拓展出无限延伸的空间。接下来，在景物描绘中巧妙地以景蕴情，"啼鴂"一词的运用更借用《楚辞》之语，摇曳出美人迟暮的愁思。上片结尾处三句，暗用杜牧之典，借古言情，一段凄美的情事隐隐流露。纵观上片，无论是开头处以炫丽梦幻的目光去寻觅，还是梦醒后用凄哀的心灵去感受，一条执着相思的主线始终贯穿。下片写年华虚逝、旧情难觅的苦涩。在下片中，词人巧妙化用了唐人韩翃《寒食》、韩愈《晚春》、王维《送元二使安西》三首咏柳诗的诗意，在杨柳背景下展开一襟芳思的抒发。情景交融，自然精妙。在清丽而蕴藉的描绘中体现出姜词特有的"清空骚雅"。

【辑评】

　　"春草碧色，春水绿波。送君南浦，伤如之何。"矧情至于离，则哀怨必至。苟能调感怆于融会中，斯为得矣。白石《琵琶仙》云："（略）。"秦少游《八六子》云："倚危亭……"离情当如此作，全在情景交炼，得言外意。有如"劝君更尽一杯酒，西出阳关无故人"，乃为绝唱。（宋张炎《词源》）

　　"春草碧色，春水绿波。送君南浦，伤如之何"四语，约是此篇。融情会景，少游《八六子》词共传。（明沈际飞《草堂诗馀·续集》）

　　（"更添了、几声啼鴂。"）《离骚》："恐鹈鴂之先鸣兮，使百草为之不芳。"（"三生杜牧"）涪翁诗："春风十里珠帘卷，仿佛三生杜牧之。"词中用"三生杜牧"，本此。（"都把一襟芳思"至末）句句说景，句句说情，真能融情景于一家者

也。曲折顿宕，又不待言。（清许昂霄《词综偶评》）

"都把"四句，顺逆相ել。（清谭献《复堂词录》引周济语）

白石《琵琶仙》词题，引《吴都赋》有"户藏烟浦，家具画船"二语，今《吴都赋》无其辞。案李庚《西都赋》云："方塘含春，曲沼澄秋，户闭烟浦，家藏画舟。"或疑"吴"字乃"西"字之讹，然唐之西都，非吴地也，殆白石误引耳。（清张德瀛《词徵》）

此又以作态为妍。（清王闿运《湘绮楼评词》）

似周、秦笔墨而气格俊上。"前事休说"四字，咽住，藏得许多情事在内。（清陈廷焯《词则·大雅集》）

向者，山尊学士见语曰："子曾校《文选》，亦知《吴都赋》今本有脱句否。"余叩其故，则举姜白石《琵琶仙》词题中引《吴都赋》"户藏烟浦，家具画船"二句。余心知白石虽圣于词，而此却不可为典要。然当时无切证，未能夺之也。今校姚鼎臣《文粹》至李庚《西都赋》，有曰："其近也方塘含春，曲沼澄秋。户闭烟浦，家藏画船。"则正其所引矣。"藏"、"具"两字皆误，又误"舟"为"船"，致失原韵。且移唐之西都于吴都，地理尤错。可见白石但袭志书或类书之舛耳，岂得便谓之《文选》脱文哉？知其所无，为之一快，遂识于姜集后，以谂读者。（清顾千里《思适斋集·姜白石集跋》）

白石《琵琶仙》题引《吴都赋》云："户藏烟浦，家具画船。惟吴兴为然。"按二语见《唐文粹》所录李庚《西都赋》。（清郑文焯《绝妙好词校录》）

念奴娇

余客武陵①，湖北宪治在焉②。古城野水，乔木参天。余与二三友日荡舟其间，薄荷花而饮③，意象幽闲，不类人境。秋水且涸，荷叶出地寻丈④。因列坐其下，上不见日，清风徐来，绿云自动。间于疏处窥见游人画船，亦一乐也。揭来吴兴⑤，数得相羊荷花中⑥，又夜泛西湖，光景奇绝，故以此句写之。

闹红一舸⑦，记来时、尝与鸳鸯为侣。三十六陂人未到⑧，水佩风裳无数⑨。翠叶吹凉，玉容消酒⑩，更洒菰蒲雨⑪。嫣然摇动，冷香飞上诗句。　　日暮。青盖亭亭，情人不见，争忍凌波去。只恐舞衣寒易落⑫，愁入西风南浦。高柳垂阴，老鱼吹浪，留我花间住。田田多少⑬，几回沙际归路。

【注释】

① 武陵：今湖南常德。
② 湖北宪治：宋荆南湖北路提点刑狱之官署所在地。
③ 薄：迫近。
④ 寻丈：一丈左右。寻，八尺。
⑤ 揭（qiè）：用于句首的助词。
⑥ 相羊：徜徉。
⑦ 闹红：形容荷花盛开，艳红如火。舸：船。
⑧ 陂：池塘。
⑨ 风裳：指随风摇摆的荷叶。
⑩ 玉容：本指少女的容貌，此处指荷花。
⑪ 菰蒲：两种水生植物。
⑫ 舞衣：荷叶。
⑬ 田田：荷叶相连貌。

【评析】

　　本词当属姜夔咏物词中的名篇。上片中，词人以清丽的笔墨描绘出荷花的秀美仪容。首句即先声夺人，"闹红一舸"——一个"闹"字化形为声，不但使读者在视觉上产生了强烈感觉，而且从听觉感受到荷花盛开时的勃勃生机。接下来，视角逐渐开阔：眺望荷塘远景，满目"水佩风裳"，无数荷花如同亭亭玉立的凌波仙子，向人们尽情展示它们可远观而不可亵玩的高洁之美。在描写中，词人别开生面地运用了"玉容消酒"、"嫣然摇动"两个形象的比喻，化美为媚，赋予荷花有生命力的动态美，同时也为读者开启了更广阔的想象空间。下片以词人的主观感受对荷花进行拟人化的主体观照，主观情趣与客观意象交织在一起，物我合一，在"有我之境"中展现出词人对荷花真挚而深沉的爱慕。然而词人并未长久地沉迷在这种爱恋中，从"只恐舞衣寒易落"句起，词人笔锋骤转，词调也由热烈秾丽一变为冷静清泠。越是美好的盛景，它的凋零给心灵造成的创伤就愈加深重。"田田多少，几回沙际归路。"结句情意深长，在词人对荷花的留恋中蕴含了多少对美好年华的珍视，对多彩青春的眷恋，笔法自然含蓄，意境清丽高远。

【辑评】

"冷香"六字，鬼工也。（"高柳"三句）写出鱼柳深情，使人不能自绝。（明卓人月辑、徐士俊评《古今词统》）

（眉批）好句欲仙。（下阕）炼意炼词，归于纯雅。（清陈廷焯《词则·大雅集》）

美成《苏暮遮》词："叶上初阳干宿雨。水面清圆，一一风荷举。"此真能得荷之神理者。觉白石《念奴娇》、《惜红衣》二词，犹有隔雾看花之恨。（王国维《人间词话》）

麦（孺博）丈云：俊语。（梁令娴《艺蘅馆词选》）

扬 州 慢

淳熙丙申至日①，余过维扬②。夜雪初霁，荠麦弥望③。入其城，则四顾萧条，寒水自碧。暮色渐起，戍角悲吟。余怀怆然，感慨今昔，因自度此曲。千岩老人以为有《黍离》之悲也④。

淮左名都⑤，竹西佳处⑥，解鞍少驻初程⑦。过春风十里⑧，尽荠麦青青。自胡马窥江去后⑨，废池乔木，犹厌言兵。渐黄昏，清角吹寒⑩，都在空城。　　杜郎俊赏⑪，算而今、重到须惊。纵豆蔻词工⑫，青楼梦好⑬，难赋深情。二十四桥仍在⑭，波心荡、冷月无声。念桥边红药，年年知为谁生。

【注释】

① 淳熙丙申：宋孝宗淳熙三年（1176）。至日：冬至。
② 维扬：今江苏扬州。
③ 荠麦：野荠和小麦。
④ 千岩老人：著名诗人萧德藻的别号。《黍离》：《诗经·王风》中的一篇，表现国破城荒的悲情。《毛诗序》曰："周大夫行役，至于宗周，过故宗庙宫室，尽为禾黍，闵周室之颠覆，徬徨不忍去而作是诗也。"后多用于感慨亡国。
⑤ 淮左：指淮南东路。
⑥ 竹西：扬州北门有竹西亭，因杜牧《题扬州禅智寺》"谁知竹西路，歌吹是扬州"而得名。
⑦ 初程：初次到扬州。
⑧ 春风十里：指昔日扬州繁华景象。唐代杜牧《赠别》："春风十里扬州路，卷上珠帘总不如。"
⑨ 胡马窥江：宋高宗建炎三年（1129）、绍兴三十一年（1161），金兵两次侵入长江附近，扬州受到严重破坏。
⑩ 清角：凄清的号角。
⑪ 杜郎：晚唐诗人杜牧。俊赏：高超的鉴赏水平。
⑫ 豆蔻词工：化用杜牧《赠别》："娉娉袅袅十三馀，豆蔻梢头二月初。"
⑬ 青楼梦好：化用杜牧《遣怀》："十年一觉扬州梦，赢得青楼薄幸名。"
⑭ 二十四桥：桥名，在扬州西郊。化用杜牧《寄扬州韩绰判官》："二十四桥明月夜，玉人何处教吹箫。"

【评析】

　　本词为淳熙三年（1176）词人初到扬州时所作。上片写景。起首二句格调高昂，以"淮左名都"、"竹西佳处"概括而传神地描绘出历史上的繁华扬州，与下文对扬州残破现状的描写形成鲜明对比，从而在巨大的心理落差中展示出无限悲情。从"过春风"句起，转入对现实的描写。"春风十里，荠麦青青"，"废池乔木，犹厌言兵"，目之所触，尽皆荒凉。一个"厌"字将词人对金兵南侵的痛恨、对人民深重苦难的同情、对国家衰亡的嗟叹等多种感情，紧密熔铸在一起，言简意深，发人深省。"渐黄昏"三句，由视觉转向听觉，在朔风清角的悲声中，词人抚今追昔，道尽了深重的沧桑之感。下片以抒情为主。以曾在扬州俊赏流连过的唐代诗人杜牧起笔，并成功地化用其《赠别》、《遣怀》二诗的句意，委婉地表现出对扬州遭到战火洗劫、无复往日繁华的忧伤。结尾用疑问句收束，以依然开放的扬州芍药，反衬国破家亡的黍离之悲，在对无情物的客观描写中寄予深沉的凄怆。

【辑评】

扬州府城东北有竹西亭，故杜牧诗云："谁知竹西路，歌吹是扬州。"（"纵豆蔻词工，青楼梦好，难赋深情。"）"豆蔻梢头二月初"及"十年一觉扬州梦，赢得青楼薄幸名"，皆牧之句。（清许昂霄《词综偶评》）

"无奈苕溪月，又唤我扁舟东下。"是"唤"字着力。"二十四桥仍在，波心荡、冷月无声。"是"荡"字着力。所谓一字得力，通首光采，非炼字不能然，炼亦未易到。（清先著、程洪《词洁》）

词家有作，往往未能竟体无疵。每首中，要亦不乏警句，摘而出之，遂觉片羽可珍。……姜白石云："波心荡、冷月无声。"又云："冷香飞上诗句。"（清李佳《左庵词话》）

白石号为宗工，然亦有俗滥处（《扬州慢》）。（清周济《宋四家词选目录序论》）

词有与诗风意义相近者，自唐迄宋，前人钜制，多寓微旨。……姜白石"淮左名都"，击鼓怨暴也。……其他触物牵绪，抽思入冥，汉、魏、齐、梁，托体而成。揆诸乐章，喝于协声，信凄心而咽魄，固难得而遍名矣。（清张德瀛《词徵》）

姜夔《扬州慢》云："自胡马窥江去后。"《词综》作"戎马"，《词律》作"吴马"，当是元人所易，相沿未改。（清丁绍仪《听秋声馆词话》）

"自胡马窥江去后，废池乔木，犹厌言兵。渐黄昏、清角吹寒，都在空城"数语，写兵燹后情景逼真。"犹厌言兵"四字，包括无限伤乱语。他人累千百言，亦无此韵味。（清陈廷焯《白雨斋词话》）

绍兴三十年,完颜亮南寇江淮,军败,中外震骇。亮寻为其臣下杀于瓜州。此词作于淳熙三年,寇平已十有六年,而景物萧条,依然有废池乔木之感,此与《凄凉犯》当同属江淮乱后之作。(清郑文焯手批《白石道人歌曲》)

白石写景之作,如"二十四桥仍在,波心荡、冷月无声","数峰清苦,商略黄昏雨","高树晚蝉,说西风消息",虽格韵高绝,然如雾里看花,终隔一层。梅溪、梦窗诸家写景之病,皆在一"隔"字。北宋风流,渡江遂绝,抑真有运会存乎其间耶。(王国维《人间词话》)

长亭怨慢

余颇喜自制曲。初率意为长短句,然后协以律,故前后阕多不同。桓大司马云:"昔年种柳,依依汉南。今看摇落,凄怆江潭。树犹如此,人何以堪!"①此语余深爱之。

渐吹尽、枝头香絮②。是处人家,绿深门户。远浦萦回,暮帆零乱向何许。阅人多矣,谁得似、长亭树。树若有情时,不会得青青如此。　　日暮。望高城不见,只见乱山无数。韦郎去也③,怎忘得、玉环分付。第一是、早早归来,怕红萼④、无人为主。算空有并刀⑤,难剪离愁千缕。

【注释】

① "桓大司马"句:东晋大司马桓温北征,经金城,看到年轻时所种之柳已十围,感慨不已,说了这段话。见《世说新语·言语》。摇落,凋零。江潭,江边。

② 香絮：柳絮。
③ 韦郎：指韦皋。据《云溪友议》载，韦皋游江夏，与妓女玉箫有情，约七年再会，并留玉指环。八年，韦皋不回，玉箫绝食而死。此处词人借韦皋以自指。
④ 红萼：红梅，这里指代恋人。
⑤ 并刀：古代并州出产的剪刀，以锋利著称。

【评析】

　　本词为告别合肥情侣而作。上片描写长亭送别时的暮春景象。篇首即以柳起兴，借咏柳抒写离别之情，柳的意象作为一条主线贯穿了整篇词作。结尾以无情之柳反衬有情之人。阅尽人间离别的长亭之柳依然青青如此，而长亭相别的恋人却早已憔悴不堪。在深婉的对比中，寄寓了词人浓郁的愁思。下片写行舟远去及对恋人的思念。至此，词人将创作视角由自己转向对方，以韦皋和玉箫的爱情故事为背景，缓缓引出恋人对自己的深情厚谊。在恋人依依不舍的反复叮咛声中，自然而然地发出结句"算空有并刀，难剪离愁千缕"的感叹，情笃意挚，深曲动人。

【辑评】

　　（"树若"二句）人言情，我言无情，立意壁绝。（明卓人月辑、徐士俊评《古今词统》）

　　（"是处人家"四句）先言别时之景。（"阅人多矣，谁得似长亭树。树若有情时，不会得青青如此。"）借树以言别时之情。阅人既多，安得尚有情耶。一笑。"此"字借叶。（"日暮，望高城不见，只见乱山无数。"）别后。何记室诗："日夕望高城，渺渺青云外。"（"韦郎去也"四句）望其早归。韦皋与玉箫别，留玉指环，约七年再会，以其地在江夏，故用之，后遂沿为通用语。（"算空有并刀"二句）总收。（清许昂霄《词综偶评》）

　　"时"字凑，"不会得"三字呆，"韦郎"二句，口气不雅。"只"字疑误，"只"字唤不起"难"字。白石人工熔炼特至，此一二笔容是率处。（清先著、程洪《词洁》）

　　白石《长亭怨慢》，小引桓大司马云云，乃庾信《枯树赋》，非桓温语。（清吴

衡照《莲子居词话》）

路已尽而复开出之，谓之转。如："谁得似长亭树，树若有情时，不会得青青如此。"（清孙麟趾《词径》）

《长亭怨慢》，首句向皆协韵。太史（指冯登府）有《自题杨柳岸图》一阕，独不协，题注云："依白石中吕宫调。按《词源》，道宫是一字结声，若折则带尺一双声，即犯中吕宫。考白石旁谱，换头及尾结皆用一五，而第一句用尺，非韵也。玉田从之是矣。"词云："（略）。"按此调为白石自度曲，首句"絮"字是韵，宋词协者居多。玉田诸作亦有协有不协。太史谓白石旁谱换头尾结皆用一五，而首句用尺，以为非韵之据。要知此词协韵处，并不皆注一五，似未足凭也。（清杜文澜《憩园词话》）

哀怨无端，无中生有，海枯石烂之情。缠绵沉着。（清陈廷焯《词则·大雅集》）

白石《长亭怨慢》云："阅人多矣，谁得似、长亭树？树若有情时，不会得、青青如此。"白石诸词，惟此数语最沉痛迫烈。此外如"最可惜一片江山，总付与啼鸠"，又"文章信美知何用，漫赢得、天涯羁旅"，皆无此沉至。（清陈廷焯《白雨斋词话》）

姜白石《长亭怨慢》云："树若有情时，不会得青青如此。"王碧山云："水远、怎知流水外，却是乱山尤远。"似觉轻俏可喜，细读之毫无理由。所以词贵清空，尤贵质实。（清陈锐《裒碧斋词话》）

麦（孺博）丈云：浑灏流转，夺胎稼轩。（梁令娴《艺蘅馆词选》）

淡 黄 柳

客居合肥南城赤阑桥之西①，巷陌凄凉，与江左异②。惟柳色夹道，依依可怜。因度此曲，以纾客怀③。

空城晓角④。吹入垂杨陌。马上单衣寒恻恻⑤，看尽鹅黄嫩绿⑥，都是江南旧相识。　　正岑寂。明朝又寒食。强携酒、小桥宅⑦，怕梨花落尽成秋色。燕燕飞来，问春何在，惟有池塘自碧。

【注释】

① 赤阑桥：在今合肥包河公园附近。
② 江左：泛指江南。
③ 纾：排解。
④ 晓角：早晨的号角。
⑤ 恻恻：凄寒。
⑥ 鹅黄嫩绿：指柳树的新芽新叶。
⑦ 小桥：三国时吴国乔玄次女小桥（即小乔），此处指合肥恋人。

【评析】

　　本词为词人客居合肥时创作的自度曲。上片写客居异乡的凄凉。"垂杨陌"、"马上单衣寒"、"鹅黄嫩绿"，只寥寥几笔便已写尽合肥春色。在这凄清而又熟悉的春色中，寄寓了词人客居异乡的多少愁怀。下片描写词人对春逝的感伤。寒食岑寂，梨花落尽，问春何在？已匆匆归去。结尾以双燕寻春未得收束，写尽了春去花残的寥落，韶华空逝的叹惋之情在深曲的描写中自然而然地流露出来。

　　然而，如果词人的思想仅仅停留在伤春悲秋、客旅愁绪的层面上，那么这篇《淡黄柳》就决不能成为姜夔自度曲中的名篇。纵观全词，从小序到词作正文，处处潜伏着一股更加深沉的悲怆。词作首句——"空城晓角"，一个"空"字承上启下，既与小序中"巷陌凄凉，与江左异"的客观描写相互呼应，也为下文的描写奠定了主基调。山河破碎，空城寂巷，春光流逝，飘零依然。在凄清的意境中，词人寓情于景，将漂泊江湖的愁绪与感时伤世的情怀结合在一起，使此词的伤春感怀升华到了一个新的境界。

【辑评】

白石、稼轩，同音笙磬。但清脆与镗鞳异响，此事自关性分。（清谭献评《词辨》）

姜夔《淡黄柳》，应于"都是江南旧相识"句分段。（清丁绍仪《听秋声馆词话》）

亦以眼前语妙。（清王闿运《湘绮楼评词》）

陆本作"乔"，非是。此所谓"小桥"者，即题叙所云赤阑桥之西客居处也，故云"小桥宅"。若作"小乔"，则不得其解已。《绝妙好词》亦作"桥"，可证。长吉有"梨花落尽成秋苑"之句，白石正用以入词，而改一"色"字协韵。当时如清真、方回多取贺诗隽句为字面。（清郑文焯手批《白石道人歌曲》）

暗　香

辛亥之冬①，余载雪诣石湖②。止既月③，授简索句④，且征新声⑤，作此两曲。石湖把玩不已，使工妓隶习之⑥，音节谐婉，乃名之曰《暗香》、《疏影》。

旧时月色，算几番照我，梅边吹笛。唤起玉人⑦，不管清寒与攀摘。何逊而今渐老⑧，都忘却、春风词笔。但怪得、竹外疏花，香冷入瑶席⑨。　　江国。正寂寂。叹寄与路遥⑩，夜雪初积。翠尊易泣。红萼无言耿相忆⑪。长记曾携手处，千树压、西湖寒碧。又片片、吹尽也，几时见得。

【注释】

① 辛亥：宋光宗绍熙二年（1191）。
② 石湖：在苏州西南，诗人范成大晚年退居于此，自号石湖居士。
③ 既月：一个多月。
④ 授简：给纸。
⑤ 征新声：征求新的词调。
⑥ 工妓：乐工、乐妓。隶习：练习。
⑦ 玉人：美人。
⑧ 何逊：南朝梁代诗人，曾任扬州法曹，有《咏早梅》诗。
⑨ 瑶席：华美的宴席。
⑩ "叹寄"句：感叹路程太远，音书不通。
⑪ 红萼：红梅。

【评析】

　　白石《暗香》、《疏影》两首咏梅词，历来被人推崇。张炎即评曰："前无古人，后无来者。自立新意，真为绝唱。"（《词源》）本词上片写今昔对比。起始三句，以往事逆入，落笔极其高妙，犯寒折梅，月下吹笛，写尽少年情事。紧接"何逊"二句，又道出了老后的落寞，词调倏然低回。"但怪得"二句，字面上没有丝毫涉及人事，所蕴之情却紧承前句，耐人寻味，嗅香赏梅，本不足为怪，但用"已老之心"观之，便有万种凄凉与忧愁。下片重点言情。过片先点"江国"，转入空间概念。当年相与摘梅的恋人，而今天各一方。"长记"二句，再次追忆当年梅花繁盛时的欢聚。这不仅有时间的推移，更强调了空间的距离。结句以梅花的凋零隐喻红颜衰老，睹梅而思人，因人以写恨。句句言梅，却句句怀人，物我俱泯，空灵隽永。

【辑评】

　　白石词如《疏影》、《暗香》、《扬州慢》、《一萼红》、《琵琶仙》、《探春》、《八归》、《淡黄柳》等曲，不惟清空，又且骚雅，读之使人神观飞越。（宋张炎《词源》）

　　词以意趣为主，要不蹈袭前人语意。如东坡中秋《水调歌头》云："（略）。"王荆公金陵怀古《桂枝香》云："（略）。"姜白石《暗香》赋梅云："（略）。"《疏影》云："（略）。"此数词皆清空中有意趣，无笔力者未易到。（同上）

诗之赋梅，惟和靖一联而已。世非无诗，不能与之齐驱耳。词之赋梅，惟姜白石《暗香》、《疏影》二曲，前无古人，后无来者。自立新意，真为绝唱。太白云："眼前有景道不得，崔颢题诗在上头。"诚哉是言也。（同上）

庄氏"女弹梅花调，忽忽有暗香"，此中香气尽不少。（明卓人月辑、徐士俊评《古今词统》）

沈伯时《乐府指迷》论填词咏物，不宜说出题字。余谓此说虽是，然作哑谜亦可憎。须令在神情离合间乃佳耳。如姜夔《暗香》咏梅云"算几番照我、梅边吹笛"，岂害其佳？（清毛先舒《鸳情词话》）

大率古人由词而制调，故命名多属本意。后人因调而填词，故赋寄率离原辞。曰填，曰寄，通用可知。宋人如《黄莺儿》之咏莺，《迎新春》之咏春（柳耆卿），《月下笛》之咏笛（周美成），《暗香》、《疏影》之咏梅（姜夔），《粉蝶儿》之咏蝶（毛滂），如此之类，其传者不胜屈指，然工拙之故，原不在是。（清邹祗谟《远志斋词衷》）

旧时月色最清妍，香影都从授简传。赠与小红应不惜，赏音只有石湖仙。（清厉鹗《论词绝句十二首》其五）

自琢新词白石仙，暗香疏影写清妍。无端忽触胡沙感，争怪经师作郑笺。（清陈澧《论词绝句六首》其三）

落笔得"旧时月色"四字，便欲使千古作者皆出其下。咏梅嫌纯是素色，故用"红萼"字，此谓之破色笔。又恐突然，故先出"翠尊"字配之。说来甚浅，然大家亦不外此。用意之妙，总使人不觉，则烹锻之工也。美成《花犯》云："人正在、空江烟浪里。"尧章云："长记曾携手处，千树压、西湖寒碧。"尧章思路，却是从美成出，而能与之埒，由于用字高，炼句密，泯其来踪去迹矣。（清先著、程洪《词洁》）

二词绛云在霄，舒卷自如；又如琪树玲珑，金芝布护。（"旧时月色"二句）倒装起法。（"何逊而今渐老"二句）陡转。（"但怪得竹外疏花"二句）陡落。

（"叹寄与路遥"三句）一层。（"红萼无言耿相忆"）又一层。（"长记曾携手处"二句）转。（"又片片吹尽也"二句）收。（清许昂霄《词综偶评》）

姜石帚自度《暗香》曲亦注仙吕宫，押入声四质、十一陌、十二锡、十三职、十四缉韵，此固平声之真、庚、清、蒸、侵也。述此调者，赵以夫"水花泂泂"词押上声二十三梗、二十四迥，去声二十四敬韵，此亦平声之庚、青也。（清楼俨《洗砚斋集·书姜夔〈暗香〉词后》）

题曰石湖咏梅，此为石湖作也；时石湖盖有隐遁之志，故作此二词以沮之。白石《石湖仙》云："须信石湖仙，似鸱夷飘然引去。"末云："闻好语，明年定在槐府。"与此同意。首章言己尝有用世之志，今老无能，但望之石湖也。（清张惠言《词选》）

姜尧章《暗香》、《疏影》两词，自序但云："辛亥之冬，予载雪诣石湖，授简索句，且征新声，作此两曲。"《砚北杂志》所记亦同，无异说也。近人张氏惠言谓"白石此词为感汴梁宫人之入金者"，陈兰甫亦以为然。鄙意以词中语意求之，则似为伪柔福帝姬而作。按《宋史·公主传》云："开封尼静善者，内人言其貌似柔福，静善即自称柔福。靳州兵马钤辖韩世清送至行在，遣内侍冯益等验视，遂封福国长公主，适永州防御使高世荣。其后内人从显仁太后归，言其妄，送法寺治之。内侍李㥄自北还，又言柔福在五国城适徐还而薨，静善遂伏诛。"宋人私家记载如《四朝闻见录》、《三朝北盟会编》、《古杭杂录》、《鹤林玉露》、《浩然斋雅谈》，所记虽小有参差，大致要不相远。惟《璅碎录》独言其非伪，韦太后恶其言房中隐事，故急命诛之耳。意当时世俗传闻，有此一说。白石《疏影》词所云："昭君不惯胡沙远，但暗忆江南江北。想佩环月下归来，化作此花幽独。"言其自金逃归也。又云："犹记深宫旧事，那人正睡里，飞近蛾绿。莫似春风，不管盈盈，早与安排金屋。"则言其封福国长公主，适高世荣也。又云："还教一片随波去，又却怨玉龙哀曲。"则言其为韦太后所恶，下狱诛死也。至《暗香》一阕，所云："翠尊易泣，红萼无言耿相忆。长记曾携手处，千树压西湖寒碧。"则就高世荣言之，于事败之后，追忆曩欢，故有"易泣"、"无言"之语也。张叔夏谓"《疏影》前段用少陵诗，后段用寿阳事，此皆用事不为事使"。夫寿阳固梅花事，若昭君则与梅无涉，而叔夏顾云然，当是白石词意，叔夏知之。特事关戚里，不欲明言，故以此语微示其端耳。"（清汪瑔《旅谭》）

北宋词多就景叙情，故珠圆玉润，四照玲珑。至稼轩、白石一变而为即事叙景，使深者反浅，曲者反直。吾十年来服膺白石，而以稼轩为外道，由今思之，可谓瞽人扪籥也。稼轩郁勃，故情深；白石放旷，故情浅；稼轩纵横，故才大；白石局促，故才小。惟《暗香》、《疏影》二词，寄意题外，包蕴无穷，可与稼轩伯仲。馀俱据事直书，不过手意近辣耳。（清周济《介存斋论词杂著》）

（前半阕）盛时如此，衰时如此。（后半阕）想其盛时，感其衰时。（清周济《宋四家词选》批语）

词家之有姜石帚，犹诗家之有杜少陵，继往开来，文中关键。其流落江湖，不忘君国，皆借托比兴，于长短句寄之。如《齐天乐》，伤二帝北狩也；《扬州慢》，惜无意恢复也；《暗香》、《疏影》，恨偏安也。盖意愈切则辞愈微，屈宋之心，谁能见之，乃长短句中复有白石道人也。（清宋翔凤《乐府馀论》）

朱希真之"引魂枝，消瘦一如无，但空里疏花数点"，姜石帚之"长记曾携手处，千树压、西湖寒碧"，一状梅之少，一状梅之多；皆神情超越，不可思议，写生独步也。（清邓廷桢《双砚斋词话》）

白石笔致骚雅，非他人所及，最多佳作。石湖咏梅二词，尤为空前绝后，独有千古。……清虚婉约，用典亦复不涉呆相。风雅如此，老倩小红低唱，吹箫和之，洵无愧色。（清李佳《左庵词话》）

石湖咏梅，是尧章独到处。（清谭献评《词辨》）

《暗香》、《疏影》，石帚以坚洁自矜；《绿意》、《红情》，春水以清空流誉。洵足药粗豪之病，涤佚荡之疵，于是有《双白词》之刻。（清缪荃孙《宋元词四十

家序》）

词起于唐而盛于宋，宋作尤盛于宣、靖间，美成、伯可，各自堂奥，俱号称作者。近世姜白石一洗而更之，《暗香》、《疏影》等作，当别家数也。大抵词以隽永委婉为上，组织涂泽次之，呼嘷叫啸抑末也。唯白石登高瞻远，慨然感今悼往之趣，悠然托物寄兴之思，殆与古《西河》、《桂枝香》同风致，视青楼歌、红扇曲万万矣。故余不敢望靖康家数，白石衣钵，或仿佛焉。（清柴望《凉州鼓吹自序》）

二章脱尽恒蹊，永为千年绝调。（清陈廷焯《词则·大雅集》）

南渡以后，国势日非，白石目击心伤，多于词中寄其感慨，不独《暗香》、《疏影》二章，发二帝之幽愤，伤在位之无人也。特寄其感慨全在虚处，无迹可寻，人自不察耳。感慨时事，发为诗歌，便已力据上游，特不宜说破，只可用比兴体。即比兴中亦须含蓄不露，斯为沉郁，斯为忠厚。若王子文之《西河》，曹西士之和作，陈经国之《沁园春》，方巨山之《满江红》、《水调歌头》，李秋田之《贺新凉》等类，慷慨发越，终病浅显。南宋词人，感时伤事，缠绵温厚者，无过碧山，次则白石。白石郁处不及碧山，而清虚过之。（清陈廷焯《白雨斋词话》）

或问比与兴之别。余曰：宋德祐太学生《百字令》、《祝英台近》两篇，字字譬喻，然不得谓之比也。以词太浅露，未合风人之旨。如王碧山咏萤、咏蝉诸篇，低回深婉，托讽于有意无意之间，可谓精于比义。……若兴则难言之矣。托喻不深，树义不厚，不足以言兴。深矣厚矣，而喻可专指，义可强附，亦不足以言兴。所谓兴者，意在笔先，神馀言外，极虚极活，极沉极郁，若远若近，可喻不可喻，反覆缠绵，都归忠厚。求之两宋，如东坡《水调歌头》、《卜算子·雁》，白石《暗香》、《疏影》……亦庶乎近之矣。（同上）

词之诀曰情景交炼……姜尧章"旧时月色，算几番照我，梅边吹笛"，景寄于情也。（清张德瀛《词徵》）

白石词，初看如花中没骨，无勾勒可寻，而蛛丝马迹，呼吸灵通，又时于深造得之。如《暗香》一阕云："旧时月色……"上半以"旧时"、"而今"作开合耳，而夭折变化，能令读者揽抱不尽，是为笔妙，亦由此老胸次萧旷，故能作此导语。（清沈泽棠《忏庵词话》）

　　如此起法，即不是咏梅矣。此二词（案：即本词及《疏影》（苔枝缀玉））最有名，然语高品下，以其贪用典故也。（清王闿运《湘绮楼评词》）

　　此二曲为千古词人咏梅绝调。以托喻遥深，自成馨逸。其《暗香》一解，凡三字句逗，皆为夹协。梦窗墨守綦严，但近世知者盖寡，用特著之。（清郑文焯手批《白石道人歌曲》）

　　咏物之词，自以东坡《水龙吟》为最工，邦卿《双双燕》次之。白石《暗香》、《疏影》格调虽高，然无一语道着，视古人"江边一树垂垂发"等句何如耶。（王国维《人间词话》）

疏　影

　　苔枝缀玉①。有翠禽小小②，枝上同宿。客里相逢，篱角黄昏，无言自倚修竹③。昭君不惯胡沙远，但暗忆、江南江北。想佩环④、月夜归来⑤，化作此花幽独。

　　犹记深宫旧事⑥，那人正睡里，飞近蛾绿⑦。莫似春风，不管盈盈⑧，早与安排金屋⑨。还教一片随波去，又却怨、玉龙哀曲⑩。等恁时⑪、重觅幽香，已入小窗横幅⑫。

【注释】

① 苔枝：长有苔藓的梅枝。
② 翠禽：翠色羽毛的小鸟。据《龙城录》载，隋代赵师雄在罗浮松林遇见梅花化为女子，枝上翠鸟化为绿衣童子。
③ "篱角"二句：化用唐代杜甫《佳人》："天寒翠袖薄，日暮倚修竹。"修竹，长竹。
④ 佩环：即环佩，衣服上的玉饰。这里借指王昭君。
⑤ 月夜归来：事见杜甫《咏怀古迹》五首之三："画图省识春风面，环佩空归月夜魂。"
⑥ 深宫旧事：指寿阳公主梅花妆事。见前欧阳修《诉衷情》（清晨帘幕卷轻霜）注①。
⑦ 蛾绿：指女子的眉毛。
⑧ 盈盈：仪态美好的样子。
⑨ 金屋：据《汉武故事》，汉武帝幼时，曾对姑母说："若得阿娇作妇，当以金屋贮之。"
⑩ 玉龙：笛名。哀曲：指笛曲《梅花落》。
⑪ 恁时：那时。
⑫ 横幅：横挂的画幅。

【评析】

　　本词描写黄昏赏梅及由此引起的种种联想和感慨，具有独特的艺术结构和寄托手法。与其他同类咏梅词迥然不同，除开头一句和结尾两句直接表现梅花的姿容和幽香外，词人突破上下片的界限，接连使用五个典故，多层次、多角度地表现梅花的淡雅风貌和高洁品格。比起其他咏梅词作，本词的内容显得更加丰富，更能给人无穷的遐想。此外，本词决不仅仅凭着五个典故的巧妙运用而傲立词坛，词人还在典故中赋予了自己幽深的寄托。或追忆少年情事，或表达词人的家国之恨和兴亡之感，"不惟清虚，又具骚雅，读之使人神观飞越"（宋张炎《词源》）。全词善用虚字，曲折动荡，摇曳多姿。

【辑评】

　　词用事最难，要体认著题，融化不涩。如东坡《永遇乐》云："燕子楼空，佳人何在，空锁楼中燕。"用张建封事。白石《疏影》云："犹记深宫旧事，那人正睡里，飞近蛾绿。"用寿阳事。又云："昭君不惯胡沙远，但暗忆江南江北。想珮环月下归来，化作此花幽独。"用少陵诗。此皆用事，不为事所使。（宋张炎《词源》）

　　启母化石，虞姬化草。昭君丰容靓饰，光明汉宫，化而为梅，不亦宜乎？（明

卓人月辑、徐士俊评《古今词统》）

咏物至词，更难于诗。（清刘体仁《七颂堂词绎》）

姜夔《疏影》咏梅词，本屋、沃韵，而中用"北"字。……当是古人误处，本宜因以为例，所以不能概责之后来也。（清沈雄《古今词话·词品》）

别有炉锤熔铸之妙，不仅以隐括旧人诗句为能。（"昭君不惯胡沙远"四句）能转法华，不为法华所转。宋人咏梅，例以弄玉、太真为比，不若以明妃拟之，尤有情致也。胡澹庵诗，亦有"春风自识明妃面"之句。（"还教一片随波去"二句）用笔如龙。（清许昂霄《词综偶评》）

此章更以二帝之愤发之，故有"昭君"之句。（清张惠言《词选》）

此词以"相逢"、"化作"、"莫似"六字作骨。（"莫似"五句）不能挽留，听其自为盛衰。（清周济《宋四家词选》批语）

《疏影》、《暗香》，姜白石为梅著语，因易之为红情、绿意，以荷花、荷叶咏之。（清冯金伯《词苑萃编》）

词原于诗，即小小咏物，亦贵得风人比兴之旨。唐、五代、北宋人词，不甚咏物，南渡诸公有之，皆有寄托。白石、石湖咏梅，暗指南北议和事，及碧山、草窗、玉潜、仁近诸遗民，《乐府补遗》中，龙涎香、白莲、莼、蟹、蝉诸咏，皆寓其家国无穷之感，非区区赋物而已。知乎此，则《齐天乐·咏蝉》、《摸鱼儿·咏莼》，皆可不续貂。即间有咏物，未有无所寄托而可成名作者。余于近来诸君子咏物之作，纵极绘声绘影之妙，多所不取，善乎保绪先生之言曰："凡词后段，须拓开说去。"此可为咏物指南。（清蒋敦复《芬陀利室词话》）

《疏影》前阕之"昭君不惯胡沙远，但暗忆江南江北。想佩环月下归来，化作此花幽独，后阕之"还教一片随波去，又却怨玉龙哀曲"……乃为北庭后宫言之，则《卫风·燕燕》之旨也。读者以意逆志，是为得之。（清邓廷桢《双砚斋词话》）

（"还教"二句）跌宕昭彰。（清谭献评《词辨》）

长调最难工,芜累与痴重同忌。衬字不可少,又忌浅熟。咏物至词更难于诗,即"昭君不惯胡沙远,但时忆江南江北"亦费解。此词音节固佳,至其文则多有欠解处,白石极纯正娴雅,然此阕及《暗香》阕则尚有可议,盖白石字雕句炼,雕炼太过,故气时不免滞,意时不免晦。(清谢章铤《赌棋山庄词话》)

上章已极精妙,此更运用故事,设色渲染,而一往情深,了无痕迹,既清虚又腴炼,且是压遍千古。(清陈廷焯《词则·大雅集》)

南渡以后,国势日非。白石目击心伤,多于词中寄慨。不独《暗香》、《疏影》二章,发二帝之幽愤,伤在位之无人也。特感慨全在虚处,无迹可寻,人自不察耳。感慨时事,发为诗歌,便已力据上游,特不宜说破,只可用比兴体。即比兴中,亦须含蓄不露,斯为沉郁,斯为忠厚。若王子文之《西河》,曹西士之和作,陈经国之《沁园春》,方巨山之《满江红》、《水调歌头》,李秋田之《贺新凉》等类,慷慨发越,终病浅显。南宋词人,感时伤事,缠绵温厚者,无过碧山,次则白石。白石郁处不及碧山,而清虚过之。(清陈廷焯《白雨斋词话》)

此盖伤心二帝蒙尘,诸后妃相从北辕,沦落胡地,故以昭君托喻,发言哀断。考唐王建《塞上咏梅》诗曰:"天山路边一株梅,年年花发黄云下。昭君已没汉使回,前后征人谁系马。"白石词意当本此。近世读者多以意疏解,或有嫌其举典,拟不于伦者,殆不自知其浅阔矣。词中数语,纯从少陵咏明妃诗意隐括,出以清健之笔,如闻空中笙鹤,飘飘欲仙;觉草窗、碧山所作吊雪香亭梅诸词,皆人间语,视此如隔一尘,宜当时转播吟口,为千古绝唱也。至下阕藉《宋书》寿阳公主故事,引申前意,寄情遥远,所谓怨深文绮,得风人温厚之旨已。(清郑文焯手批《白石道人歌曲》)

翠 楼 吟

淳熙丙午冬①,武昌安远楼成②,与刘去非诸友落之③,度曲见志。余去武昌十年，故人有泊舟鹦鹉洲者④，闻小姬歌此词，问之，颇能道其事，还吴为余言之。兴怀昔游，且伤今之离索也。

月冷龙沙⑤，尘清虎落⑥，今年汉酺初赐⑦。新翻胡部曲⑧，听毡幕、元戎歌吹⑨。层楼高峙。看槛曲萦红⑩，檐牙飞翠⑪。人姝丽⑫。粉香吹下，夜寒风细。　　此地。宜有词仙，拥素云黄鹤，与君游戏。玉梯凝望久，叹芳草、萋萋千里⑬。天涯情味。仗酒祓清愁⑭，花消英气。西山外。晚来还卷，一帘秋霁⑮。

【注释】

① 淳熙丙午：宋孝宗淳熙十三年（1186）。
② 安远楼：在武昌南黄鹤山顶。
③ 刘去非：姜夔、刘过的友人。落之：参加落成典礼。
④ 鹦鹉洲：在武昌西南长江中。
⑤ 冷：原本作"落"。龙沙：塞外沙漠。
⑥ 虎落：遮护城堡或营寨的竹篱。
⑦ 汉酺（pú）：古代国家遇喜庆之事，皇帝赏赐酒肉财物，令天下臣民欢聚宴饮，称"大酺"。
⑧ 新翻：对旧曲加以改进翻新。
⑨ 元戎：主将，军事长官。
⑩ 槛曲：曲折的栏杆。
⑪ 檐牙：屋角上翘的部分。
⑫ 姝丽：容颜美丽。
⑬ 萋萋：草盛貌。
⑭ 祓（fú）：消除。
⑮ 秋霁：指秋天雨后的晴朗天气。

【评析】

此词为庆贺武昌安远楼落成之作。本词上片记实，正面描绘了安远楼的建成盛况，隐喻"安远"之意，为下片的抒怀见志做好铺垫。词人表面颂扬安远，实则寄寓自己忧心忡忡的哀伤。首句即以"龙沙"对"虎落"起笔，暗示时代气象的萧瑟。而后又以"胡曲"、"毡幕"、"元戎"等显示战争气氛的语词和"汉酺"、"歌吹"、"姝丽"等展现浮华太平的语汇形成鲜明对比，从而构成了整个形势的一片倾颓，透露出词人对宋王朝日薄西山的忧患之情。词的下片，转入词人对现实忧患的抒发。"天涯情味。仗酒祓清愁，花消英气。"一个"仗"字，使哀情加重，词人才高运蹇、壮志难酬的哀怨跃然纸上。词的结尾以"晚来还卷，一帘秋霁"作结。虽然这是个明朗的秋色意象，但词情的振转却掩盖不住全词的哀伤基调，相反使人对盛衰迭变的历史人生产生了无限低回的感叹。全词组织缜密，脉络井然，上片诚如陈廷焯所说："一纵一操，笔如游龙，意味深厚，是白石最高之作。"（《白雨斋词话》）

【辑评】

庾公雅兴，王粲深情，依然可念。（明卓人月辑、徐士俊评《古今词统》）

"月冷龙沙"五句，题前一层，即为题中铺叙，手法最高。"玉梯凝望久"五句，凄婉悲壮，何减王粲《登楼》一赋。（清许昂霄《词综偶评》）

姜夔《翠楼吟》（月冷龙沙）此地宜得人才，而人才不可得。（此评下片）（清周济《宋四家词选》批语）

起便警策。（下阕）一纵一操，笔如游龙。（清陈廷焯《词则·大雅集》）

白石《翠楼吟》（武昌安远楼成）后半阕云："此地。宜有词仙，拥素云黄鹤，与君游戏。玉梯凝望久，叹芳草、萋萋千里。天涯情味。仗酒祓清愁，花销英气。"一纵一操，笔如游龙，意味深厚，是白石最高之作。此词应有所刺，特不敢穿凿求之。（清陈廷焯《白雨斋词话》）

问"隔"与"不隔"之别。曰：陶、谢之诗不隔，延年则稍隔矣；东坡之诗不隔，山谷则稍隔矣；"池塘生春草"、"空梁落燕泥"等二句，妙处唯在不隔。词亦如是。即以一人一词论，如……白石《翠楼吟》："此地。宜有词仙，拥素云黄鹤，与君游戏。玉梯凝望久，叹芳草、萋萋千里。"便是不隔；至"酒祓清愁，花消英气"，则隔矣。然南宋词虽不隔处，比之前人，自有浅深厚薄之别。（王国维《人间词话》）

姜　夔

杏花天影

丙午之冬①，发沔口②。丁未正月二日③，道金陵，北望淮楚，风日清淑，小舟挂席，容与波上④。

绿丝低拂鸳鸯浦⑤。想桃叶、当时唤渡⑥。又将愁眼与春风，待去。倚兰桡更少驻⑦。　　金陵路。莺吟燕舞。算潮水、知人最苦。满汀芳草不成归，日暮。更移舟向甚处⑧。

【注释】

① 丙午：宋孝宗淳熙十三年（1186）。
② 沔（miǎn）口：沔水为汉水上游，汉水入江处也称沔口，即今湖北汉口。
③ 丁未：淳熙十四年（1187）。
④ 容与：迟缓不前的样子。
⑤ 绿丝：绿柳枝。
⑥ "想桃叶"句：用王献之送别爱妾桃叶事。这里借桃叶指词人所爱的合肥歌妓。
⑦ 兰桡：小船。
⑧ 甚处：何处。

【评析】

　　此词是词人自汉阳赴湖州途经南京时所作。暗喻手法和反面烘托的成功运用，使本词写离情极有特色。起首二句的描写，构思别致，内涵深蕴，令人拍案叫绝。"绿丝低拂鸳鸯浦，想桃叶、当时唤渡。"在这里，词人十分巧妙地运用了暗喻手法，将景与情和谐地纳入了古今不变的情感长河中，不但开门见山地点明了本词的创作主旨，更展示出历史积淀的深厚美感。在反面烘托手法的运用上，词人也显现出高超的技巧。词人精选出"鸳鸯浦"、"桃叶渡"、"莺吟燕舞"、"满汀芳草"等一系列浸染着绚丽色彩的意象，这些活泼明快的意象本应让人联想到无限美妙的青春和爱情，但在本词"知人最苦"的哀情主题下，对它们的渲染却更加映衬出漂泊不定的词人的孤独哀寂。清人王夫之曾言："以乐景写哀，以哀景写乐，一倍增其哀乐。"（《薑斋诗话》）这首《杏花天影》正是"以乐景写哀"并收到"一倍增其哀乐"效果的典型佳作。

一萼红

丙午人日①，余客长沙别驾之观政堂②。堂下曲沼③，沼西负古垣④，有卢橘幽篁⑤，一径深曲。穿径而南，官梅数十株，如椒如菽⑥，或红破白露，枝影扶疏。著屐苍苔细石间，野兴横生。亟命驾登定王台⑦，乱湘流入麓山。湘云低昂，湘波容与。兴尽悲来，醉吟成调。

古城阴。有官梅几许，红萼未宜簪。池面冰胶⑧，墙腰雪老⑨，云意还又沉沉。翠藤共、闲穿径竹，渐笑语、惊起卧沙禽。野老林泉，故王台榭，呼唤登临。　　南去北来何事，荡湘云楚水，目极伤心。朱户黏鸡⑩，金盘簇燕⑪，空叹时序侵寻⑫。记曾共、西楼雅集，想垂柳、还袅万丝金。待得归鞍到时，只怕春深。

【注释】

① 丙午：指宋孝宗淳熙十三年（1186）。人日：农历正月初七。
② 长沙别驾：指诗人萧德藻，当时任湖南通判。宋代又称通判为别驾。
③ 曲沼：指水池。
④ 负古垣：紧靠着古城墙。
⑤ 幽篁：指竹林。
⑥ 菽：豆子。

⑦ 定王台：汉朝长沙定王刘发所筑的高台。
⑧ 池面冰胶：池塘的水面还没有完全融化，冰层相互胶连着。
⑨ 雪老：残雪犹在。
⑩ 黏鸡：古代风俗。南北朝宗懔《荆楚岁时记》载："人日贴画鸡于户，悬苇索其上，插符其旁，百鬼畏之。"
⑪ 簇燕：指立春日供春盘。南宋周密《武林旧事》载："翠缕红丝，金鸡玉燕，备极精巧。"
⑫ 时序：节候，时节。侵寻：流逝。

【评析】

本词是一首记游抒怀之作。上片描写与友人登临赏梅的情景。起首三句点题，并与小序中的描写互相呼应。接下来，词人的视角不断扩大，由近处的园林池沼逐渐转移到远处的高山长河，词人的心情也随之而逐渐开朗。"闲穿"、"笑语"、"惊起"、"呼唤"等一连串动词的运用更使人如见其景，如闻其声，野趣横生，兴味无穷。下片抒发词人羁旅漂泊的悲寂。换头三句，承上启下，"伤心"二字，语极沉痛。登临怀古，极目天水，年年南去北来，江湖漂泊，细思来却唯有"伤心"。至此，词人笔锋陡然翻转，将创作视角由空间转向时间，用"记"、"想"二字写回忆，"还"、"待"二字写想象，仅仅四个字就使回忆和想象、过去和现在融合在一起，可见词人炼字的深厚功力。结句"只怕春深"含蓄深婉，将无限今昔之叹融入满园春色，哀情袅袅，馀韵悠长。

【辑评】

粘，山谷"远水粘天吞钓舟"，次山"粘云江影伤千古"，太虚"天粘衰草"，白石"朱户粘鸡"，俱本《避暑录》。……侵寻，白石词"空叹时序侵寻"，竹屋词"故园归计，休更侵寻"。（清沈雄《古今词话·词品》）

白石号为宗工，然亦有俗滥处（《扬州慢》"淮左名都，竹西佳处"）、寒酸处（《法曲献仙音》"象笔鸾笺，甚而今、不道秀句"）、补凑处（《齐天乐》"豳诗漫与。笑篱落呼灯，世间儿女"）、敷衍处（《凄凉犯》"追念西湖上"半阕）、支处（《湘月》"旧家乐事谁省"）、复处（《一萼红》"翠藤共、闲穿径竹"、"记曾共、西楼雅集"），不可不知。（清周济《宋四家词选目录序论》）

石帚词换头处，多不放过，最宜深味。（清周尔墉评《绝妙好词》）

白石词清虚骚雅，前无古人后无来者，真词中之圣也。（"野老林泉，故王台榭，呼唤登临"）只三语，胜人吊古千百言。（清陈廷焯《词则·大雅集》）

换头处六字句有挺接者，如"南去北来何事"之类；有添字承接者，如"因甚"、"回想"之类，亦各有所宜。若美成之《塞翁吟》，换头"忡忡"二字，赋此者亦只能叠韵以和琴声。学者试熟思之，即得矣。（清陈锐《裒碧斋词话》）

霓裳中序第一

> 丙午岁，留长沙，登祝融①，因得其祠神之曲，曰《黄帝盐》、《苏合香》②。又于乐工故书中得商调《霓裳曲》十八阕，皆虚谱无辞。按沈氏乐律《霓裳道调》③，此乃商调。乐天诗云"散序六阕"④，此特两阕，未知孰是。然音节闲雅，不类今曲。余不暇尽作，作《中序》一阕传于世⑤。余方羁游，感此古音，不自知其辞之怨抑也。

亭皋正望极⑥，乱落江莲归未得。多病却无气力，况纨扇渐疏⑦，罗衣初索⑧。流光过隙。叹杏梁⑨、双燕如客。人何在，一帘淡月，仿佛照颜色。　　幽寂。乱蛩吟壁⑩。动庾信、清愁似织⑪。沉思年少浪迹。笛里关山，柳下坊陌。坠红无信息。漫暗水、涓涓溜碧。飘零久，而今何意,醉卧酒垆侧⑫。

【注释】

① 祝融:指祝融峰。衡山七十二峰之最高者。
② 《黄帝盐》、《苏合香》:均指祭神乐曲。
③ 沈氏乐律:指沈括《梦溪笔谈》论乐律。
④ "乐天"句:唐白居易《霓裳羽衣歌》:"散序六奏未动衣,阳台宿云慵不飞。"乐天,白居易字。
⑤ 中序:《霓裳曲》分三大段。一、散序,六遍;二、中序,遍数不详;三、破,十二遍。
⑥ 亭皋:水边的平地。
⑦ 纨扇:细绢制成的扇子。
⑧ 初索:开始被闲置。
⑨ 杏梁:屋梁。
⑩ 蛩:蟋蟀。
⑪ "动庾信"句:用"庾愁"典。见前张耒《风流子》(亭皋木叶下)注②。
⑫ 酒垆:酒店安置酒瓮的土台子。

【评析】

本词为羁旅怀人之作。上片从景物描写入手,由"纨扇渐疏"、"罗衣初索"、"双燕如客"而睹物伤情,感慨忧伤之情痛彻肺腑。下片抚今追昔,在"笛里关山"、"柳下坊陌"、"醉卧酒垆"这些极具包蕴广度和感情深度的场景中展示出无限凄凉的今昔之感。在本词中,词人并无一字明言思乡怀人,却处处透露着思乡怀人的感伤情绪。眼中所见、心中所感无不被"庾信清愁"所笼罩。值得注意的是,在这种思乡怀人的羁旅情怀背后,还蕴藏着词人更加复杂的人生感叹。既有红颜不再、旧情难续的失落感,又有怀才不遇、功名未就的蹉跎感,还有因顿飘零、寄人篱下的忧患感。全词意蕴深沉,情调婉转凄楚。

【辑评】

骨韵俱古。(清陈廷焯《词则·大雅集》)

章良能 一首

小 重 山

柳暗花明春事深。小阑红芍药，已抽簪①。雨馀风软碎鸣禽②。迟迟日，犹带一分阴。　　往事莫沉吟。身闲时序好③，且登临。旧游无处不堪寻。无寻处，惟有少年心。

【注释】

① 抽簪：状写芍药花欲开形状。
② 风软碎鸣禽：化用唐代杜荀鹤《春宫怨》："风暖鸟声碎，日高花影重。"
③ 时序：时节。

【评析】

这首词写暮春景色及登临之感。上片写雨后春景。起首三句写春深花开。红芍药在春光中开得尤艳，最能引发词人的诗情。"雨馀风软碎鸣禽"一句写雨后鸟鸣，用唐人杜荀鹤"风暖鸣声碎，日高花影重"诗意。"迟迟"二句写太阳透出云层，天空还带着一些阴沉。下片则写及时行乐之意。开头"往事"三句写不必叹息往事，且趁好心情登山临水。"旧游"三句写旧游之踪影依在，唯少年之心已不复存在，颇多感慨。

【辑评】

外大父文庄章公……间作小词，极有思致，先妣能口诵数阕。《小重山》云：

"（略）。"今家集已不复存，而外家凋谢殆尽。（宋周密《齐东野语》）

章文庄春日《小重山》云："（略）。"语意甚婉约。但鸣禽曰"碎"，于理不通，殊为语病。唐人句云："风暖鸟声碎。"然则何不曰"暖风娇鸟碎鸣音"也。（明陈霆《渚山堂词话》）

刘 过 一首

唐多令

安远楼小集,侑觞歌板之姬黄其姓者①,乞词于龙洲道人,为赋此。同柳阜之、刘去非、石民瞻、周嘉仲、陈孟参、孟容,时八月五日也②。

芦叶满汀洲。寒沙带浅流。二十年、重过南楼③。柳下系船犹未稳,能几日,又中秋。　黄鹤断矶头④。故人曾到不。旧江山、浑是新愁。欲买桂花同载酒,终不似,少年游。

【注释】
① 侑觞:用奏乐或献玉帛劝人饮食。
② 八月五日:指宋宁宗开禧二年(1206)八月五日。
③ 南楼:即安远楼。
④ 黄鹤:黄鹤山,一名黄鹄山,在武昌。西北有黄鹄矶,黄鹤楼在其上,面对长江。断矶:突出水边的陡峭石滩。

【评析】
本词是词人和友人在安远楼聚会时,酒席间受一位姓黄的歌女之求而作。全词写旧地重游之愁思,并将身世不偶、交游零落以及家国兴亡之感糅为一体,凄怆悲凉,泪水满纸。上片开首三句写二十年后登定远楼,落叶满汀洲,浅水流过寒沙。风景依旧，时光如梭，故人几多，能无新愁？"柳下"二句写漂泊四方的无奈之情，转眼又到中秋。下片前三句写黄鹤矶头，不知昔日的朋友来否，词人面对旧河山，却是满腹新愁。结拍三句是说，此次重游，虽然买花载酒，终究失去当年之豪兴矣！刘过词多壮语，豪放似辛弃疾，而沉着不及。但此词之音韵却极为协畅，极为轻圆柔脆，被称为小令中之工品。

【辑评】

情畅语俊，韵协音调，不见扭造。此改之得意之笔。（明沈际飞《草堂诗馀·正集》）

情极畅，语极俊，韵极协，而音调绝无扭造之迹，多是改之得意笔也。（明潘游龙《精选古今诗馀醉》）

此词无限凄切，无限伤感，别离风味，宛在言外。（明邓志谟《丰韵情书》评语）

刘改之过以诗名江左，放浪吴、楚间。辛稼轩守京口，登多景楼，刘敝衣曳履而来。辛命赋雪，以难字为韵。刘吟云："功名有分平吴易，贫贱无交访戴难。"遂上武昌作《唐多令》云："（略）。"刘此词，楚中歌者竞唱之。（清冯金伯《词苑萃编》）

宋当南渡，武昌系与敌分争之地，重过能无今昔之感？词旨清越，亦见含蓄不尽之致。（清黄苏《蓼园词选》）

刘过《唐多令·重过武昌》云："（略）。"轻圆柔脆，小令中工品。词以写情，须意致缠绵，方为合作。无清灵之笔意致，焉得缠绵。彼徒以典丽堆砌为工者，固自不解用笔。（清李佳《左庵词话》）

"寒山"一部，"覃咸"一部，刘改之《唐多令》，则"湾"、"帆"、"滩"、"闲"、"衫"、"寒"、"安"、"南"同押，是"寒山"可合"覃咸"矣。然辛、刘固浙派之所鄙夷者。（清谢章铤《赌棋山庄词话》）

词意凄感而句调浑成，似此几升稼轩之堂矣。（清陈廷焯《词则·放歌集》）

卢申之《江城子》后段云："年华空自感飘零。拥春醒。对谁醒。天阔云闲，无处觅箫声。载酒买花年少事，浑不似、旧心情。"与刘龙洲词"欲买桂花同载酒，终不似、少年游"，可称异曲同工。（清况周颐《蕙风词话》）

严 仁 一首

木兰花

春风只在园西畔。荠菜花繁胡蝶乱。冰池晴绿照还空,香径落红吹已断。　　意长翻恨游丝短。尽日相思罗带缓①。宝奁如月不欺人②,明日归来君试看。

【注释】

① "尽日"句:化用《古诗十九首》:"相去日已远,衣带日已缓。"

② 宝奁(lián):梳妆镜匣的美称。

【评析】

　　严仁词极善写闺中之趣,深情委婉,令人百读不厌。本词亦写闺情,为他的代表作。上片写暮春之景,意象多有象征意味。首二句写园里风起,繁盛的荠菜花在风中摇荡,彩色的蝴蝶在起舞。"冰池"二句写清澈的池水映着蓝天,上面漂浮着片片落红。下片转入抒写闺中少妇之思情。"意长"二句写女主人公因思念之深长,转而恨春天空气中游丝之短,"恨"字甚可玩味。"罗带缓"状闺中少妇之苦况。最后两句女主人公无限怅惘之情,仿佛从镜中透出,令人不胜叹息。从"尽日"句中出,而意思又进一层,说镜中的自己已减了容光,不信,你明天回来看看就知道我所说不虚。

【辑评】

　　字字秀艳。深情委婉,读之不厌百回。(清陈廷焯《云韶集》)

俞国宝　一首

风 入 松

一春长费买花钱。日日醉湖边①。玉骢惯识西湖路②,骄嘶过、沽酒垆前。红杏香中箫鼓,绿杨影里秋千。
暖风十里丽人天。花压鬓云偏。画船载取春归去,馀情付湖水湖烟。明日重扶残醉,来寻陌上花钿③。

【注释】

① 湖:指西湖。
② 玉骢(cōng):白马。
③ 花钿:即花钗。古代妇女首饰。

【评析】

据记载,本词为俞国宝做太学生时游西湖之"醉笔"。全词记录西湖之繁盛景象及词人的游冶之情。上片起首二句,总写作者畅游西湖的兴致与豪情。接下"玉骢"四句,写词人骑着玉骢白马过西湖畅饮,在红杏丛中欣赏箫鼓歌舞,在绿杨丛中欣赏西湖美女打秋千之倩影。下片紧承上片,写词人眼中西湖游冶之盛况。"暖风"二句写西湖岸边钗光鬓影,"画船"二句写日落人归,西湖烟波浩渺之景。结以"明日"二句,可谓"馀波绮丽"(清陈廷焯《云韶集》),韵致无穷。整首词音韵词情和谐流美,可谓婉约佳篇。

【辑评】

　　淳熙间，寿皇以天下养，每奉德寿三殿游幸湖山，御大龙舟。……湖上御园，南有"聚景"、"真珠"、"南屏"，北有"集芳"、"延祥"、"玉壶"；然亦多幸"聚景"焉。一日，御舟经断桥，桥旁有小酒肆，颇雅洁，中饰素屏，书《风入松》一词于上。光尧驻目，称赏久之，宣问何人所作，乃太学生俞国宝醉笔也。其词云："（略）。"上笑曰："此词甚好，但末句未免儒酸。"因为改定云"明日重扶残醉"，则迥不同矣。即日命解褐云。（宋周密《武林旧事》）

　　《风入松》词万口传，翻成馀恨寄湖烟。难寻旧梦花阴地，剩放新愁雪意天。战罢闲堤眠老马，宴稀荒港泊空船。此心拟欲为僧去，正恐袈裟未惯穿。（元方回《涌金门城望》其五）

　　绍兴间，临安士人有赋曲："一春长费买花钱（下略）。"思陵见而喜之，恨其后叠第五句"重携残酒"寒酸，改曰"重扶残醉"。因欧阳原功言及此，与陈众仲寻腔度之，歌之一再。董此宇求书其事。因书之，并系以此诗："重扶残醉西湖上，不见春风见画船。头白故人无在者，断堤杨柳舞青烟。"（元虞集《道园学古录》）

　　国宝可称天子门生矣。毕竟"重携残酒"，门生不如主司。（明卓人月辑、徐士俊评《古今词统》）

　　俞国宝《风入松》调煞句："明日重携残酒，来寻陌上花钿。"德寿改作"重扶残醉"，便多蕴藉，不似原作犹带寒酸气。（清李佳《左庵词话》）

　　"金勒马嘶芳草地，玉楼人醉杏花天"，有此香艳，无此情致。结二语馀波绮丽，可谓"回头一笑百媚生"。（清陈廷焯《云韶集》）

　　陈藏一《话腴》："赵昂总管始肄业临安府学。困踬无聊赖，遂脱儒冠从禁弁，升御前应对。一日侍阜陵跸之德寿宫，高庙宴席间，问今应制之臣，张抡之后为谁。阜陵以昂对。高庙俯睐久之。知其尝为诸生，命赋《拒霜词》。昂奏所用腔，令缀《婆罗门引》。又奏所用意，诏自述其梗概。即赋就进呈云：'暮霞照水，水边无数木芙蓉。晓来露湿轻红。十里锦丝步障,日转影重重。向楚天空迥,人立西风。　　夕阳道中。叹秋色、与愁浓。寂寞三秋粉黛,临鉴妆慵。施朱太赤,空惆怅,教妾若为容。花易老,烟水无穷。'高庙喜之,赐银绢加等。仍俾阜陵与之转官。我朝之奖励文人也如此。"此事它书未载。淳熙间,太学生俞国宝以题断桥酒肆屏风上《风入松》词"一春常费买花钱"云云,为高宗所称赏,即日予释褐。此则屡经记载,稍涉倚声者知之。其实赵词近沉着,俞第流美而已。以体格论,俞殊不逮赵。顾当时盛称,以其句丽可喜,又谐适便口诵,故称述者多。文字以投时为宜。词虽小道,可以窥显晦之故。古今同揆,感慨系之矣。(清况周颐《蕙风词话》)

虞道园《风入松·寄柯敬仲》"画堂红袖倚清酣"阕歇拍"报道先生归也,杏花春雨江南"云云。此词当时传唱甚盛。宋俞国宝"一春长费赏花钱"阕,体格于虞词为近,鲜翠流丽而已,亦复脍炙人口。此文字所以贵入时也。(同上)

通首以"醉"字为眼,"玉骢"、"画船"前后映带。(蔡嵩云《柯亭词评》)

张　镃　二首

满　庭　芳

促织儿

月洗高梧，露溥幽草①，宝钗楼外秋深②。土花沿翠③，萤火坠墙阴。静听寒声断续，微韵转、凄咽悲沉。争求侣，殷勤劝织，促破晓机心。　　儿时，曾记得，呼灯灌穴，敛步随音。任满身花影，独自追寻。携向华堂戏斗，亭台小、笼巧妆金。今休说，从渠床下④，凉夜伴孤吟。

【注释】

① 露溥（tuán）：露多。
② 宝钗楼：泛指华美楼阁。
③ 土花：苔藓。
④ 渠：他。

【评析】

　　这是一首咏物名篇，博得了后人很高的评价，周密赞之为"咏物之入神者"（清沈雄《古今词话》引）。上片首三句写促织所处之环境和地点。月华当空，桐阴满院，露湿幽草。"土花"二句写萤火虫，实为衬笔。随后"静听"四句写促织之啼叫，如泣如诉，悲彻心骨。中国传统习俗中，向来把促织之叫声与劝织相联系，促织之悲啼也自然与辛勤之织妇相提并论。下片乃追忆儿时捕捉促织的场面。前三句写三五成群提灯寻穴之场景。那专注的神情，至今还似历历在目。"任满"二句写他在花影中寻促织，纯用工笔摹画。接下"携向"二句写斗促织、装金笼，亦反衬出得胜后之满足与少年之快意。最后结以"今休说"三句，词情陡落。写促织伴我凉夜独吟，真有无限凄凉之意。整首词写得细密精工，心细如丝发，而且词调随词情的发展而抑扬变化，颇有声情韵律之美，不愧为咏物佳作。

【辑评】

花庵词客曰："杨万里极称功甫之诗。玉照堂词以种梅得名，如'光摇动，一川银浪，九霄珂月'是也。"周密曰："张功甫，西秦人，'月洗高梧'一阕，乃咏物之入神者。"此白石论邦卿词而及之。（清沈雄《古今词话·词评》）

稗史称韩幹画马，人入其斋，见幹身作马形，凝思之极，理或然也。作诗文亦必如此始工。如史邦卿咏燕，几于形神俱似矣。次则姜白石咏蟋蟀："露湿铜铺，苔侵石井，都是曾听伊处。哀音似诉。正思妇无眠，起寻机杼。"又云："西窗又吹暗雨。为谁频断续，相和砧杵。"数语刻划亦工。蟋蟀无可言，而言听蟋蟀者，正姚铉所谓赋水不当仅言水，而言水之前后左右也。然尚不如张功甫"月洗高梧（下略）。"不惟曼声胜其高调，兼形容处心细如丝发，皆姜词之所未发。常观姜论史词，不称其"软语商量"，而赏其"柳昏花暝"，固知不免项羽学兵法之恨。（清贺裳《皱水轩词筌》）

周草窗云："咏物之入神者。"（清张宗橚《词林纪事》）

栩按：《天宝遗事》：每秋时，宫中妃妾皆以小金笼闭蟋蟀，置枕函畔，夜听其声。民间争效之。又按：《蟋蟀经》二卷，相传贾秋壑所辑，文词颇雅训，有"更筹帷幄，选将登场"诸语。余兄雨研古楼所藏旧钞本，甚堪爱玩。惜徽藩芸窗道人绘画册，已付之《云烟过眼录》矣。（同上）

响逸调远。（"萤火坠墙阴"）陪衬。（"任满身花影"二句）工细。（清许昂霄

《词综偶评》)

功父《满庭芳》词咏蟋蟀儿,清隽幽美,实擅词家能事,有观止之叹。白石别构一格,下阕寄托遥深,亦足千古矣。(清郑文焯手批《白石道人歌曲》)

宴山亭

幽梦初回,重阴未开,晓色催成疏雨。竹槛气寒,蕙畹声摇①,新绿暗通南浦。未有人行,才半启、回廊朱户。无绪。空望极霓旌②,锦书难据。　　苔径追忆曾游,念谁伴、秋千彩绳芳柱。犀帘黛卷③,凤枕云孤④,应也几番凝伫。怎得伊来⑤,花雾绕、小堂深处。留住。直到老、不教归去。

【注释】

① 蕙畹(wǎn):指所种的大片蕙草。畹,十二亩为畹。
② 霓旌:本指皇帝仪仗,此处借指云旗。
③ 犀帘黛卷:意谓将画眉用的黛收入用犀角装饰的妆奁里。《阳春白雪》卷四作"犀奁黛卷"。
④ 凤枕:刺有凤鸟图案的枕头,喻指女子头发。
⑤ 怎得:怎么能够。

【评析】

本词为女子怀思之作。上片写对远人之思念。前三句写由于清晓之细雨,惊醒了女主人公之幽梦。接下"竹槛"三句写室外之景。一望无际的蕙草被春风吹拂,仿佛连绵到他们相别的南浦。"未有"二句写朱户半启,却未见人。"无绪"三句写她孤寂无聊,遥望远方之云锦,想到久去未归的游子连封书信都没有,不觉低头沉思。下片写对过去之追忆。"苔径"二句写她沿着长满苔藓的小径闲步,看到旁边的秋千依然在，而伴她荡秋千的人却悄无踪影。"犀帘"三句写住所。她看着黛帘半卷，凤枕孤放，而不见伴眠之人，不觉陷入遐想。结拍几句实为女主人公之痴思：要是下次自己的情郎能来的话，一定不放他走，一定让他在那花簇雾绕的小堂伴我一生。

史达祖 九首

绮罗香

咏春雨

做冷欺花,将烟困柳①,千里偷催春暮。尽日冥迷②,愁里欲飞还住。惊粉重、蝶宿西园,喜泥润、燕归南浦③。最妨他、佳约风流,钿车不到杜陵路④。　　沉沉江上望极,还被春潮晚急,难寻官渡⑤。隐约遥峰,和泪谢娘眉妩⑥。临断岸、新绿生时,是落红、带愁流处。记当日、门掩梨花,剪灯深夜语⑦。

【注释】

① 将:带。
② 冥迷:昏暗凄迷。
③ 西园、南浦:此处泛指园林、水边。
④ 钿车:以金为饰之华丽车子。杜陵:本指皇帝陵墓,此泛指风景佳胜处。
⑤ 官渡:官府所设渡口,此为泛指。
⑥ 谢娘:唐代李德裕歌女名,后泛指歌女。
⑦ "剪灯"句:化用李商隐《夜雨寄北》:"何当共剪西窗烛,却话巴山夜雨时。"

【评析】

本词咏春雨,体物极工,层次井然,可与碧山咏蝉、玉田咏春水、白石咏蟋蟀媲美。上片咏近处庭院之春雨。起首三句写雨中之花,雨中之烟柳,道出春雨之神韵。"尽日"二句写春雨之情韵,精细异常。"惊粉"二句写惊蝶、喜燕,纯属词人猜测之词，都是侧面之描写。"最妨他"二句怀人，承愁雨之意，荡开一笔，为下片铺垫。下片写远处江天烟雨。"沉沉"三句写江上之雨景，用韦应物《滁州西涧》"春潮带雨晚来急，野渡无人舟自横"句意。"隐约"二句写雨中群山。词人把山比为蛾眉，把雨比为谢娘之泪，造语工巧。"临断岸"二句写雨中江岸上之新绿与落红，暗含送春念远之意。结拍用"门掩梨花"、"剪灯夜语"收束，暗用李商隐《巴山夜雨》诗意，回忆往昔雨中之情景，妙趣横生，馀味无穷。最后几句深得姜夔称赏，并非无因。

【辑评】

"临断岸"以下数语，最为姜尧章称赏。（宋黄昇《中兴以来绝妙词选》）

史邦卿《春雨》云："临断岸、新绿生时，是落红、带愁流处。"……此皆平易中有句法。（宋张炎《词源》）

诗难于咏物，词为尤难。体认稍真，则拘而不畅，模写差远，则晦而不明。要须收纵联密，用事合题。一段意思，全在结句，斯为绝妙。如史邦卿……《绮罗香·咏春雨》云："（略）。"……此皆全章精粹，所咏了然在目，且不留滞于物。（同上）

上是雨阻人登临佳兴，下是夜静无人空闭门。误了风流佳约，而□真妒人哉！"新绿"、"落红"，此时此景，那堪孤灯独对？语语淋漓，在在润泽。（明《新刻李于鳞先生批评注释草堂诗馀隽》伪托李攀龙评点）

此情别人状不出。（托名杨慎评点《草堂诗馀》）

玉林词话云："'临断岸'以下数语，姜尧章称赏。"谓梅溪之词，盖能融情景于一家，会句意于两得，其谓是欤？（明《新刻注释草堂诗馀评林》李廷机评语）

软媚。一曲之中句句高妙者少，但相搭衬副得去，于好发挥处用工取胜，"临断岸"以下融情景于一家，会句意于两得，姜尧章称赏之。收纵联密，事事合题

衬副，原不谓此曲。（明沈际飞《草堂诗馀·正集》）

句句语人，不露雨。（明茅暎《词的》）

王元泽"恨被榆钱买断，两眉长斗"，可谓巧而费力矣；史邦卿"作冷欺花，将烟困柳"，殆尤甚焉。然与李汉老"叫云吹断横玉"，谢勉仲"染云为幌"，美成"晕酥砌玉"，鲁直"莺嘴啄花红溜，燕尾声点波绿皱"俱为险丽。（明王世贞《艺苑卮言》）

无一字不与题相依，而结尾始出"雨"字，中边皆有。前后两段七字句，于正面尤着到。如意宝珠，玩弄难于释手。（清先著、程洪《词洁》）

史达祖《春雨》词煞句"记当日、门掩梨花，剪灯深夜语"，就题烘衬推开去，亦是一法。玉田《绮罗香·红叶》煞句"记阴阴、绿遍江南，夜窗听暗雨"，与梅溪《春雨》词同一机轴。（清李佳《左庵词话》）

流水缄愁带落红，梅溪写出态怡融。试临断岸看新绿，信是毫端有化工。（清沈道宽《论词绝句》其二十四）

绮合绣联，波属云委。（"尽日冥迷"二句）摹写入神。（"记当日"二句）如此运用，实处皆虚。（清许昂霄《词综偶评》）

"做冷欺花，将烟困柳"一阕，将春雨神色拈出。（清冯金伯《词苑萃编》）

（梅溪）集中如《东风第一枝》、《寿楼春》、《湘江静》、《绮罗香》、《秋霁》，皆推杰构。（清戈载《宋七家词选》）

词中对句，贵整炼工巧，流动脱化，而不类于诗赋。史梅溪之"做冷欺花，将烟困柳"，非赋句也。晏叔原之"落花人独立，微雨燕双飞"，晏元献之"无可奈何花落去，似曾相识燕归来"，非诗句也。然不工诗赋，亦不能为绝妙好词。（清沈祥龙《论词随笔》）

愁雨耶？怨雨耶？多少淑偶佳期，尽为所误，而伊乃浸淫渐渍，联绵不已。小人情态如是，句句清隽可思。好在结二句写得幽闲贞静，自有身分，怨而不怒。（清黄苏《蓼园词选》）

词中四字对句,最要凝炼,如史梅溪云:"做冷欺花,将烟困柳。"只八个字,已将春雨画出。(清孙麟趾《词径》)

凄警特绝。(清陈廷焯《词则·大雅集》)

双双燕

咏燕

过春社了①,度帘幕中间,去年尘冷。差池欲住②,试入旧巢相并。还相雕梁藻井③。又软语、商量不定。飘然快拂花梢,翠尾分开红影④。　芳径。芹泥雨润。爱贴地争飞,竞夸轻俊⑤。红楼归晚⑥,看足柳昏花暝。应自栖香正稳,便忘了、天涯芳信⑦。愁损翠黛双蛾,日日画阑独凭。

【注释】
① 春社:立春后清明前的日子。
② 差(cī)池:形容燕子飞时羽翼参差不齐貌。《诗经·邶风·燕燕》:"燕燕于飞,差池其羽。"
③ 相(xiàng):仔细看。藻井:有画饰的天花板。
④ 红影:花丛。
⑤ 轻俊:形容燕子飞得轻盈好看。
⑥ 红楼:女子所居之处。
⑦ 芳信:指情人的书信。古代有燕传书信事,南朝江淹《杂体诗拟李陵》:"袖中有短书,愿寄双飞燕。"

【评析】
本词咏双燕衔泥筑巢、差池双飞、相亲相爱的情境,咏燕亦隐含着人事。由于刻画入妙,此词为后世赏玩赞叹不已。毛晋刻《梅溪词》特地在后面标出此词,并云:"余幼读《双双燕》词,便心醉梅溪。"词上片写双燕春社后来寻旧巢。起首三句写春社过后,双燕穿过帘幕,寻找去年之旧踪。"差池"二句写燕子比翼双飞,进入去年之窝巢。"还相"二句写双燕在雕梁藻井上呢喃细语,双燕相亲相爱之情意宛然画出。"软语商量"一句为燕语传神尤妙,得到贺裳的高度赞赏。"飘然"二句写双燕在花梢红影中飞去,如画出。下片写双燕争飞,并引出独自凭楼之人事。过片写燕子双飞之路,"芹泥雨润"之句妙味无穷,反衬双燕之雅致深韵。"爱贴地"两句写双燕贴地争飞之俊态。"红楼"二句写双燕游乐之情。姜夔颇赏"看足柳昏花暝"一句。"应自"二句写燕之双栖。结尾二句写燕归人未归之孤寂,人事与双燕形成映照,手法甚巧。此词为南宋咏物之杰作,风格清新俊逸。梅溪真不愧为略形取神之白描高手。

【辑评】

形容尽矣。姜尧章极称其"柳昏花暝"之句。(宋黄昇《中兴以来绝妙词选》)

史邦卿《题燕》曰:"差池欲住,试入旧巢相并。还相雕梁藻井。又软语、商量不定。"可谓极形容之妙。"相"字,星相之相,从俗字。(明王世贞《艺苑卮言》)

不写形而写神,不取事而取意,白描妙手。(明卓人月辑、徐士俊评《古今词统》)

上是紫燕寻旧垒语,下是双飞触人情绪。入旧巢,相雕梁,燕子图也。日日凭栏,又是题外解意。形容燕子栖檐入幕,轻飞巧语,掠水衔泥,其态度尽之矣。(明《新刻李于鳞先生批评注释草堂诗馀隽》伪托李攀龙评点)

史邦卿词奇秀清逸,有李长吉之韵,能融情景于一家,会句意于两得者。形容想象,极是轻婉纤软。(托名杨慎评点《草堂诗馀》)

"欲"、"试"、"还"、"又",四字妙。"入"、"相"字作"星相"之"相"看,

妙。"看足柳昏花暝",栩栩然燕也,姜尧章极赏。(明潘游龙《精选古今诗馀醉》)

词之咏物往往有绝唱者,诗则寥寥数作而已。(明茅暎《词的》)

摹绝。(明陆云龙《词菁》)

仆每读史邦卿《咏燕》词"又软语、商量不定。飘然快拂花梢,翠尾分开红影",又"红楼归晚,看足柳昏花暝",以为咏物至此,人巧极天工矣。(清王士禛《花草蒙拾》)

史邦卿《咏燕》,几于形神俱似矣。……常观姜论史词,不称其"软语商量",而赏其"柳昏花暝",固知不免项羽学兵法之恨。(清贺裳《皱水轩词筌》)

汪蛟门《记梦》云:己酉夏夜,梦二女子靓妆澹服,联袂踏歌于琼花观前,唱史邦卿《双双燕》词,至"柳昏花暝"句,宛转嘹亮,字如贯珠。询其姓,曰:"卫氏姊娣也。"及觉,歌声盈耳,犹在枕畔。(清徐釚《南州草堂词话》)

清新俊逸,兼有之矣。(清许昂霄《词综偶评》)

史邦卿为中书省堂吏,事侂胄久。嘉泰间,侂胄亟持恢复之议,邦卿习闻其说,往往托之于词。如《双双燕》前阕云:"过春社了,度帘幕中间,去年尘冷。差池欲住,试入旧巢相并。还相雕梁藻井,又软语、商量不定。"后阕云:"应自栖香正稳,便忘了、天涯芳信。"……大抵写怨铜驼,寄怀尧幕,非止流连光景、浪作艳歌也。(清邓廷桢《双砚斋词话》)

史邦卿之《咏燕》,刘龙洲之咏指、足,纵工摹绘,已落言诠。(清谢章铤《赌棋山庄词话》)

咏燕有此,又可搁笔。作一词当如撰长文一篇,层层布置,又如优演登场,开帘举步,自然整暇,总之次第井然为妙。其中又有偷声、换气诸法,不可使一直笔。(清陈澧手批《绝妙好词笺》)

东坡《水龙吟》起云"似花还似非花",此句可作全词评语,盖不离不即也。时有举史梅溪《双双燕·咏燕》、姜白石《齐天乐》赋蟋蟀令作评语者,亦曰"似

花还似非花"。(清刘熙载《艺概》)

重翻双燕曲犹新,到得歌残又一春。莫管呢喃声不住,柳昏花暝是何人。(清李其永《读历朝词杂兴》其二十一)

(起处)藏过一番感叹,为"还"字、"又"字张本。("还相"二句)挑按见指法,再抟弄便薄。("红楼"句)换笔。("应自"句)换意。("愁损"二句)收足,然无馀味。(清谭献评《词辨》)

炼字贵坚凝,又贵妥溜。句中……有炼两三字者,如"看足柳昏花暝"是,皆极炼不如不炼也。(清沈祥龙《论词随笔》)

"栖香正稳"以下至末,似有所指。或于朋友间有不能践言者乎?借燕以见意,亦未可定。而词旨倩丽,句句熨贴,匠心独造,不愧清新之目。(清黄苏《蓼园词选》)

咏物之词自以东坡《水龙吟》为最工,邦卿《双双燕》次之。(王国维《人间词话》)

贺黄公谓:"姜论史词,不称其'软语商量',而称其'柳昏花暝',固知不免项羽学兵法之恨。"然"柳昏花暝",自是欧秦辈句法,前后有画工、化工之殊。吾从白石,不能附和黄公矣。(王国维《人间词话删稿》)

麦(孺博)丈云:讽词。(梁令娴《艺蘅馆词选》)

东风第一枝

春　雪

巧沁兰心,偷黏草甲[①],东风欲障新暖。漫疑碧瓦难留，信知暮寒较浅②。行天入镜，做弄出、轻松纤软。料故园、不卷重帘，误了乍来双燕。　　青未了、柳回白眼③。红欲断、杏开素面。旧游忆著山阴④，后盟遂妨上苑⑤。寒炉重熨，便放漫春衫针线。怕凤靴、挑菜归来，万一灞桥相见⑥。

【注释】

① 甲：植物生芽时的外壳。
② 信：的确。
③ 柳回白眼：早春初生的柳叶，如人睡眠初醒。
④ "旧游"句：用王子猷雪夜访戴安道事。王子猷住在山阴，大雪之夜，忽然十分想念在剡的戴安道。王子猷连夜坐船前往，经过一夜，才到戴家门口，他却转身返回。别人问他为什么，他说："吾本乘兴而行，兴尽而返，何必见戴?"见《世说新语·任诞》。
⑤ "后盟"句：用司马相如雪天赴梁王兔园之宴迟到的故事。上苑，皇家园林。
⑥ "万一"句：宋孙光宪《北梦琐言》记郑綮有言"诗思在灞桥风雪中驴子上"。此以灞桥指雪。

【评析】

　　本词通篇不见"雪"字，却句句与题关合。正如《绮罗香》之咏春雨。上片咏春雪之轻柔多情。前三句写春雪沁入兰心，沾着草芽，似要用它的轻灵多情取代那略带冷意的东风。"漫疑"二句乃词人推测之词：夜里寒意尚浅，碧瓦上恐难留住那春雪。"行天"二句描摹春雪柔软多姿的体态，"料故园"二句是说，由于雪落天寒，重帘不卷，怕误了飞来传信的双燕。下片"青未了"二句写道，杨柳才着绿色，顿时被染成千万只白眼，杏花亦变作素淡的容颜。造语写境生新精警，"旧游"二句用两典：一为王子猷雪夜访戴安道事，一为司马相如雪天赴梁王兔园宴迟到事，两典皆与雪相关，使词之生趣大增。"寒炉"二句对眼前春雪加以点染。结拍二句用唐代挑菜节之风俗及孙光宪《北梦琐言》中"灞桥风雪"之典，谓"那些穿着凤纹绣鞋的人挑菜归来，怕还有可能在灞桥同它相见"。全词写景状物细致入微，张炎赞之曰："全章精粹，所咏了然在目，且不留滞于物。"(《词源》)可谓佳评。

【辑评】

结句尤为姜尧章拈出。(宋黄昇《中兴以来绝妙词选》)

"轻松纤软",元人借以咏美人足。"柳杏"二句,翻新,愧死盐絮诸喻。(明卓人月辑、徐士俊评《古今词统》)

梅溪《东风第一枝》"立春",精妙处竟是清真高境。张玉田云:"不独措词精粹,又且见时节风物之感。"乃深知梅溪者。余尝谓白石、梅溪皆祖清真,白石化矣,梅溪或稍逊焉。然高者亦未尝不化,如此篇是也。(清陈廷焯《白雨斋词话》)

喜迁莺

月波疑滴。望玉壶天近①,了无尘隔。翠眼圈花②,冰丝织练,黄道宝光相直③。自怜诗酒瘦④,难应接、许多春色。最无赖⑤,是随香趁烛,曾伴狂客。　　踪迹。漫记忆。老了杜郎⑥,忍听东风笛。柳院灯疏,梅厅雪在,谁与细倾春碧⑦。旧情拘未定,犹自学、当年游历。怕万一,误玉人、夜寒帘隙。

【注释】

① 玉壶:指月亮。
② 翠眼圈花:指各式花灯。
③ 黄道:指月光。
④ 诗酒瘦:因赋诗饮酒而消瘦。唐代李白《戏赠杜甫》:"借问别来太瘦生,总为从前作诗苦。"
⑤ 无赖:可爱,可喜。
⑥ 杜郎:本指杜牧,此处词人自指。
⑦ 春碧:指酒。唐人常以春、碧等字名酒,或以春、碧代指酒。

【评析】

　　此词写上元节灯市之盛况，并寄寓身世之感。上片前三句写玉壶般的月亮把清波洒向人间，空中无一丝纤尘，境界清新明洁。"翠眼"三句写用丝制成的彩灯和月光交相辉映，景色迷人。"自怜"二句说，我已日见消瘦，不能享受这如春的时光。"最无赖"三句则是追忆过去，和三五狂友赏灯会之兴味。下片承上片，转写追忆。开首三句说旧踪依稀可忆，只是现在我杜郎已老，已不堪再听东风中之笛声。"柳院"三句是说院中灯疏，梅花如雪，谁能伴我细酌美酒呢？结拍三句写道，我难以拘束旧日风情，又去学少年游历，只怕那玉人在寒夜中盼着我，犹自倚那帘栊。结拍写难禁旧情，学少年之狂放。本词通过上元节追忆过去之游兴，抒发孤怀。但全词语言雕琢晦涩，不够明畅，亦是其缺陷。

【辑评】

　　富贵语无脂粉，诸家皆赏下二句，不知现寒乞相，正是此等处。结有调侃，非方回见妓辄跪也。余己丑至天津，正是此意。但非书办所知，所谓借他酒杯。（清王闿运《湘绮楼评词》）

　　"诗酒尚堪驱使在，未须料理白头人"，少陵句也。梅溪词《喜迁莺》云："自怜诗酒瘦，难应接、许多春色。"盖反用其意。（清况周颐《蕙风词话》）

　　"自怜诗酒瘦，难应接、许多春色"，"能几番游，看花又是明年"，此等语亦算警句耶，乃值如许笔力。（王国维《人间词话删稿》）

三　姝　媚

　　烟光摇缥瓦①。望晴檐多风，柳花如洒。锦瑟横床，想泪痕尘影,凤弦常下②。倦出犀帷③,频梦见、王孙骄马。讳道相思,偷理绡裙,自惊腰衩④。　　惆怅南楼遥夜。记翠箔张灯,枕肩歌罢。又入铜驼,遍旧家门巷,首询声价。可惜东风,将恨与、闲花俱谢。记取崔徽模样,归来暗写⑤。

【注释】

① 缥瓦:琉璃瓦。
② 凤弦:琴弦。
③ 犀帷:用犀牛角装饰的帷帐。
④ 腰衩:指腰身。衩,衣裙两侧开口处。
⑤ "记取"二句:唐代元稹《崔徽歌并序》中记唐代歌妓崔徽与裴敬中相爱。别后,徽请画家丘夏画像寄敬中,后怀恨病逝。此二句暗用此事。

【评析】

　　这是一首情真意切的悼亡词,追忆词人曾爱过的一位歌妓。上片首三句写春日访旧。晴日多风,柳絮飘扬,此种情景最易勾动人的旧思。"锦瑟"三句乃词人推想对方思念自己的悲苦之状,暗用李商隐《锦瑟》诗:"锦瑟无端五十弦,一弦一柱思华年。""倦出"二句写她终日处在闺帷之中,常梦见情人骑着骏马。"讳道"三句,写她满怀相思,自理罗裙,自怜瘦影,不愿人知。这三句把她的痴情和顾影自怜之态,描摹得极为细腻逼真。下片前三句写他们过去的恩爱生活。当年在南楼纱帐中,她在灯光下曼声低唱,依在自己的肩头。这一切现在想来却倍觉惆怅,倍觉痛苦。"又入"三句写自己返回后到处打探她的消息。"可惜"二句语意双关,说她像花片一样,不知被东风吹向何方。结拍二句用歌妓崔徽和裴敬中的恋爱故事收束,缠绵悱恻,泪水满纸。全词以爱情为主线,把跳跃性极大的多个画面交错穿插,充分利用回忆和联想等手法,表现出极佳的艺术效果。

【辑评】

　　("想泪痕"二句)盖言泪比尘多,常积弦上。(明卓人月辑、徐士俊评《古今词统》)

秋霁

　　江水苍苍，望倦柳愁荷，共感秋色。废阁先凉，古帘空暮，雁程最嫌风力。故园信息。爱渠入眼南山碧①。念上国②。谁是、脍鲈江汉未归客③。　　还又岁晚，瘦骨临风，夜闻秋声，吹动岑寂。露蛩悲、青灯冷屋，翻书愁上鬓毛白。年少俊游浑断得。但可怜处，无奈苒苒魂惊，采香南浦，剪梅烟驿④。

【注释】

① 南山：泛指西湖周围的山。
② 上国：京师，首都。
③ 脍鲈：用张翰事。见前辛弃疾《水龙吟·登建康赏心亭》注⑥。
④ 剪梅烟驿：折梅送友。用陆凯寄梅事。见前秦观《踏莎行》（雾失楼台）注④。

【评析】

　　本词写词人自己晚年被贬谪后对故国的思念及个人的凄苦之情。上片写他的故国之思。起首三句写江上烟波浩渺，连残荷衰柳都有无限感伤。"废阁"三句继续写秋色。废阁、旧帘空映黄昏暮色，连传信的大雁都无力奋飞。"故园"二句写故园南山上那片醉人的碧绿。"念上国"二句写自己依旧是未归之客，所念的上国（汴京）依旧还在敌手。下片写晚境之凄凉景象。"还又"四句，写自己岁华已晚，只有瘦骨一把，听着深夜的秋风，心中只是倍觉苦痛。"露蛩"二句写道，蟋蟀在露中悲吟，我在青灯下本想读书消愁，愁却染白了我的鬓丝。"年少"三句写少年之遨游难再，我心魂惶惶却总是惊悸。结拍"采香"二句写思念亲友之情。亲人杳无音讯，亦是因自己之穷困潦倒。此处用二典，一为《楚辞·九歌·河伯》之

"送美人兮南浦"句，一为陆凯自江南寄梅给长安范晔之诗。全词将故国之思与个人失意熔为一炉，笔力峭劲健拔，风格沉郁苍凉，读来感人至深。

夜 合 花

柳锁莺魂，花翻蝶梦①，自知愁染潘郎②。轻衫未揽，犹将泪点偷藏。念前事，怯流光。早春窥、酥雨池塘。向消凝里，梅开半面，情满徐妆③。　　风丝一寸柔肠。曾在歌边惹恨，烛底萦香。芳机瑞锦④，如何未织鸳鸯。人扶醉，月依墙。是当初、谁敢疏狂。把闲言语，花房夜久，各自思量。

【注释】

① 蝶梦：用庄周梦为蝴蝶事，多表现人生虚幻之感慨。见《庄子·齐物论》。
② 潘郎：本指西晋诗人潘岳。此处词人自指。
③ 徐妆：徐妃因元帝瞎一目，元帝每次到来，她只化妆半面，帝见了大怒而去。见《南史·梁元帝徐妃传》。
④ 瑞锦：唐代一种色彩绮丽的锦，绣有龙凤等吉祥之物。

【评析】

　　这是一首苦恋的哀歌，主人公一边独自饮泣，一边追忆过去的爱情，希望通过自己的孤怀和伤感打动对方。上片起首三句写道，仿佛密柳锁住了黄莺的歌唱，过去的美好时光如一场春梦，愁思染白了我的双鬓。"轻衫"二句是说，我未用春衫遮面，却依然把泪水掩藏。"念前事"三句写道，思念过去一切，又怕这飞逝的流光。早春悄悄降临到落着细雨的池塘。"早春窥、酥雨池塘"一句写春天悄然而至，极其新鲜自然。"窥"字特妙，赋早春以灵动之生机。"向消"三句写我暗自神伤,看梅花半开,好似徐妃之半面妆。想象奇妙,非常人所能道。下片起三句写风中之柳丝,恰如你之柔肠,你那送别的曼歌,牵动多少别绪,使我想起你在灯下伴我的时光。"芳机"二句说,你那精美织机上的锦丝,为何不织成双双鸳鸯,你却总是杳无音信?"人扶醉"三句写我在月光下醉着,若无你当初的情意,我岂敢诉说衷肠?结拍三句,希望你在闺房把我的千言万语细细思量。

整首词充满怨叹和凄楚之音,意在用此来打动那闺中的女子回心转意。全词造语奇妙,如"早春"一句,再如"梅开"二句,是其成功处。但情感不够率直明畅,亦是其缺陷。

【辑评】

此等起句,真是香生九窍,美动七情。(明卓人月辑、徐士俊评《古今词统》)

玉 蝴 蝶

晚雨未摧宫树,可怜闲叶,犹抱凉蝉。短景归秋①,吟思又接愁边。漏初长、梦魂难禁,人渐老、风月俱寒。想幽欢。土花庭甃,虫网阑干。　　无端。啼蛄搅夜②,恨随团扇③,苦近秋莲④。一笛当楼,谢娘悬泪立风前⑤。故园晚、强留诗酒,新雁远、不致寒暄。隔苍烟。楚香罗袖,谁伴婵娟⑥。

【注释】

① 短景:秋分之后,昼短夜长,故称"短景"。
② 蛄:蝼蛄。

③ 团扇:此指秋扇被弃之苦。汉班婕妤《怨歌行》:"新裂齐纨素,皎洁如霜雪。裁为合欢

扇,团团似明月。出入君怀袖,动摇微风发。常恐秋节至,凉风夺炎热。弃捐箧笥中,恩情中道绝。"后以"秋扇"比喻女子年老色衰被抛弃。

④ 苦近秋莲:莲心苦,故用以作比,强调愁苦之极。

⑤ "一笛当楼"二句:化用唐代赵嘏《早秋》:"残星几点雁横塞,长笛一声人倚楼。"谢娘,唐时歌女名,此处泛指歌妓。

⑥ 婵娟:形容姿态美好。此处指代美人。

【评析】

　　这是一篇伤情怀人之作。上片通过晚秋之景寄寓其凄楚之怀抱。前三句写雨后寒蝉缩在稀疏的枯叶中。满目伤感,一片萧瑟凄凉之情透出笔端。"短景"二句写道,日影渐短,无限愁怨涌上心头。"漏初长"二句写夜漏渐长,梦魂难禁;人渐老去,风情渐冷。"想幽欢"三句写佳期幽会之地,恐怕井台庭院已长满青苔,曲折栏杆已罩上蛛网,真叫人触目惊心!下片猜想情人长夜难眠,凭高远眺。又用蟋蟀、夜笛点染,其况更悲。起首三句写蟋蟀声使她彻夜难眠,离恨如秋莲般苦人。"一笛"二句写笛声哀怨,她流泪伫立在风中。"故园"二句写故园夜晚,她是否在诗酒中勉强流连,新雁远飞,却无法带去我的问候。结拍三句写道:远隔重重群山,有谁伴她,劝慰她?词人对那远方的爱人是多么温柔和体贴呀!全词辞情凄楚哀婉,声情并茂,不愧为一首婉约佳篇。

【辑评】

　　梅溪《玉蝴蝶》云:"一笛当楼,谢娘悬泪立风前。"幽怨似少游,清切如美成,合而化矣。(清陈廷焯《白雨斋词话》)

八　归

秋江带雨,寒沙萦水,人瞰画阁愁独。烟蓑散响惊诗思,还被乱鸥飞去,秀句难续。冷眼尽归图画上,认隔岸、微茫云屋。想半属、渔市樵村,欲暮竞然竹①。须信风流未老,凭持尊酒、慰此凄凉心目。一鞭南陌,几篙官渡,赖有歌眉舒绿②。只匆匆残照,早觉闲愁挂乔木。应难奈,故人天际,望彻淮山,相思无雁足③。

【注释】

① 然:即"燃"。
② 歌眉:指歌女。舒绿:舒展愁眉。古人用黛绿画眉,因此以绿指眉。
③ 无雁足:无法传递书信或消息。

【评析】

　　这首词大约是史达祖晚年的作品,抒写词人愁苦悲凉的心境,感叹犹深。上片写眺望秋江之景,淡远疏隽。起首三句写秋江上之细雨,江水绕着沙洲,我独在画楼俯视,心中充满愁思。"烟蓑"三句写渔人在雨中披蓑而归,歌声惊散了我的诗思。白鸥飞起,秀句难继。"冷眼"二句,用"冷眼"观物,万物皆悲。"想半属"二句,他想隔岸的渔市樵村,大约该是燃竹烧炊了吧?此处用柳宗元《渔翁》诗"渔翁夜傍西岩宿,晓汲清湘然楚竹"之意,反衬自己内心的寂寞和无聊。下片写漂泊天涯的苦况。"须信"三句乃自慰之词。自信风情依在,杯酒自可慰藉怀抱。"一鞭"三句是说,在南陌骑马漫步,在官渡泛舟游玩,有娇美的歌儿舞女陪伴,内心自然不会孤独。"只匆匆"二句写残阳匆匆,浓愁又挂乔木。结拍写天涯故人杳无音信,徒令我望断淮山。此词风格清新疏淡,迭荡有致,韵味无穷。

【辑评】

　　笔力直似白石,不但貌似,骨律、神理亦无不似。后半一起一落,宕往低徊,极有韵味。结笔凄恻。(清陈廷焯《云韶集》)

刘克庄　四首

生查子

元夕戏陈敬叟

繁灯夺霁华①，戏鼓侵明发②。物色旧时同，情味中年别。　　浅画镜中眉③，深拜楼西月。人散市声收④，渐入愁时节。

【注释】

① 霁华：明月。
② 明发：天亮，黎明。
③ "浅画"句：用张敞画眉事。张敞，汉宣帝时为京兆尹，赏罚分明，但平时"无威仪"，常为妻子画眉。宣帝询问此事，张敞答曰："臣闻闺房之内，夫妇之私，有过于画眉者。"见《汉书·张敞传》。后以"画眉"形容夫妻情深。
④ 市声：市中嘈杂声。

【评析】

上片首二句写元夕灯节之盛况。繁灯压月，彻夜鼓鸣，真可谓不知今夕何夕。但接下来"物色"二句，词情顿折。明月灯会依旧在，只是朱颜改。人到中年，历经世情变迁，物是人非，已无少年之情致矣。下片乃戏解人生，宽慰自己。"浅画"二句乃谓：在这元夕之夜，何不也如女子对镜画眉，对月罗拜，排遣愁怀呢？"深拜"句从韦应物《寄李儋元锡》"西楼望月几回圆"化出。最后二句又是一转，当热闹的人群散去，独自静坐，面对一轮西斜的圆月，心府终于被愁袭破。全词以乐衬愁抒慨，构思极妙。所谓以乐写愁，倍增其愁也。

贺 新 郎

端 午

深院榴花吐。画帘开、练衣纨扇①，午风清暑。儿女纷纷夸结束，新样钗符艾虎②。早已有、游人观渡。老大逢场慵作戏，任陌头、年少争旗鼓。溪雨急，浪花舞。

灵均标致高如许③。忆生平、既纫兰佩④，更怀椒醑⑤。谁信骚魂千载后，波底垂涎角黍⑥。又说是、蛟馋龙怒。把似而今醒到了⑦，料当年、醉死差无苦。聊一笑，吊千古。

【注释】

① 练（shū）衣：粗布衣服。
② 钗符：钗头符，端午节头饰。艾虎：端午时，荆楚人以艾为虎形，或剪彩为虎，贴以艾叶，女人争相戴之。
③ 灵均：屈原字。标致：风度。
④ 纫兰佩：戴兰草作为佩饰，形容志趣高洁。语出屈原《离骚》："扈江离与辟芷兮，纫秋兰以为佩。"
⑤ 椒醑（xǔ）：以椒浸泡的美酒。椒，香料。醑，美酒。
⑥ 角黍：即粽子。粽子为三角形，古用黏黍，故称"角黍"。
⑦ 把似：假如。

【评析】

本词专咏端午节令，并借此高扬屈原之精神，实是因有感于南宋之社会现实而作。上片写端午节之习俗。开头一句借石榴花开写端午节之时令。"画帘"二句通过人们粗布练衣、手执团扇、开帘纳凉等细节写出炎夏之节候，为后之习俗铺垫。接下几句乃本片主体，即端午节之龙舟赛。"儿女"二句写人们戴上避邪用的钗头和艾虎，打扮得漂漂亮亮。"早已"五句写龙舟赛之具体场面。游人围在河边，青年男子们摇旗击鼓，龙舟竞渡，浪花飞溅，喊声震天，好不热闹。而词人自认老大，已懒与少年争渡了。下片借端午节颂扬屈原之精神。"灵均"三句写屈原风度超拔，品质高洁，平生亦"纫秋兰以为佩"，"怀椒醑"而食之。"谁信"二句是说，有谁相信他的灵魂会垂涎于菰叶包的黏米粽子呢？又对人们怕蛟龙袭击屈原，故投粽子入水的说法提出质疑。"把似"二句认为，假如屈原地下有知，知道世人如此祭奠他，还不如醉生梦死，何苦来惹种种烦恼？然"聊一笑"二句，说以上只不过博人一笑。词人的真正用意亦并不在写端午风俗和龙舟赛，而在于悼念屈原，通过屈原唤起人们的爱国热情。

【辑评】

　　上是游人观竞渡事，下是后人吊往古心。雨急花舞，自是眼前胜概。怀古人之死为可惜，无限情伤。写景难，写情不易，写情景尤难之难。（明《新刻李于鳞先生批评注释草堂诗馀隽》伪托李攀龙评点）

　　此一段议论，当为三闾千古知己。（托名杨慎评点《草堂诗馀》）

　　翩翩。驳世俗见闻，洗灵均心事，于词坛有创立之功。淳祐辛丑八月御笔署刘某文名久著，史学尤精，特赐同进士出生，殆不怍也。（明沈际飞《草堂诗馀·正集》）

　　非为灵均雪耻，实为无识者下一针砭，思理超超，意在笔墨之外，可细玩之。是就竞渡者及沉角黍者落想，是从实处落想。（清黄苏《蓼园词选》）

贺 新 郎

九 日①

湛湛长空黑②。更那堪、斜风细雨,乱愁如织。老眼平生空四海,赖有高楼百尺。看浩荡、千崖秋色。白发书生神州泪,尽凄凉、不向牛山滴③。追往事,去无迹。

少年自负凌云笔④。到而今、春华落尽,满怀萧瑟。常恨世人新意少,爱说南朝狂客,把破帽、年年拈出⑤。若对黄花孤负酒,怕黄花、也笑人岑寂。鸿北去,日西匿。

【注释】

① 九日:指九月九日重阳节。
② 湛湛:此处形容黑云满天。
③ 牛山滴:春秋齐景公登牛山,北临国城而哭人生之短暂。见《晏子春秋·内篇谏上》。
④ 凌云笔:豪气凌云之笔墨。
⑤ "爱说"二句:用孟嘉落帽典。孟嘉为东晋征西大将军桓温的参军。九月九日,桓温设宴于龙山,宾客咸集。孟嘉帽子被风吹掉而不知,桓温乘孟嘉如厕时叫人取回还之,令孙盛作文嘲笑他。孟嘉回来看到帽子,即作文回应,其文甚美。见《晋书·孟嘉传》。后以"孟嘉落帽"形容风雅洒脱,才思敏捷。以"落帽"为重阳登高典。

【评析】

本词写重阳节登高。上片写词人登高而涌神州泪,其志悲而壮。起首三句写黑云遮天,斜风细雨,引来满怀愁绪。如此风雨如晦之天气,实含时局之悲。"老眼"三句写词人只有登上高楼眺望四海之秋色,暗用刘备以英雄自许之典,调子十分激昂。但接下来"白发"二句却转入悲壮。词人面对北方的大片故土,终于掉下"神州泪",但他决不会像齐景公那样为个人的寿命落"牛山"之泪。"追往事"二句乃往事如烟之叹。下片继续抒写悲怀。开头二句写少年自负才情,而如今是"春花落尽",壮志难酬,只有满腹愁苦与悲愤而已。"常恨"三句写人们年年登高,不过是诉说"南朝狂客"孟嘉落帽的故事而已,毫无意趣。"若对"二句写面对黄花、美酒要开怀痛饮。结尾二句回应开头,暗含象征。全词主旨乃"白发书生神州泪",词风沉郁悲壮,声调和谐,转接自然,代表了刘克庄词的基本特色。

【辑评】

破帽事,东坡翻招,潜夫歇案。(明潘游龙《精选古今诗馀醉》)

悲而壮。南宋有如此将才,如此官方,如此士气,而卒不能恢复者,谁之过耶?(清陈廷焯《词则·放歌集》)

木 兰 花

戏林推

年年跃马长安市①。客舍似家家似寄。青钱换酒日无何②,红烛呼卢宵不寐③。　易挑锦妇机中字④。难得玉人心下事⑤。男儿西北有神州,莫滴水西桥畔泪⑥。

【注释】

① 长安:此处借指临安。
② 日无何:每日无他事可做。
③ 呼卢:赌博时的喊声。古代掷骰子,五子皆黑称卢,掷得卢即获全胜,故赌博时连连呼卢。
④ "易挑"句:用前秦苏蕙织回文诗赠夫事。见前柳永《曲玉管》(陇首云飞)注⑥。
⑤ 玉人:美人。心下:心中。
⑥ 水西桥:在福建。此泛指妓女居处。

【评析】

　　词人把恢复故土的理想寄托在友人身上,希望他能够振作起来,不要迷醉于过去的颓废生活当中。上片批评林推官生活的颓废。"年年"二句写他常年在外野游,年年在长安市以客舍为家。"青钱"二句写他用"青钱换酒",终日无所事事;又或"红烛呼卢"而狂赌达旦。下片劝诫他振作精神,为恢复神州出力。"易挑"二句用窦滔妻织锦为回文诗寄情这一典故,喻写妻子爱情的真挚深切,并以此作对比,指出他青楼恋妓的荒唐和无聊。收尾二句是全词主旨。意谓林推官要记住西北尚有大片陷于敌手的故土,应为此垂泪,怎能为"水西桥畔"的妓女而落泪呢?这两句把个人生活与国家忧患联系起来,极大地丰富了这首词的内涵,显示出词人很高的思想境界。

【辑评】

　　后村词,与放翁、稼轩,犹鼎三足。其生丁南渡,拳拳君国,似放翁。志在有为,不欲以词人自域,似稼轩。如《玉楼春》云:"男儿西北有神州,莫滴水西桥畔泪。"……胸次如此,岂剪红刻翠者比邪。升庵称其壮语,子晋称其雄力,殆犹之皮相也。(清冯煦《蒿庵论词》)

　　慷慨激烈,发欲上指。词境虽不高,然足以使懦夫有立志。(清陈廷焯《白雨斋词话》)

　　后村《玉楼春》云:"男儿西北有神州,莫滴水西桥畔泪。"杨升庵谓其壮语足以立懦,此类是矣。(清况周颐《蕙风词话》)

卢祖皋 二首

江 城 子

　　画楼帘幕卷新晴。掩银屏。晓寒轻。坠粉飘香,日日唤愁生。暗数十年湖上路,能几度,著娉婷①。　　年华空自感飘零。拥春酲②。对谁醒。天阔云闲,无处觅箫声。载酒买花年少事,浑不似,旧心情。

【注释】

① 娉婷:原指姿态美好,此借指美人。　　② 春酲:春日醉酒,身体困倦。

【评析】

　　本词乃追忆往昔,自伤身世之作。上片前三句写乍暖还寒时候,画楼中人卷起帘幕,温暖的阳光透进闺房,心情顿觉欢畅。"坠粉"二句乃伤春之辞。风雨过后,落红满径,阑珊春意,主人公怎能不叹息流年呢?"暗数"三句自伤不能与情人相亲相伴,只能在忧愁风雨中消磨年华。下片首句"年华空自感飘零"乃全词主旨。"拥春酲"二句实是愁绪太重,无以排遣,只好借酒浇愁。但"借酒浇愁愁更愁",满腹忧愁如何能排遣得了呢?"天阔"二句写旷野唯有长空闲云,却追寻不到那快乐的箫声。结拍二句追念昔游。缅怀过去,情人已逝。自己年老,已无买花载酒、倚翠偎红之心情矣。全词情感怅惘低回,语言清婉,乃蒲江小令之佳作。

【辑评】

卢申之《江城子》后段云:"年华空自感飘零。拥春醒,对谁醒。天阔云闲,无处觅箫声。载酒买花年少事,浑不似,旧心情。"与刘龙洲词"欲买桂花同载酒,终不似,少年游",可称异曲同工。然终不如少陵之"诗酒尚堪驱使在,未须料理白头人"为倔强可喜。(清况周颐《蕙风词话》)

宴清都

春讯飞琼管①。风日薄、度墙啼鸟声乱。江城次第②,笙歌翠合,绮罗香暖。溶溶涧渌冰泮③。醉梦里、年华暗换。料黛眉④重锁隋堤,芳心还动梁苑⑤。　　新来雁阔云音⑥,鸾分鉴影⑦,无计重见。啼春细雨,笼愁澹月,恁时庭院⑧。离肠未语先断。算犹有、凭高望眼。更那堪、衰草连天,飞梅弄晚。

【注释】

① 琼管:古以葭莩灰实律管,候至则灰飞管通。管为玉制。
② 次第:顷刻。
③ 泮(pàn):溶解。
④ 黛眉:以美人黛眉比喻柳叶。
⑤ 梁苑:园林名,西汉梁孝王所建。此处泛指园林。
⑥ 阔:稀缺。
⑦ 鸾分鉴影:本事见范泰《鸾鸟诗》序。见前钱惟演《木兰花》(城上风光莺语乱)注④。后人用此故事比喻爱人分离或失去伴侣。
⑧ 恁时:此时。

【评析】

这是一篇念春伤别之作。上片写初春之景并叹息年华暗逝。起首三句写玉笛飞出春天的旋律,小鸟叽喳着飞过墙院。"江城"三句写笙歌飘荡,丽人飘香。

"溶溶"二句写春冰融化,年华暗换。"料黛眉"二句写如眉黛般的杨柳把河堤环绕,园林里,百花飘芳。下片写相思离别之情。"新来"三句写音信断绝,我对镜中孤凤独自叹息,却不能与他相见。"啼春"三句写春天在庭院中啼哭落雨,云笼淡月,清愁无限。最后几句写道,我还未语,愁肠已断,况且是登高远眺呢?面对衰草连天,片片落梅,我更情何以堪?全词造语工巧新丽,情景交融,哀怨深永,令人回味无穷。

【辑评】

　　此词绝幽怨,神似梅溪高境。(清陈廷焯《词则·大雅集》)

　　此词对句凡五见,单韵又多拗句,极难着手。细玩其布置处,究乃虚实相间耳。(清陈澧手批《绝妙好词笺》)

潘 牥 一首

南 乡 子

题南剑州妓馆

　　生怕倚阑干。阁下溪声阁外山。惟有旧时山共水，依然。暮雨朝云去不还。　　应是蹑飞鸾①。月下时时整佩环。月又渐低霜又下，更阑。折得梅花独自看。

【注释】

① 蹑飞鸾：传说仙人多乘鸾骑凤。此处把歌妓比为仙子。

【评析】

　　这首词是写词人在南剑州妓馆的亲身经历。虽然只是一段短暂相逢，但两人的感情却十分真挚。如今重游旧地，依旧勾动起悲痛的情绪。上片乃是今昔对比。起首二句写道，听着潺潺溪水，面对着阁外青山，我怕倚阑干，怕追忆起过去的时光。对"阁下溪声阁外山"一句，沈际飞极为赏爱，评曰"婉挚"（《草堂诗馀·正集》）。"惟有"二句写山水依然，她却如朝云暮雨，再无归还。下片皆想象之词，从虚处落笔。"应是"二句写词人设想她已乘鸾仙去，现正在月下整理环佩吧？结拍三句写夜深霜冷她杳无音信，我唯有折梅独自把玩而已。"折得梅花独自看"一语"真凄凉怨慕之音"（唐圭璋《唐宋词简释》）。梅既无人共赏，折梅无由寄去,只有独看而已。此词造语绮丽清婉,层层转折,一步一态,真有尺幅千里之妙。

【辑评】

潘牥,字廷坚,落笔皆不凡。有《镡津怀旧》词云:"(略)。"(宋刘克庄《后村诗话》)

陆　叡　一首

瑞　鹤　仙

　　湿云黏雁影。望征路愁迷，离绪难整。千金买光景。但疏钟催晓，乱鸦啼暝。花悰暗省①。许多情、相逢梦境。便行云、都不归来，也合寄将音信。　　孤迥②。盟鸾心在，跨鹤程高③，后期无准。情丝待剪。翻惹得，旧时恨。怕天教何处，参差双燕，还染残朱剩粉。对菱花④、与说相思，看谁瘦损。

【注释】

① 悰（cóng）：欢乐。
② 孤迥：寂寥高远。
③ 跨鹤：飞升成仙。
④ 菱花：指菱花镜。诗文中常以菱花代镜。

【评析】

　　这是一首描写离绪相思之作。上片写离绪。前三句写雨云黏着雁影，征路遥遥，心中愁闷难以梳理。"湿云黏雁影"一语，用"黏"字与"影"字连用，造成一种迷离滞重之境，甚有情味。"千金"三句写时光飞逝。疏钟催晓，昏暮啼鸦，欢情又有几多时。"花悰"二句写过去的欢乐与梦境。"便行"二句怨恨情人未有音信。下片乃诉说相思之情。起三句说空有情爱，佳会难期。"情丝"两句写欲剪断情丝反牵动恼恨,用李煜《相见欢》"剪不断。理还乱。是离愁。别是一般滋味在心头"词意。"怕天教"三句写不知何处,见双燕沾着她的脂粉香气。结拍二句推想她对镜苦思,怕已是消瘦了吧?全词写种种愁恨与别绪,辞情甚为悲苦,但晦涩不畅亦是其缺陷。

萧泰来　一首

霜天晓角

梅

千霜万雪。受尽寒磨折。赖是生来瘦硬①，浑不怕、角吹彻②。　　清绝。影也别③。知心惟有月。原没春风情性，如何共、海棠说④。

【注释】

① 赖是：亏得。
② 角：本意指军中号角，这里指古曲《大角曲》，其中有《梅花落》一曲。
③ 别：与众不同。
④ 海棠说：《云仙杂记》卷三引《金城记》："黎举常云：欲令梅聘海棠……但恨时不同耳。"

【评析】

　　这是一首咏梅之作。上片起二句，层层递进，描写梅花生长的恶劣环境。接三句转写梅花的瘦硬风骨，"浑不怕"三字铿锵有力，掷地有声，"角吹彻"喻指曲终人散、香消陨落。下片"清绝"二字是词眼。"影也别"三字从梅花写到梅影，喻示花影绰约、表里如一。"知心惟有月"，以月之皓洁，对应梅之高洁。结语反用"梅聘海棠"典故，表现孤芳自赏、卓尔不群的超凡品格。词写梅骨，写梅影，写梅心，处处用力，执着恳切，但缺整体效果，故陈廷焯评曰"刻挚不能浑涵"（《白雨斋词话》），也是有一定道理的。

【辑评】

　　刻挚极矣，即词可以见骨气，但微少浑含耳。（清陈廷焯《词则·放歌集》）

　　词贵浑涵，刻挚不能浑涵，终属下乘。晁无咎咏梅云："开时似雪。谢时似雪。花中奇绝。香非在蕊，香非在萼。骨中香彻。"费尽气力，终是不好看。宋末萧泰来《霜天晓角》一阕，亦犯此病。（清陈廷焯《白雨斋词话》）

吴文英 二十四首

霜叶飞

重 九

断烟离绪。关心事,斜阳红隐霜树。半壶秋水荐黄花,香喋西风雨①。纵玉勒②、轻飞迅羽。凄凉谁吊荒台古③。记醉踏南屏④,彩扇咽、寒蝉倦梦,不知蛮素⑤。　　聊对旧节传杯,尘笺蠹管⑥,断阕经岁慵赋。小蟾斜影转东篱⑦,夜冷残蛩语⑧。早白发、缘愁万缕。惊飙从卷乌纱去⑨。漫细将、茱萸看⑩,但约明年,翠微高处⑪。

【注释】

① 喋(xùn):含在口中喷出。
② 玉勒:此代指宝马。
③ 荒台:项羽当年阅兵的戏马台,在今江苏徐州。南朝宋武帝刘裕曾于重九大会宾僚于此。
④ 南屏:西湖南屏山,宛若屏障。
⑤ 蛮素:白居易有伎樊素善歌,小蛮善舞。此代指姬妾。
⑥ 尘笺蠹管:被灰尘覆盖的信笺和被蠹虫蛀坏的毛笔。
⑦ 小蟾:相传月中有蟾蜍,代指月亮。
⑧ 蛩语:蟋蟀吟叫。
⑨ "惊飙"句:用孟嘉落帽典。见前刘克庄《贺新郎·九日》注⑤。乌纱,古官帽名。
⑩ "漫细将"句:化用唐代杜甫《九日蓝田崔氏庄》:"明年此会知谁健?醉把茱萸仔细看。"茱萸,植物名,重九风俗佩茱萸以避灾。
⑪ 翠微:指青翠掩映的山腰深处,代指青山。

吴文英

【评析】

此词为重阳节怀念往日姬妾之作。首句情景双入，笼罩全篇，"断烟"是景，"离绪"是情。下写重阳节物，斜阳霜树、菊花秋水，写出清冷明艳之感。"纵玉勒"以反问句跌宕出感喟之意。以下逆转，申叙"凄凉"之故，今昔打并一处来说，姬人与我双面落笔。回忆当年乘醉登高之乐，然如今歌舞已寂，如秋蝉咽声，即于倦梦中，亦不复见去姬之身影矣，其情可哀。换头另起，"聊对"、"慵赋"，极写当时无聊之情思。旧节又来，仍复传杯，盖为应景；人去经岁，笺生尘，笔生蠹，旧日留下的断阕如今也无心续成。下面又一暗转，无聊中倍觉时间漫漫，而日之将夕，又怎堪面对月影斜转、残蛩哀吟的凄凉夜景呢？此景非无聊中人不易体会。后化用杜甫诗句而翻出新意。头发早因忧愁而全白矣，也不用遮掩了，惊风卷帽，那就随它去吧，无望之语极沉痛。结句看似强乐自宽，预为明年登高之约，但今年已如此，来年可知矣，着"漫"、"但"字已自觉无谓。下片层层推演，愈转愈深，不尽言外之凄凉。吴梅云："吴词潜气内转，上下映带，有天梯石栈之巧。"（《乐府指迷笺释序》）观此词可知。

【辑评】

情词兼胜。有笔力，有感慨，凄凉处只一二语，已觉秋声四起。（清陈廷焯《云韶集》）

起七字，已将"纵玉勒"以下摄起在句前。"斜阳"六字，依稀风景。"半壶"至"风雨"十四字，情随事迁。以下五句，上二句突出悲凉，下三句平放和婉。"彩扇"属"蛮素"，"倦梦"属"寒蝉"。徒闻寒蝉，不见蛮素，但仿佛其歌扇耳，今则更成倦梦，故曰不知。两句神理，结成一片，所谓关心事者如此。换头于无聊中寻出消遣，"断阕慵赋"，则仍是消遣不得。"残蛩"对上"寒蝉"，又换一境。盖蛮素既去，则事事都嫌矣。收句与"聊对旧节"一样意思，见在如此，未来可知。极感怆，却极闲冷，想见觉翁胸次。（清陈洵《海绡说词》）

宴清都

连理海棠

绣幄鸳鸯柱①。红情密,腻云低护秦树②。芳根兼倚③,花梢钿合④,锦屏人妒。东风睡足交枝⑤,正梦枕、瑶钗燕股⑥。障滟蜡⑦、满照欢丛,嫠蟾冷落羞度⑧。

人间万感幽单,华清惯浴⑨,春盎风露⑩。连鬟并暖⑪,同心共结⑫,向承恩处。凭谁为歌《长恨》,暗殿锁、秋灯夜语⑬。叙旧期、不负春盟,红朝翠暮⑭。

【注释】

① 绣幄:彩绣的篷帐,此形容海棠盛开。
② "腻云"句:化用宋代陆游《花时遍游诸家园十首》其二:"绿章夜奏通明殿,乞借春阴护海棠。"秦树,秦中有双株海棠,高达十丈,最有名,故以之代称"海棠"。
③ 兼:应为"鹣",比翼鸟。
④ 钿合:亦作"钿盒",镶嵌珠宝的首饰盒,有上下两扇。
⑤ 交枝:枝柯相交。
⑥ 瑶钗:玉钗。燕股:燕形钗,分两股。
⑦ "障滟蜡"句:化用宋代苏轼《海棠》:"只恐夜深花睡去,故烧高烛照红妆。"滟,水浮动光耀貌,此指烛光。
⑧ 嫠(lí)蟾:代指嫠星与嫦娥。嫠,寡妇,月中嫦娥无夫。
⑨ 华清:即华清池,唐代华清宫的温泉浴池,相传唐明皇曾赐杨贵妃浴于华清池。唐代白居易《长恨歌》:"春寒赐浴华清池,温泉水滑洗凝脂。"《元和志》载华清宫在骊山(今陕西临潼南)上,开元十一年(723)初置温泉宫,天宝六年(747)改为华清宫。
⑩ 盎:充盈洋溢。
⑪ 连鬟:女孩所梳双髻。
⑫ 同心共结:旧时用锦带编成的连环回文样式的结子,象征爱情。
⑬ "暗殿"句:化用唐代白居易《长恨歌》:"七月七日长生殿,夜半无人私语时。在天愿作比翼鸟,在地愿为连理枝。"
⑭ 红朝翠暮:化用宋代秦观《鹊桥仙》:"两情若是久长时,又岂在朝朝暮暮?"

【评析】

此咏物词。前片状物,处处关合"连理"二字。因唐明皇有形容杨贵妃酒醉未醒态为"海棠春睡"语,故连及贵妃故事。白居易《长恨歌》正为描写明皇与贵妃之间的恋情,与所咏连理海棠有意脉共通处,故换头以下全从《长恨歌》运化敷写而出,其中应有词人的身世之感贯注其中。首句言海棠之繁茂。然后对"连理"作加倍渲染,钿盒、燕钗、鸳鸯、比翼鸟作正面比衬,"锦屏人妒"、"嫠蟾"则反衬之。用陆游与苏轼诗意写出人对花之爱重。花为连理,人间却离多聚少,换头"人间万感幽单"句精神弥满,振起全篇。以下便全以《长恨歌》中杨妃比言。"华清"句将"温泉水滑洗凝脂"的贵妃沐浴之态与春日风露润泽下的海棠之美一齐写出。"同心"、"连鬓"皆以人花并写。"凭谁"一反问句跌宕,转出贵妃死后的凄凉,极写明皇与贵妃夜半私语、忠贞不渝的深情盟誓。"红朝翠暮",用笔妍丽,将花与人一并收合。全篇以《长恨歌》为骨,以人间相思离合之情为魂,以连理海棠为面。托物言情,物与人事神合无迹。随手化用诗句,咏物极工,却绝不黏滞于物。

【辑评】

攡染大笔何淋漓。(清朱祖谋《彊村老人评词》)

只运化一篇《长恨歌》,乃放出如许异采,见事多,识理透故也。得力尤在换头一句。"人间万感",天上嫠蟾,横风忽断,夹叙夹议,将全篇精神振起。"华清"以下五句,对上"幽单",有好色不与民同意,天宝之不为靖康者幸耳,故曰"凭谁为歌长恨"。(清陈洵《海绡说词》)

齐 天 乐

烟波桃叶西陵路①,十年断魂潮尾。古柳重攀,轻鸥聚别，陈迹危亭独倚。凉飔乍起②。渺烟碛飞帆③，暮山横翠。但有江花，共临秋镜照憔悴④。　　华堂烛暗送客⑤，眼波回盼处，芳艳流水。素骨凝冰，柔葱蘸雪⑥，犹忆分瓜深意。清尊未洗。梦不湿行云⑦，漫沾残泪。可惜秋宵，乱蛩疏雨里。

【注释】

① 桃叶：此指送别之人。西陵：在今钱塘江之西。古乐府《苏小小歌》："何处结同心？西陵松柏下。"
② 凉飔（sī）：凉风。
③ 碛（qì）：沙石浅滩。
④ 秋镜：秋水如镜。
⑤ "华堂"句：用《史记·滑稽列传》中淳于髡语："堂上烛灭，主人留髡而送客。"此指美人对己之情独厚。
⑥ 柔葱：纤细手指。汉乐府《孔雀东南飞》："指如削葱根。"
⑦ 行云：用楚王梦会巫山神女事，指男女欢会。

【评析】

此词为凭眺流连、追念旧欢之作。首句总写情事，"桃叶"、"西陵"皆关合其人其地。"十年"句跌落，奠定全词基调。下句绾合今昔。"凉飔乍起"领下，为危亭独倚时所见。"但有"句，言无人与共，两相憔悴，以重笔收合上片。"凉飔"句与"但有"句以阔远之景与细小之景相间，层次感强。换头另起，追叙当时情事之一二情节，犹见深意。写故人秋水回眸、冰肌玉骨之美，妙在从情节动作中见出情意。"分瓜"事作点染，与周邦彦《少年游》词中"纤手破新橙"句，用笔皆极细极活。"清尊"句煞上，转入现在境况。言残酒、残梦、残泪，写出一种湿漉漉的冷落悲抑情绪。结句感喟，沈义父《乐府指迷》说作词"结句须要放开，含有馀不尽之意，以景结情最好"，此一例。

【辑评】

虽不是平起，而结响颇遒。（"凉飔乍起"）领句，亦是提肘书法。（"但有"二句）便沉着。（换头）追叙。（清谭献评《词辨》）

遣词大雅，一片绮罗香泽之态。（清陈廷焯《词则·大雅集》）

伤今感昔，凭眺流连，此种词真入白石之堂矣。一片感喟，情深语至。（清陈廷焯《云韶集》）

此与《莺啼序》盖同一年作。彼云十载，此云十年也。西陵，邂逅之地，提起。"断魂潮尾"，跌落。中间送客一事，留作换头点睛三句，相为起伏，最是局势精奇处。谭复堂乃谓为平起，不知此中曲折也。"古柳重攀"，今日。"轻鸥聚别"，当时。平入逆出。"陈迹危亭独倚"，歇步。"凉飔乍起"，转身。"渺烟碛飞帆，暮山横翠"。空际出力。"但有江花，共临秋镜照憔悴"，收合倚亭。送客者，送妾也。柳浑侍儿名琴客，故以客称妾，《新雁过妆楼》之"宜城当时放客"，《风入松》之"旧曾送客"，《尾犯》之"长亭曾送客"，皆此"客"字。"眼波回盼"，是将去时之客。"素骨凝冰，柔葱蘸雪"，是未去时之客。"犹忆分瓜深意"，别后始觉不祥，极幽抑怨断之致，岂其人于此时已有去志乎？"清尊未洗"，此愁酒不能消。"凉飔"句是领下，此句是煞上。"行云"句着一"湿"字，藏行雨在内。言朝来相思，至暮无梦也。梦窗运典隐僻，如诗家之玉谿，"乱蛩疏雨"，所谓"漫霑残泪"。（清陈洵《海绡说词》）

花 犯

郭希道送水仙索赋

小娉婷，清铅素靥①，蜂黄暗偷晕②。翠翘欹鬓③。昨夜冷中庭，月下相认。睡浓更苦凄风紧。惊回心未稳。送晓色、一壶葱茜④，才知花梦准。　　湘娥化作此幽芳⑤，凌波路，古岸云沙遗恨。临砌影，寒香乱、冻梅藏韵。熏炉畔、旋移傍枕，还又见、玉人垂绀鬒⑥。料唤赏、清华池馆，台杯须满引⑦。

【注释】

① 素靥：素面，未施脂粉的天然容颜。
② 蜂黄：古代妇女涂额的黄色装饰，也称花黄、额黄。
③ 翠翘：古代妇人所戴状似翠鸟尾上长羽的一种首饰。
④ 葱蒨：青翠颜色。
⑤ 湘娥：指舜二妃娥皇、女英。舜南巡不返，崩于苍梧。二妃以泪挥竹，没于湘水（今湖南湘江），传为湘水之神。
⑥ 绀鬒（gàn zhěn）：稠黑的头发。绀，天青色，深青透红之色。鬒，黑发。
⑦ 台杯：世以水仙为金盏银台。又杯以大小十个重叠相套者名台杯，此双关语。

【评析】

　　此词为咏水仙并酬赠之作，既写出水仙花之神韵，又紧扣郭希道送水仙事，妙处在于化实为虚。首句以人喻花，明写人，暗写花。因水仙花瓣白色，故写美人素妆；因花蕊黄色，故喻为美人额黄；因水仙绿叶抽茎，茎头开花数朵如簪头，故以美人鬓边斜插之翠翘比之。下句逆入，写美人忽降于"夜冷中庭"，于"月下相认"，境界空灵。此时读者只知是写美人，未知是写梦境，写水仙，读至"睡浓"与"惊回"句始悟，词笔委曲。"凄风紧"为"惊回"之原因，故意跌宕。至"送晓色"才点题，"花梦准"方醒出是梦，总合上片。下片荡开，用舜妃投湘水事，故有"古岸云沙遗恨"句。此词直有仙气缥缈，且结情幽怨。下句拉梅花作衬，"藏韵"即失色。曰"寒香"、"冻梅"，因水仙与梅均为岁寒开花。"熏炉"句呼应上片月下相认之美人。既移炉畔，又移枕侧，一片爱护深情。歇拍从对面着想，"清华池馆"为郭希道园圃，"料唤赏"呼应"送晓色"，"台杯"句双关水仙花形与赏花对酒之杯盏，设想巧妙。此词设喻贴切传神，笔致委曲回环，有潜气内转之妙。

【辑评】

自起句至"相认",全是梦境。"昨夜",逆入。"惊回",反跌。极力为"送晓色"一句追逼。复以"花梦准"三字钩转作结。后片是梦非梦,纯是写神。"还又见"应上"相认","料唤赏"应上"送晓色。"眉目清醒,度人金针。全从赵师雄"梦梅花"化出,须看其离合顺逆处。(清陈洵《海绡说词》)

浣 溪 沙

门隔花深梦旧游。夕阳无语燕归愁。玉纤香动小帘钩①。　落絮无声春堕泪,行云有影月含羞。东风临夜冷于秋。

【注释】

① 玉纤:指女子白皙纤细的手指。

【评析】

此词为感梦忆旧之作。起句"门隔花深",不得与佳人相见,故有梦也。下两句描写梦境。夕阳无语燕子飞回,佳人纤纤素手垂下帘帷时的一幕,俯仰之间已为陈迹。温馨迷离的梦境,笼上一层淡淡哀愁。换头抒怀人之情,以落絮无声喻春在落泪,以行云遮月喻月的含羞,写景写人,写情写境,一笔俱到。"东风"句,言忆旧之情怀如此凄凉,觉春夜东风竟如秋气般寒冷。此篇起句亦真亦幻,笼罩全篇,结句情馀言外,有味外之味。梦窗善写梦境,有时忆旧而托之于梦,空灵缥缈中蕴有缠绵往复之深情。读者当看其虚实变换处。

【辑评】

　　《浣溪沙》结句，贵情馀言外，含蓄不尽。如吴梦窗之"东风临夜冷于秋"、贺方回之"行云可是渡江难"，皆耐人玩味。（清陈廷焯《白雨斋词话》）

　　字字凄警。（清陈廷焯《词则·闲情集》）

　　"梦"字点出所见，惟夕阳归燕，"玉纤香动"，则可闻而不可见矣。是真是幻，传神阿堵，门隔花深故也。"春堕泪"为怀人，"月含羞"因隔面，义兼比兴。东风临夜，回睇夕阳，俯仰之间，已为陈迹，即一梦亦有变迁矣。"秋"字不是虚拟，有事实在，即起句之旧游也。秋去春来，又换一番世界，一"冷"字可思。此篇全从张子澄"别梦依依到谢家"一诗化出，须看其游思缥缈，缠绵往复处。（清陈洵《海绡说词》）

浣　溪　沙

　　波面铜花冷不收①。玉人垂钓理纤钩。月明池阁夜来秋。　　江燕话归成晓别，水花红减似春休。西风梧井叶先愁。

【注释】

① 铜花：铜镜，喻水波清澈如镜。

【评析】

　　此词据杨铁夫解释，为重到西园忆姬之作。起篇点出所在，后写玉人垂钓事，"月明"句铺开垂钓时景色。"其叙事后写景，如作画之先写真后配景然。"（杨铁夫《吴梦窗词笺释》）下片转到与姬分别，以燕代姬，梦窗词中屡见。"水花"句写姬去后冷落心情,故所见景物皆萧条,水花红减,西风梧叶,虽在春中,却如春尽,更有秋意袭人。此种春秋对应写法亦为梦窗习用,突出心理感受,且使简短小令容量增大。"西风"句与上片"夜来秋"呼应,全篇以"愁"字为结穴。《浣溪沙》结句贵情遗言外,含蓄不尽,此词亦一例。

【辑评】

"玉人垂钓理纤钩",是下句倒影,非谓真有一玉人垂钓也。"纤钩"是月,"玉人"言风景之佳耳。"月明池阁",下句醒出。甲稿《解蹀躞》"可怜残照西风,半妆楼上","半妆"亦谓"残照西风"。西子、西湖,比兴常例,浅人不察,则谓觉翁晦耳。(清陈洵《海绡说词》)

点绛唇

试灯夜初晴

卷尽愁云,素娥临夜新梳洗。暗尘不起①。酥润凌波地②。　辇路重来③,仿佛灯前事。情如水,小楼熏被。春梦笙歌里。

【注释】

① 暗尘:化用唐代苏味道《正月十五夜》:"暗尘随马去,明月逐人来。"
② 酥润:化用唐代韩愈《早春呈水部张十八员外二首》其一:"天街小雨润如酥。"
③ 辇(niǎn)路:帝王车经行之路。

【评析】

　　此词写得温丽柔美。上片尽写题中"试灯夜初晴"之景。"卷尽愁云"逗引出下句素月新出。"暗尘"句写初晴之时，天街无尘，游人尚少，小雨打湿的路面泻下银色月光，是何等的景致！"酥润"，极尽形容。下片另起，句式中见拗怒。"辇路重来"言重到京师，"灯前事"引出回忆，以"仿佛"形容之，往事如烟似梦矣。"情如水"既写两情脉脉如水，又写旧情付之流水。"小楼熏被"正为"灯前事"。小楼春梦的寂静与试灯笙歌的喧闹形成对比，切当时情境，用笔简约，抚今思昔，无限感伤。末三句可谓用意温厚而琢句俊丽也。

【辑评】

　　此起稍平。（换头）便见拗怒。（"情如水"三句）"咳唾珠玉"，此足当之。（清谭献评《词辨》）

　　艳语不落俗套。（清陈廷焯《词则·别调集》）

祝英台近

春日客龟溪游废园①

　　采幽香，巡古苑，竹冷翠微路。斗草溪根，沙印小莲步②。自怜两鬓清霜，一年寒食，又身在、云山深处。

　　昼闲度。因甚天也悭春③，轻阴便成雨。绿暗长亭，归梦趁风絮。有情花影阑干，莺声门径，解留我、霎时凝伫。

【注释】

① 龟溪：在今浙江德清境内。
② 莲步：指女子脚印。用潘妃"步步生莲花"典。见前田为《江神子慢》(玉台挂秋月)注③。
③ 悭（qiān）春：吝惜春光。悭，吝啬。

【评析】

　　此为梦窗寒食游废园怀归有感。首句"幽"、"古"、"冷"，皆从园之"废"想出。既写出景之荒废，又写出人之心境凄凉。下句却不直述，以少女斗草踏青的嬉游点明节令，引出下文，同时又反衬自己暮年作客的处境。歇拍句用加倍渲染法，人生易老，岁月易逝，本已令人伤怀，再加上遇此寒食节令，又此身远离故园，常年漂泊，这样的境况也只有自怜了。以"自怜"领起，以"又"字递进，自怜非一事，感慨非一端，词意层叠，寄慨无穷。"昼闲度"承上启下，"因甚"句仍是加一层写法，人已因身世伤怀而闲度长昼，为何老天爷还吝惜春色，竟轻阴成雨呢？因己之愁恨连及怨天，痴语。下句再次宕开，如镜头拉远，点出春色中的归路长亭之景，写出归期无定、幽梦缥缈之感，为神来之笔。结句再勾转至废园，将花鸟、阑干化为有情之物。而纵使它们有情留我，我也只能是片刻停留而已。句末"凝伫"二字含无穷情思，收合整个游程。

【辑评】

　　（上阕）婉转中自有笔力。（下阕）奇想，然亦只是常意，不过善于传写。（清陈廷焯《云韶集》）

祝英台近

除夜立春①

　　剪红情，裁绿意②，花信上钗股。残日东风，不放岁华去。有人添烛西窗③,不眠侵晓,笑声转④、新年莺语。旧尊俎⑤。玉纤曾擘黄柑⑥,柔香系幽素⑦。归梦湖边,还迷镜中路⑧。可怜千点吴霜⑨,寒消不尽,又相对、落梅如雨。

【注释】

① 除夜:除夕。
② "剪红"二句:指插戴剪彩的红花绿叶,应立春节令。
③ 添烛西窗:化用唐代李商隐《夜雨寄北》:"何当共剪西窗烛,却话巴山夜雨时。"
④ 转:啭,指鸟鸣。
⑤ 尊俎(zǔ):古代盛酒肉的器皿,常代指宴席。尊,盛酒之器。俎,盛肉之器。
⑥ 擘(bò):剖开。
⑦ 幽素:幽情素心。
⑧ 镜:指西湖如镜。
⑨ 吴霜:白发。

【评析】

　　此词为除夜立春伤别叹老之作,处处关合节令。上下片之间形成人欢与己悲的对比,下片有昔欢与今悲的对比。起句点题。旧时立春风俗,妇女裁剪彩色纸、绸、金银箔等物以为花胜,插戴钗头。下句绾合立春与除夕。歇拍句转入人事,以"有人"领起,写他人迎春守岁之乐,为下片写己之羁旅无聊张本。下片即转入自己,"旧尊俎"承上启下,点明由今忆昔之情。当时除夕团聚,有玉人纤手破黄柑以荐酒,缕缕柔香至今还令我萦怀系心。梦窗词中回忆常是点染一二生动细节,使词意生新跳跃。"归梦"句写人未能归,徒有归梦,奈何梦里亦在湖边迷路,无由归得呢?语极伤感。结三句犹凄绝,与《祝英台近·采幽香》上片歇拍同为加倍写法,笔力重大。以"可怜"领起,人已白发如繁霜,而逢除夜残寒未消,又相对落梅如雨,让人如何承受?读至此,觉于心不忍矣。"寒消不尽"应除夜,"落梅"应春讯,三句有人、时、境三层意,字字皆非空设。此词读来回肠荡气,一往情深。

【辑评】

愁心什一,艳心什九。(明卓人月辑、徐士俊评《古今词统》)

余独爱其(梦窗)除夕立春一阕,兼有天人之巧。(清彭孙遹《金粟词话》)

换头数语,指春盘彩缕也。"归梦"二句从"春归在客先"想出。(清许昂霄《词综偶评》)

"上"字婉细。(清陈廷焯《云韶集》)

(首五句)梦窗词不必以绮丽见长,然其一二绮丽处,正不可及。(清陈廷焯《词则·大雅集》)

前阕极写人家守岁之乐,全为换头三句追摄远神。与"新腔一唱双金斗"一首,同一机杼。彼之"何时",此之"旧"字,皆一篇精神所注。(清陈洵《海绡说词》)

澡兰香

淮安重午①

盘丝系腕②,巧篆垂簪③,玉隐绀纱睡觉。银瓶露井④,彩箑云窗⑤,往事少年依约。为当时、曾写榴裙⑥,伤心红绡褪萼。黍梦光阴渐老,汀洲烟蒻⑦。　　莫唱江南古调,怨抑难招,楚江沉魄⑧。薰风燕乳,暗雨梅黄,午镜澡兰帘幕⑨。念秦楼⑩、也拟人归,应剪菖蒲自酌⑪。但怅望、一缕新蟾,随人天角。

【注释】

① 重午：重五，即端午，农历五月初五日。
② 盘丝：五月五日以五彩丝系臂以驱邪，一名长命缕。
③ 巧篆：端午节辟邪的头饰，此种盘屈如篆字。
④ "银瓶"句：应五月时令事，唐宋时有取井水健身的风俗。唐代李贺《五月乐词》："井汲铅华水，扇织鸳鸯纹。"
⑤ 箑（shà）：扇子。
⑥ 写榴裙：用王献之典。南朝宋时，羊欣穿白练裙昼卧，王献之来访，书其裙数幅而去。见《宋书·羊欣传》。后用"书裙"表示友好拜访。榴裙，红如榴花的裙子。
⑦ 黍梦：传说卢生在邯郸店中，昼寝入梦，历尽富贵荣华。及醒，主人炊黄粱未熟。后为典故，喻虚幻梦境，又称"黄粱梦"。见唐沈既济《枕中记》。蒻（ruò）：嫩的香蒲。
⑧ 楚江沉魄：指屈原自沉。《楚辞·招魂》："魂兮归来哀江南。"
⑨ 澡兰：旧时五月五日有蓄兰沐浴风俗。《楚辞·九歌·云中君》："浴兰汤兮沐芳。"
⑩ 秦楼：秦穆公为其女弄玉所建之楼。此代指女方居所。
⑪ 菖蒲：水生植物，有香气。旧俗端午饮菖蒲酒，以菖蒲泡酒中辟瘟气。

【评析】

此首为重午怀归之词。首句逆入，以重午风俗引起往事，写当年玉人隐在青纱帐中睡觉的情景。"银瓶"两句跟上，仍写当年重午情事，以"往事"句点明收束。"为当时"绾结今昔，"榴裙"既切睡中事，又切重午景，融人事入风景。"褪萼"云榴花，引出下句感叹光阴迅逝、风景渐变句，馀意悠长。换头顿转，音节骤变，全从家人设想。言家人望己归，如宋玉之招屈原。云"莫唱"、"难招"，己之不得归而望归之苦心，于怜爱对方中流露，哀痛悱恻。下句缓出，转入家中事物场景，空中荡漾。"念秦楼"点明，设想家人重午独酌。歇拍以景结情，人不在，空有月相随。重午月初生，故曰"一缕新蟾"。词中用"盘丝"、"巧篆"、"榴裙"、"沉魄"、"熏风"、"澡兰"、"剪菖蒲"等语，皆切重午，并能化实为虚。用"莫唱"、"难招"、"念"、"也拟"、"应"、"自"、"但"等数虚字，皆能呼应传神，唱叹婉转。

【辑评】

亦是午日应有情事，但笔端幽艳，如古锦烂然。（清程洪、先著《词洁》）

此怀归之赋也。起五句全叙往事，至第六句点出写"裙"，是睡中事。"榴"字融人事入风景，"褪萼"见人事都非，却以风景不殊作结。后片纯是空中设景，主意在"念秦楼、也拟人归"一句。"归"字紧与"招"字相应,言家人望己归,如宋玉之招屈原也。既欲归不得,故曰"难招",曰"莫唱",曰"但怅望",则"也拟"亦徒然耳。击首则尾应,击尾则首应,击中间则首尾皆应,阵势奇变极矣。金针度人,全在数虚字。屈原事,不过借古以陈今。"熏风"三句,是家中节物,秦楼倒影。秦楼用弄玉事,谓家所在。(清陈洵《海绡说词》)

风 入 松

听风听雨过清明。愁草《瘗花铭》①。楼前绿暗分携路②,一丝柳、一寸柔情。料峭春寒中酒,交加晓梦啼莺③。　　西园日日扫林亭。依旧赏新晴。黄蜂频扑秋千索,有当时、纤手香凝。惆怅双鸳不到,幽阶一夜苔生④。

【注释】

① 《瘗(yì)花铭》:南北朝庾信曾撰《瘗花铭》。瘗花,埋葬落花。
② 分携:分手。
③ 交加:纷多杂乱貌。
④ "惆怅"二句:化用南朝梁庾肩吾《咏长信宫中草》:"全由履迹少,并欲上阶生。"唐代李白也有《长干行》:"门前迟行迹,一一生绿苔。"双鸳,鸳鸯成对,喻美人绣鞋。

【评析】

此词为清明节西园怀人伤别之作。首句点出节令,亦写出伤怀情绪。"清明风雨"用"听"、"过"字,于此一片春晚凄凉中,草写葬花送春的铭词。"楼前"以下述别情,"分携"为全篇词眼。此句曲折缠绵,柳丝关合别情,情景交融。下出对偶句,句炼意密。醉酒中人畏寒,怎堪春寒料峭?将晓时正残梦凄迷,又怎堪莺声乱啼?换头又换一境,从风雨过后的新晴园林写起。赏晴用"依旧"二字,不胜人面桃花之感。虽故人不至，犹日日扫园，内心深处仍望其复来。唯此情萦怀，偶见黄蜂频扑秋千索的景象，会产生幻觉，以为其上尚凝结当时纤手的馀香。古代女子在清明寒食常为秋千戏，此原为见秋千而思旧日荡秋千之人，梦窗却从侧面写出，用笔虚幻，无理中有至情。痴绝之语，备受评家赞赏。结句点明所思之人终不来，化用古诗，意味极厚，夜长相思之苦于言外见之，亦为不合实理然切情理神理。此词无怨怒决绝之语，明知无望仍痴迷相候、惆怅相忆，读时当味其用意温厚处。

【辑评】

　　此是梦窗极经意词，有五季遗响。（"黄蜂"二句）西子敛裾拂过来，是痴语，是深语。（结处）温厚。（清谭献评《词辨》）

　　情深而语极纯雅，词中高境也。婉丽处亦见别致。（清陈廷焯《云韶集》）

　　思去妾也，此意集中屡见。《渡江云》题曰"西湖清明"，是邂逅之始；此则别后第一个清明也。"楼前绿暗分携路"，此时觉翁当仍寓西湖。风雨新晴，非一日间事，除了风雨，即是新晴，盖云我只如此度日。"扫林亭"，犹望其还。赏则无聊消遣，见秋千而思纤手，因蜂扑而念香凝，纯是痴望神理。"双鸳不到"，犹望其归；"一夜苔生"，踪迹全无，则惟日日惆怅而已。当味其词意酝酿处，不徒声容之美。（清陈洵《海绡说词》）

莺啼序

春晚感怀

　　残寒正欺病酒，掩沉香绣户。燕来晚、飞入西城，似

吴文英

说春事迟暮。画船载、清明过却,晴烟冉冉吴宫树①。念羁情,游荡随风,化为轻絮。　　十载西湖,傍柳系马,趁娇尘软雾。溯红渐、招入仙溪②,锦儿偷寄幽素③。倚银屏、春宽梦窄,断红湿、歌纨金缕④。暝堤空,轻把斜阳,总还鸥鹭。　　幽兰旋老,杜若还生⑤,水乡尚寄旅。别后访、六桥无信⑥,事往花委,瘗玉埋香⑦,几番风雨。长波妒盼,遥山羞黛,渔灯分影春江宿。记当时、短楫桃根渡⑧。青楼仿佛,临分败壁题诗,泪墨惨淡尘土。危亭望极,草色天涯,叹鬓侵半苎⑨。暗点检、离痕欢唾⑩,尚染鲛绡,䱇凤迷归⑪,破鸾慵舞⑫。殷勤待写,书中长恨,蓝霞辽海沉过雁,漫相思、弹入哀筝柱。伤心千里江南,怨曲重招,断魂在否⑬。

【注释】

① 吴宫:杭州(旧属吴地)的南宋宫苑。
② "溯红渐"二句:东汉刘晨、阮肇入天台山采药迷路,遇仙女,半年而归。发现子孙已过七代。后又入天台山,仙女踪迹全无。见南朝刘义庆《幽明录》。后以之为游仙或男女幽会的典故。溯,逆流而上。
③ 锦儿:钱塘妓杨爱爱侍儿。
④ "断红"句:谓眼泪打湿歌唱时所执纨扇和金线绣成之衣。
⑤ 杜若:香草名。
⑥ 六桥:西湖之堤桥。
⑦ 瘗玉埋香:指埋葬已故的美女。
⑧ 桃根渡:即桃叶渡,指代送行离别之事。
⑨ 半苎(zhù):此处形容鬓发半白。苎,麻科,背面白色。
⑩ 唾:唾绒。古代妇女刺绣,每当停针换线、咬断绣线时,口中常沾留线绒,随口吐出。
⑪ 鲛绡:传说中鲛人所织的绡。借指手帕、丝巾。䱇凤:因哀伤而垂下双翅之凤。此指妇人凤钗。
⑫ 破鸾:鸾镜。见前钱惟演《木兰花》(城上风光莺语乱)注④。
⑬ "伤心"句:《楚辞·招魂》:"目极千里兮伤春心,魂兮归来哀江南。"

【评析】

　　此首春晚感怀,盖为悼杭州亡妾之作。梦窗用《莺啼序》这个词中最长的调子,完整地追述了与杭妾的生死恋情,字字精炼隽丽,句句脉络潜通,构思离合变幻，组织绵密幽邃。

　　总分四片，概为游湖、欢会、伤别、凭吊。第一片因春景兴起。"残寒"句，铺垫伤春情绪。"燕来"以下，点所见春暮之景。"画船"句，言"清明"之时，"吴宫"之地，与梦窗和爱妾情事发生之时地有关。故下句写羁旅情怀共飘荡飞絮融为一体，有承上启下的转接之妙。以下几片全由"羁情"生出。第二片"十载西湖"提起，"傍柳"句写昔日冶游时与杭妾初遇事。将湖边遇艳、尾随香车、侍女传书的经过写得富有传奇色彩。"倚银屏"二句，记昔日之欢会不常、乍遇旋分。"暝堤空"犹言往事如尘，一切成空，托景言之，一笔轻扫，蕴藉空灵。第三片伤别，为词中点睛。"幽兰"以下述别后情景。时光渐变，人尚寄旅。重访旧地，此时杭妾亡去已久。"长波"三句词笔提转，写当年夜宿春江之境，以所见波光山色衬出亡妾容色。"记"字逆入，写临别之时的惨淡场景，收束。"春江宿"与"临分"的往事以倒插之笔再现于死别的巨大哀痛中。第三片所记情事为第二片的复笔，作两番勾勒。今昔交错，往复回环，颇似"意识流"写法。末片总结。"危亭"句自伤凄凉晚境，"望"字承前，"叹"字启下。"暗点检"两句，睹物伤神，"欢唾"是第二段之欢会，"离痕"是第三段之临分。鲛绡、拆成单股之钗、掰为半面之镜，皆爱侣遗物。至于"迷归"、"慵舞"，盖自凤鸾想出，引申出生死隔绝后失侣之人的落寞哀思。下句言写书寄恨，奈何无雁传书，徒有相思之情弹入哀筝而已。这几句层层深入，愈转愈深。篇末化用《招魂》诗意，以"断魂在否"作结，长恨绵绵，且呼应首片，篇法完密。

【辑评】

　　全章精粹，空绝古今。追叙昔日欢场，写得踌躇满志。妙句。此折言离别泪痕，血点惨澹，淋漓之极。此折抚今追昔，悼叹无穷。结笔尤写来呜咽。（清陈廷焯《云韶集》）

此调颇不易合拍,《词律》详言之矣。兹篇操纵自如,全体精粹,空绝古今。("倚银屏"五句)追叙旧欢。"轻把斜阳"二句,束上起下,琢句警炼。("长波"数句)此特序别离事,极淋漓惨淡之致。末段抚今追昔,悼叹无穷。按:《招魂》乃屈原作,非宋玉作。结句"魂兮归来哀江南",言魂归哀江之南也。哀江在今长沙湘阴县,有大哀、小哀二洲,后人误解以为江南之地可哀,谬矣。沿用已久习为故,然不可不解。(清陈廷焯《词则·别调集》)

第一段伤春起,却藏过伤别,留作第三段点睛。燕子画船,含无限情事;清明吴宫,是其最难忘处。第二段"十载西湖",提起。而以第三段"水乡尚寄旅"作钩勒。"记当时、短楫桃根渡","记"字逆出,将第二段情事,尽销纳此一句中。"临分"、"泪墨"、"十载西湖",乃如此了矣。临分于别后为倒应,别后于临分为逆提。渔灯分影,于水乡为复笔,作两番钩勒,笔力最浑厚。"危亭望极,草色天涯",遥接"长波妒盼,遥山羞黛","望"字远情,"叹"字近况,全篇神理,只消此二字。"欢唾"是第二段之欢会,"离痕"是第三段之临分。"伤心千里江南,怨曲重招,断魂在否",应起足"游荡随风,化为轻絮"作结。通体离合变幻,一片凄迷,细绎之,正字字有脉络,然得其门者寡矣。(清陈洵《海绡说词》)

惜黄花慢

次吴江,小泊,夜饮僧窗惜别。邦人赵簿携小妓侑尊,连歌数阕,皆清真词①。酒尽已四鼓,赋此词伐尹梅津②。

送客吴皋。正试霜夜冷,枫落长桥③。望天不尽,背城渐杳，离亭黯黯，恨水迢迢。翠香零落红衣老④，暮愁锁、残柳眉梢。念瘦腰、沈郎旧日⑤，曾系兰桡。　　仙人凤咽琼箫⑥。怅断魂送远，《九辩》难招⑦。醉鬓留盼，小窗剪烛，歌云载恨，飞上银宵。素秋不解随船去，败红趁、一叶寒涛。梦翠翘⑧。怨鸿料过南谯⑨。

【注释】

① 清真：北宋词家周邦彦，号清真居士。
② 尹梅津：名焕，字惟晓，山阴人。曾为清真词集作序。
③ "正试"二句：化用唐代崔信明诗："枫落吴江冷。"唐代张继《枫桥夜泊》："月落乌啼霜满天，江枫渔火对愁眠。"长桥，即吴江垂虹桥。
④ 红衣：指荷花。
⑤ "念瘦腰"二句：用沈约瘦腰典。
⑥ "仙人"句：用萧史、弄玉吹箫引凤，其后夫妇成仙事。
⑦ 《九辩》：《楚辞》篇名，屈原弟子宋玉作。
⑧ 翠翘：女子钗饰，代所思女子。
⑨ 南谯（qiáo）：南楼。谯，城门上的瞭望楼。

【评析】

此词为秋日于吴江饯饮送别之作。从送别起，实叙其事，再以秋景点染。"望天"以下两排对偶句，前望后顾，写出惜别情怀，情中带景。"翠香"以下专写景，情兼比兴。睹凋荷残柳，愈增离愁。下句似断似连，虽从"残柳"引出，却忽转入旧日傍柳系舟情事，用"念"字领起，昔之游乐对今之黯然伤别。沈郎，此指梅津。据陈洵推测，梅津盖有其眷恋之人，下片即从此生发惜别之意。"仙人"句指伴侣不能相聚，故曰箫声咽。分别使人魂断，即使像宋玉那样写出《九辩》，也难招取送远的断魂。下几句写僧窗饯别、小鬟唱词情景，又点题中吴江，言客人随船去，然秋却不去，无奈眼前只见寒涛败叶的凄凉景象。结句神思缥缈，从去路设想，虚实相应。

【辑评】

梦窗词，七宝楼台，拆下不成片段，然其用字精审处，严确可爱。如此调有二首,其所用正、试、夜、望、背、渐、翠、念、瘦、旧、系、凤、怅、送、醉、载、素、梦、翠、怨、料诸去声字,两篇皆相合。律吕之学,必有不可假借如此。(清万树《词律》)

　　题外有事,当与《瑞龙吟》(黯分袖)参看。"沈郎"谓梅津,"系兰桡"盖有所眷也,"仙人"谓所眷者,"凤箫"则有夫妇之分。"断魂"二句,言如此分别,虽《九辩》难招,况清真词乎?含思凄婉,转出下四句,实处皆空矣。"素秋"言此间风景,"不随船去"则两地趁涛,惟叶依稀有情。"翠翘"即上之仙人,特不知与《瑞龙吟》所别,是一是二。(清陈洵《海绡说词》)

高 阳 台

落 梅

　　宫粉雕痕①,仙云堕影②,无人野水荒湾。古石埋香,金沙锁骨连环③。南楼不恨吹横笛④,恨晓风、千里关山。半飘零,庭上黄昏⑤,月冷阑干。　　寿阳空理愁鸾⑥。问谁调玉髓,暗补香瘢⑦。细雨归鸿,孤山无限春寒⑧。离魂难倩招清些⑨,梦缟衣⑩、解佩溪边⑪。最愁人,啼鸟晴明,叶底青圆⑫。

【注释】

① 雕:同"凋"。
② "仙云"句:化用宋代苏轼《十一月二十六日松风亭下梅花盛开》:"海南仙云娇堕砌。"
③ "古石"二句:相传唐代大历年间,延州有一妇人亡故,有西域胡僧敬礼焚香,并围绕其墓赞叹,说此妇人即锁骨菩萨。开棺视之,果然遍身骨节钩结如锁状。见唐李复言《续玄怪录·延州妇人》。

④ "南楼"句：笛调有《落梅花》曲。
⑤ 黄昏：化用宋代林逋《山园小梅》："暗香浮动月黄昏。"
⑥ 寿阳：南朝宋武帝女寿阳公主曾卧于含章殿檐下，梅花落公主额上成五出之花。后有梅花妆，在额心描梅为饰。鸾：代指镜。
⑦ "问谁"二句：吴时孙和月下舞水晶如意伤邓夫人颊，太医以白獭髓杂玉屑与琥珀合药敷之，无瘢痕。
⑧ 孤山：在杭州西湖中。宋林逋曾隐居于此，喜种梅养鹤，称"梅妻鹤子"。
⑨ 离魂：小说有倩女离魂事。化用宋代张炎《疏影·梅影》："依稀倩女离魂处，缓步出、前村时节。"倩：请托。
⑩ 缟衣：白衣，喻洁白的梅花。
⑪ 解佩：解下佩戴的饰物相赠，指男女定情。
⑫ 青圆：指梅树结果，梅子青圆。

【评析】

　　此词咏落梅，可能暗寓悼念亡姬意。起三句泛写落梅，如粉凋云落。下面用笔由浅入深地勾勒。"无人"句指梅落处在荒野，又形容落梅如埋葬于古石中的锁骨菩萨。"南楼"句因笛调有《落梅花》，借以点染，恨梅落之远。歇拍三句，从"千里关山"处拉至旧居庭院，为下片张本。换头处用寿阳公主、邓夫人、林逋一系列梅花典故，言落梅难返故枝的无奈凄凉。下跟进一句，亦用典，慨叹离魂难招，只能梦中欢会。是花是人，无从分辨。歇拍从词的去路着想，得有余不尽之妙。春晴时连落梅亦无影，空留叶底梅子，岂不更愁？此词咏物多用典故，包括事典和语典，极联想设喻之能，层层推进，写得迷离惝恍、空阔悲凉。

【辑评】

　　梦窗《高阳台·落梅》一篇，既幽怨，又清虚，几欲突过中仙咏物诸篇，集中最高之作，《词选》何以不录？（清陈廷焯《白雨斋词话》）

　　中有怨情，当与中仙咏物诸篇参看。（清陈廷焯《词则·大雅集》）

　　"南楼"七字，空际转身，是觉翁神力独运处。"细雨"二句，空中渲染，传神阿堵。解此二处，读吴词方有入处。（清陈洵《海绡说词》）

吴文英

高 阳 台

丰乐楼分韵得"如"字①

　　修竹凝妆，垂杨驻马，凭阑浅画成图。山色谁题，楼前有雁斜书。东风紧送斜阳下，弄旧寒、晚酒醒馀。自消凝，能几花前，顿老相如②。　　伤春不在高楼上，在灯前敧枕，雨外熏炉。怕舣游船，临流可奈清臞③。飞红若到西湖底，搅翠澜、总是愁鱼。莫重来、吹尽香绵④，泪满平芜。

【注释】

① 丰乐楼：于宋时杭州丰豫门外，据西湖之会，千峰连环，一碧万顷，宏丽为湖山冠。
② 相如：司马相如，汉武帝时赋家，常代指多情多病的才子。
③ 清臞（qú）：清瘦。
④ 香绵：指柳絮。

【评析】

　　此词为登高感怀作。首句承题，写丰乐楼佳人云集、缙绅聚拜的欢宴之盛。"凭阑"句承上之修竹垂杨，启下之山色雁阵。"谁题"由所见飞雁引起，因雁阵排列常如"一"、"人"等字形，又青山缀以雁行确如墨痕，故曰"书"。句句相扣，以上皆为导引之笔。"东风"以下境转凄凉。如此好景目前，谁复能欣赏？在词人眼里，只见东风凄紧，斜阳沉没，用"紧送"，见好景无多。风吹酒醒后，接以"自消凝"三句伤时叹老。过片"伤春"句手法不凡，既承上片，点出丰乐楼，又言"伤春不在高楼上"，为下面推开广阔的生发馀地，且推进句式，将伤春之意的无处不在加倍渲染。"灯前"、"雨外"两句两个画面，意象凝练。"怕舣"二句，写不愿登船，为自伤消瘦，怕临流见影。下句写落花不仅愁人，搅进水波，鱼儿见之亦愁。"飞红"、"翠澜"，设色秾丽，"搅"、"愁鱼"，造语新颖，空灵动荡，予人奇幻惊艳之感。此时飞红已多，若待重来，柳绵又尽，只堪痛哭而已。落絮，形容坠泪。"莫重来"从词意宕开，于将来处设想，感叹不尽。词中三次设问，伤春之情层层递进，词意悲慨苍凉，当为词人晚年作，时处南宋末国势日衰之际，必有身世之感寄托其中。

【辑评】

　　丰乐楼，旧为众乐亭，又改耸翠楼，政和中改今名。淳祐间，赵京尹与篯重建，宏丽为湖山冠。又甃月池，立秋千梭门，植花木，构数亭，春时游人繁盛。旧为酒肆，后以学馆致争，但为朝绅同年会拜乡会之地。吴梦窗尝大书所赋《莺啼序》于壁，一时为人传诵。（宋周密《武林旧事》）

　　描景高妙。题是楼，偏说伤春不在高楼上，何等笔力！（清陈廷焯《云韶集》）

　　奇思幽想。（清陈廷焯《词则·大雅集》）

　　"浅画成图"，半壁偏安也；"山色谁题"，无与托国者；"东风紧送"，则危急极矣。凝妆驻马，依然欢会；酒醒人老，偏念旧寒；灯前雨外，不禁伤春矣。"愁鱼"，殃及池鱼之意。"泪满平芜"，则城邑丘墟，高楼何有焉，故曰"伤春不在高楼上"。是吴词之极沉痛者。（清陈洵《海绡说词》）

　　麦（孺博）丈云：秾丽极矣，仍自清空，如此等词，安能以"七宝楼台"诮之。（梁令娴《艺蘅馆词选》）

吴文英

三姝媚

过都城旧居有感

湖山经醉惯。渍春衫①，啼痕酒痕无限。又客长安，叹断襟零袂，涴尘谁浣②。紫曲门荒③，沿败井、风摇青蔓。对语东邻，犹是曾巢，谢堂双燕④。　　春梦人间须断。但怪得、当年梦缘能短⑤。绣屋秦筝，傍海棠偏爱，夜深开宴。舞歇歌沉，花未减、红颜先变。伫久河桥欲去，斜阳泪满。

【注释】

① 渍（zì）：染。
② 涴（wò）：污，弄脏。
③ 紫曲：紫陌上的坊曲人家。紫陌指京城郊野的道路。
④ "对语"三句：化用唐代刘禹锡《乌衣巷》："旧时王谢堂前燕，飞入寻常百姓家。"宋代周邦彦《西河·金陵怀古》："想依稀、王谢邻里。燕子不知何世。向寻常、巷陌人家，相对如说兴亡，斜阳里。"王、谢为六朝望族，代指高门世族。语，原本作"酒"。
⑤ 能：恁，这样，如许。

【评析】

此词为重到旧居怀人之作。起首三句忆昔游，"啼痕酒痕"，写出无限悲欢离合情事。下句转今事，切题。"又客"、"叹"写出长年漂泊的游子情怀。青衫褴褛，满布京尘，故人远去，有谁为我浣洗？而当年与故人的旧居，已门荒井败，萧条冷落。"对语"三句用典，寓今昔盛衰之感。梦窗词中常以燕代故姬。换头句陡转，言人间欢情如春梦，终须了断。看似勘破红尘情缘，实则中心无限幽怨，故又摇曳生出"梦缘能短"之叹。"绣屋秦筝"以下略记旧梦，富艳景象与上片之

"紫曲门荒"形成鲜明对比。"舞歇"句又转进一层,欢情已逝,奈何红颜俱老。盛时不再,而欲留不可,欲诉无人,唯对斜阳泪满。末句回应题目,语极沉痛。此词上片由今思昔,下片由昔到今,上下片映带对应。笔笔连,笔笔折,回环往复,纯以情胜。评家谓此词有故国之感、湖山之痛,然不可指实。

【辑评】

　　过旧居,思故国也。读起句,可见啼痕酒痕、悲欢离合之迹;以下缘情布景,凭吊兴亡,盖非仅兴怀陈迹矣。"春梦"须断,往来常理,"人间"二字,不可忽过,正见天上可哀,"梦缘能短",治日少也。"秦筝"三句,回首承平;"红颜先变",盛时已过,则惟有斜阳之泪,送此湖山耳。此盖觉翁晚年之作;读草窗"与君共是,承平年少",及玉田"独怜水赋楼笔,有斜阳还怕登临",可与知此词。(清陈洵《海绡说词》)

八声甘州

灵岩陪庾幕诸公游①

　　渺空烟四远,是何年、青天坠长星②。幻苍崖云树,名娃金屋③,残霸宫城④。箭径酸风射眼⑤,腻水染花腥⑥。时靸双鸳响,廊叶秋声⑦。　　宫里吴王沉醉⑧,倩五湖倦客⑨,独钓醒醒。问苍波无语⑩,华发奈山青。水涵空、阑干高处,送乱鸦、斜日落渔汀。连呼酒,上琴台去,秋与云平。

【注释】

① 灵岩：灵岩山，即古石鼓山，在今苏州西南木渎镇西北。上有吴馆娃宫、琴台、响屟(xiè)廊。庾幕：仓幕，提举常平司的幕僚。庾，仓库。
② 长星：巨星，一说彗星。古代占星，长星多为兵革事。
③ 名娃金屋：指馆娃宫，春秋吴王夫差为西施所造，吴人呼美女为娃。金屋，用汉武帝金屋藏娇事。
④ 残霸：指吴王夫差，为越王勾践所败，霸业未能长久。
⑤ 箭径：灵岩山前有采香径横斜如卧箭。一作"泾"。
⑥ 腻水：指宫人香腻脂水。《阿房宫赋》："渭流涨腻，弃脂水也。"
⑦ "时靸(sǎ)"二句：吴宫有响屟廊，以楩梓板铺地，行则有声。响屟，女子的步履声。靸，拖鞋，此用作动词。双鸳，女子绣鞋。
⑧ 吴王沉醉：化用唐代李白《相和歌辞·乌栖曲》："吴王宫里醉西施。"
⑨ 五湖倦客：指范蠡，佐越王勾践日夜谋亡吴，于功成后，放舟五湖，不乐功名。
⑩ 波：一作"天"。

【评析】

　　此词为游灵岩山吊古伤今之作。首句想落天外，横空一问。化实为虚，置灵岩山于茫茫时空、悠悠历史中，且隐摄下文吴越兵事。"幻苍崖"以下写吴王夫差与西施古迹，将馆娃宫、箭径、响屟廊逐一写来，夹叙夹议，用一"幻"字领起，则实处皆空矣。"酸风"、"腻水"，皆关系吊古之意象。换头承上，言吴越兴亡故事。吴王沉醉与范蠡独醒对举，一以沉迷酒色而亡国，一以独醒而功成身全。"问苍波"以下，空际转身，由吊古切及自身，有屈原问天之意，而苍波不语。人已白发，奈何山色亘古常青。四顾苍茫，乱鸦斜日，何等凄凉。末句，更转一境，推开作结，句法精粹，且与首句呼应，章法完密。此词波澜壮阔，虚实俱到，颇具奇思异彩，是梦窗词中少见的雄浑疏旷之作。南宋季世，内忧外患，偏安江左的南宋君臣，不也如同沉醉的吴王？而乱鸦斜日，不正是国势衰微之象征？词中或有梦窗对现实的隐忧，读者如此想亦无不可。

【辑评】

　　词中句法，要平妥精粹。一曲之中，安能句句高妙？只要拍搭衬副得去，于好发挥笔力处，极要用工，不可轻易放过，读之使人击节可也。如吴梦窗登灵岩

云："连呼酒，上琴台去，秋与云平。"闰重九云："帘半卷，带黄花，人在小楼。"皆平易中有句法。（宋张炎《词源》）

"箭径"六字承"残霸"句，"腻水"五字承"名娃"句。此词气骨甚遒。（清陈廷焯《词则·大雅集》）

换头三句，不过言山容水态，如吴王、范蠡之醉醒耳。"苍波"承"五湖"，"山青"承"宫里"，独醒无语，沉醉奈何，是此词最沉痛处，今更为推演之，盖惜夫差之受欺越王也。长颈之毒，蠡知之而王不知，则王醉而蠡醒矣。女真之猾，甚于勾践；北狩之辱，奇于甬东。五国城之崩，酷于卑犹位；遗民之凭吊，异于鸱夷之逍遥。而游艮岳、幸樊楼者，乃荒于吴宫之沉湎。北宋已矣，南渡宴安，又将岌岌，五湖倦客，今复何人？一"倩"字，有众人皆醉意。不知当时庚幕诸公，何以对此？（清陈洵《海绡说词》）

麦（孺博）丈云：奇情壮采。（梁令娴《艺蘅馆词选》）

踏 莎 行

润玉笼绡①，檀樱倚扇②。绣圈犹带脂香浅。榴心空叠舞裙红，艾枝应压愁鬟乱③。　午梦千山，窗阴一箭。香瘢新褪红丝腕④。隔江人在雨声中，晚风菰叶生秋怨⑤。

【注释】
① 润玉：指肌肤温润如玉。
② 檀樱：指檀口樱唇。檀，浅红色，浅赭色。
③ 艾枝：端午风俗以艾为虎形，或剪彩为小虎，粘艾叶以戴。
④ 红丝腕：五月五日以五彩丝系臂，辟鬼及兵。
⑤ 菰（gū）：多年生草本植物，生浅水中。春生嫩茎，即茭白，秋结实即菰米。

【评析】

　　此词为端午怀人感梦之作。词的上片似为实写佳人容饰。"润玉"几句着意刻画其人的玉肌樱唇、纱衣罗扇、绣花圈饰、脂粉香泽,予人华艳秾丽之感。下写"榴裙"、"艾枝"应端午。曰"犹带"、"空叠"、"应压",暗藏其人不在目前,此只是推己及人之设想,为下文写相思预设伏笔,却始终不说破。陈洵说"能留则不尽而有馀味","以留求梦窗,则穷高极深,一步一境"。(《海绡说词》)此等处即体现词中"留"字妙诀。换头八字始将上半片所写点明是一场梦境,为点睛之笔。"千山"指人去之遥,"一箭"指光阴似箭。"香瘢"句补写梦中人的新来消瘦,见己之相思之痴、怜惜之深。歇拍两句言伊人在水一方,隔江不见,午梦醒来只有雨声、晚风、菰叶,伴人凄寂而已。以疏淡语收,"秋怨"二字总束。歇拍句蕴藉浑成,为王国维欣赏。

【辑评】

　　读上阕,几疑真见其人矣。换头点睛,却只一梦。惟有雨声菰叶,伴人凄凉耳。"生秋怨",则时节风物,一切皆空。(清陈洵《海绡说词》)

　　介存谓:梦窗词之佳者,如"水光云影,摇荡绿波,抚玩无极,追寻已远"。余览《梦窗甲乙丙丁稿》中,实无足当此者。有之,其"隔江人在雨声中,晚风菰叶生秋怨"二语乎?(王国维《人间词话》)

瑞　鹤　仙

　　晴丝牵绪乱。对沧江斜日,花飞人远。垂杨暗吴苑。正旗亭烟冷,河桥风暖。兰情蕙盼[①]。惹相思、春根酒畔。

又争知、吟骨萦消，渐把旧衫重剪。　　凄断。流红千浪，缺月孤楼，总难留燕。歌尘凝扇。待凭信，拚分钿②。试挑灯欲写，还依不忍，笺幅偷和泪卷。寄残云、剩雨蓬莱③，也应梦见。

【注释】

① 兰情蕙盼：眼波如兰如蕙，形容女子温情脉脉。
② 分钿：情人别离，常分钿以作凭信。钿，金宝等饰器之名。
③ 残云、剩雨：用巫山云雨事，指男女欢会。蓬莱：仙境，代指所思人之居处。

【评析】

　　此词为怀人之作。起句情景双关，总领全词，柳丝与情绪，用"牵"字勾连，"绪乱"乃由下之"花飞人远"引起。"垂杨"句指与故人分别之时地，一解为人去之地。"兰情"句始点伊人，迅即跌落下二句，思力沉透。"又争知"加倍一层写相思，旧衫是故人所裁，然她怎知我如今正为伊憔悴的消瘦情形呢？下片"凄断"二字束上启下，声调沉痛。"流红"为上片"花飞"之复笔，"缺月"句为上片"人远"之复笔。"燕"指故人，梦窗词中屡见。"歌尘"句言物是人非。"分钿"指"总难"留住故人，只有分别，一笔纵开。"试挑灯"句言本想写别后相思之苦，又不忍写，结果是和泪卷笺，一笔关合，句势随着感情"疑往而复，欲断还连"（清陈洵《海绡说词》）。歇拍再进一步，既不忍写相思，而人又远在蓬莱，那残剩的欢会之情，在梦中总该能实现吧。实为哀苦无望、力破馀地之语。此词低回掩映，千回百折，令人不忍卒读。

【辑评】

　　吴苑是其人所在，此时觉翁不在吴也，故曰"花飞人远"。《莺啼序》曰："晴烟冉冉吴宫树。"《玉蝴蝶》曰："羡故人还买吴航。"《尾犯·赠浪翁重客吴门》

曰："长亭曾送客。"《新雁过妆楼》曰："江寒夜枫怨落。"又是吴中事,是其人既去,由越入吴也。"旗亭"二句,当年邂逅,正是此时。"兰情"二句,对面反击,跌落下二句,思力沉透极矣。"旧衫"是其人所裁,"流红千浪",复上阕之"花飞"。"缺月孤楼,总难留燕",复上阕之"人远",为"凄断"二字钩勒。"歌尘凝扇",对上"兰情蕙盼",人一处,物一处。"待凭信,拚分钿",纵开,"还依不忍",仍转故步。"笺幅偷和泪卷",复"挑灯欲写",疑往而复,欲断还连,是深得清真之妙者。"应梦见",尚不曾梦见也。含思凄婉,低回无尽。(清陈洵《海绡说词》)

"待凭信"以下四句,力破馀地。(龙榆生《梦窗词选笺》引朱祖谋语)

鹧 鸪 天

化度寺作①

池上红衣伴倚阑②。栖鸦常带夕阳还。殷云度雨疏桐落,明月生凉宝扇闲。　乡梦窄,水天宽。小窗愁黛淡秋山③。吴鸿好为传归信,杨柳闾门屋数间④。

【注释】

① 化度寺:《杭州府志》:"化度寺在仁和县北江涨桥,原名小云,宋治平二年改。"
② 红衣:指莲花。
③ 愁黛:愁眉不展。
④ 闾门:苏州市城西门。古时高楼阁道,雄伟壮丽。

【评析】

此词为梦窗寓杭时忆去姬作。"杨柳闾门",去姬所居地,全词之神系于此句。

上半片化度寺即目之景，景与人化作一处来写。"红衣"，在物指莲，在人指姬，姬去，则"伴倚阑"者唯池中红莲而已。下句从反面落笔，暮鸦归栖，而姬去不返。"殷云"两句两个场景，一秋一夜，一雨一月，言相思非一日也。雨中梧桐叶落声最凄凉，凉月中不无秋扇见捐之感，种种景物皆染相思色彩。下片起句"窄"、"宽"字精炼，与去姬隔水天遥遥，奈何梦亦难到。"愁黛"与"秋山"，仍是景与人关合用笔，从去姬设想。结句言盼姬归还之意，一说已将归，托吴鸿传信。

【辑评】

"杨柳闻门"，其去姬所居也。全神注定，是此一句。"吴鸿归信"，言己亦将去此间矣，眼前风景何有焉？（清陈洵《海绡说词》）

夜游宫

人去西楼雁杳。叙别梦、扬州一觉①。云淡星疏楚山晓②。听啼乌，立河桥，话未了。　　雨外蛩声早。细织就、霜丝多少③。说与萧娘未知道。向长安，对秋灯，几人老④。

【注释】

① "叙别梦"句：化用唐代杜牧《遣怀》："十年一觉扬州梦。"
② 楚山：唐代王昌龄《芙蓉楼送辛渐二首》其一："平明送客楚山孤。"此处泛指送客地。
③ 霜丝：白发。
④ "向长安"三句：化用宋代欧阳修《渔家傲》（暖日迟迟花袅袅）："长安城里人先老。"

【评析】

此词为怀人之作。上片首句点"人去","雁杳"指无音信。"叙别梦"句用杜牧诗意,不胜今昔之感。下句就"别梦"写。送客之时的清晓情景,历历目前。"啼乌",承"晓"字。"话未了",写出河桥送别依依不舍之状。下片从别后相思说起。相思中人易感秋意,故曰"早"。蛩即促织,引出下句"织就霜丝"语,风景与人事一笔双至。而此情此景只有独自承受,思念的人并不知晓。结句言人在京师易老,承上"霜丝"。漂泊感喟之意,于两问句唱叹而出。此词写得沉朴浑厚。

【辑评】

"楚山"梦境,"长安",京师,是运典。"扬州"则旧游之地,是赋事。此时觉翁身在临安也。词则沉朴浑厚,直是清真后身。(清陈洵《海绡说词》)

青玉案

新腔一唱双金斗①。正霜落、分柑手②。已是红窗人倦绣。春词裁烛③,夜香温被,怕减银壶漏④。　　吴天雁晓云飞后⑤。百感情怀顿疏酒⑥。彩扇何时翻翠袖⑦。歌边拚取,醉魂和梦,化作梅花瘦。

【注释】

① 金斗:熨斗。暗藏一"熨"字,取"金斗熨愁眉"之意。
② 柑:柑橘。
③ 裁烛:刻烛。一种赛诗游戏,以刻烛为时限,立韵,诗成则胜。
④ 银壶漏:铜壶滴漏。
⑤ 吴天:指苏州一带。雁晓:雁夜栖晓飞。
⑥ 疏酒:疏远酒杯,即少饮酒。
⑦ 彩扇:歌扇。

【评析】

　　本词为忆姬之作。上片记梦，先选取三个角度来刻画美人的形貌神态。首句描写美人蹙眉低唱时的可怜模样，次句聚焦美人秋日分柑的纤纤素手，第三句表现美人窗下倦绣的劳作画面。歇拍回忆两人刻烛赛诗、共拥衾枕的温馨场景，表达对往日欢会的不舍与留恋。下片写梦醒时分。云开雁飞之后，梦中的情境令人百感交集。"彩扇何时翻翠袖"，当为"翠袖何时翻彩扇"意，因"袖"字协韵，故颠倒语序。结句悔当年，舍弃一切而不顾，如今只能将醉魂和梦幻，化作梅边瘦影。此词将时间与空间、现实与假想错综杂糅，今昔对比，悲欢迥异，表达心中的幽怨凄楚和离别相思。

【辑评】

　　接笔好。（清陈廷焯《词则·别调集》）

　　"疏酒"，因无翠袖故也，却用上阕人家度岁之乐，层层对照，为"何时"二字，十二分出力。（清陈洵《海绡说词》）

贺新郎

陪履斋先生沧浪看梅①

　　乔木生云气②。访中兴③、英雄陈迹④，暗追前事。战舰东风慳借便，梦断神州故里⑤。旋小筑、吴宫闲地⑥。华表月明归夜鹤，叹当时、花竹今如此。枝上露，溅清泪。　　遨头小簇行春队⑦。步苍苔、寻幽别墅，问梅开未⑧。重唱梅边新度曲，催发寒梢冻蕊。此心与、东君同意⑨。后不如今今非昔，两无言、相对沧浪水。怀此恨，寄残醉。

【注释】

① 履斋：吴潜，字毅夫，号履斋，理宗淳祐中为观文殿大学士，封庆国公。沧浪：亭名，在苏州府学东，五代末年为吴越中吴军节度使孙承祐别墅，北宋时归苏舜钦，建亭命名，后又为南宋名将韩世忠别墅。
② 乔木：高大的树木。宋代苏轼《韩康公挽词三首》其一："故国非乔木，兴王有世臣。"
③ 中兴：北宋覆亡后南宋初又兴衰继绝、重整国事。
④ 英雄：指抗金名将韩世忠，绥德人，字良臣。详见《宋史·韩世忠传》。
⑤ "战舰"句：化用唐代杜牧《赤壁》"东风不与周郎便，铜雀春深锁二乔。"此指韩世忠黄天荡大捷，但也因无风，海舟被焚，未能完全消灭金兀术，也使恢复中原、回归故里的夙愿未能实现。
⑥ "旋小筑"句：秦桧收韩世忠将权，罢去。韩从此杜门谢客，自号清凉居士。此指其退隐沧浪亭。
⑦ 遨头：宋代成都自正月至四月浣花，太守出游，士女纵观，称太守为遨头。此指时知平江府的吴履斋。
⑧ "问梅"句：化用唐代王维《杂诗三首》其二："来日绮窗前，寒梅著花未。"
⑨ 东君：春神。

【评析】

此词为沧浪看梅，怀韩世忠并感慨时事之作。起三句即从韩抗金说起。"乔木"句起兴，既切沧浪景物，又切韩世忠为中兴世臣，且发端嘹亮，起始便营造高远境界。"战舰"句指韩黄天荡败金兵之役，用三国时吴借东风烧曹操战舰于赤壁故事，感慨虽有韩这样的英雄，而恢复之功终未成，大概是天意吧，遂有"梦断"之语。"小筑"落到韩买沧浪事，"闲"字点出英雄失志、投闲置散的悲哀。"华表"四句翻空出奇，设想韩王忠魂若重来到此，定生今昔之感，有杜甫"感时花溅泪"意。至此方引出词人看梅事。换头即从陪履斋看梅另起，应题。"重唱"句云在梅边填词度曲，旨在催花早发，与春神心意正同。此句或别有深意，隐寓自己与履斋对国势转危为安的企盼。吴潜为南宋末年爱国名臣，意见却不为朝廷所用，此将其款款忠心一并道出。"后不如今今非昔"句极沉痛，当年韩、岳大将尚能图恢复，今则守亦难矣，恐后国力日衰，更不如今吧，亡国之惧隐于其中。

念及此，与履斋唯有相对无言，但观沧浪之水，一醉消愁而已。此词感慨激烈，却不直抒，寄之于温婉悲凉语，境界甚高。

【辑评】

感慨身世，激烈语偏写得温婉，境地最高。（清陈廷焯《白雨斋词话》）

稼轩词云："而今已不如昔，后定不如今。"即其年《水调歌头》之意，而意境却别。然读梦窗之"后不如今今非昔，两无言、相对沧浪水"。悲郁而和厚，又不必为稼轩矣。（同上）

起五字神来。通首流连咏叹，天地为之低昂。欷歔流涕有如此者。（下片）一片热肠，有谁知得？（结句）沉痛迫烈，碎击唾壶。意极激烈，语却温婉。（清陈廷焯《云韶集》）

"此心与、东君同意"，能将履斋忠款道出，是时边事日亟，将无韩、岳，国脉微弱，又非昔时。履斋意主和守而屡疏不省，卒致败亡，则所谓"后不如今今非昔，两无言、相对沧浪水。怀此恨，寄残醉"也。言外寄慨，学者须理会此旨。前阕沧浪起，看梅结；后阕看梅起，沧浪结，章法一丝不走。（清陈洵《海绡说词》）

唐多令

何处合成愁。离人心上秋。①纵芭蕉、不雨也飕飕。都道晚凉天气好，有明月、怕登楼。　年事梦中休。花空烟水流。燕辞归、客尚淹留②。垂柳不萦裙带住③，漫长是、系行舟。

【注释】

① "何处"二句:心上秋,合成"愁"字。此修辞中拆字法。
② "燕辞归"句:化用三国魏曹丕《燕歌行》:"群燕辞归雁南翔,念君客游思断肠。慊慊思归恋故乡,何为淹留寄他方?"
③ 裙带:代指别去的女子。

【评析】

　　此词为悲秋伤别作。上片以问答句起,揭出"愁"字,意含双关。将"愁"字拆为"秋心",即为心中的离思与眼前的秋景合成。逗引下句,秋雨打在芭蕉叶上之声很凄凉,如李煜《长相思》所写:"秋风多,雨相和。帘外芭蕉三两窠,夜长人奈何。"此云"不雨也飕飕",为进一层写法,渲染心中的秋怨之深。下句先纵后擒,自为开合。别人认为"天凉好个秋"的天气,自己却不敢登楼望远,怕明月惹起相思。下片写离愁。往年与情人欢聚的时光已如水流花落,一去不返。"燕辞归"有双关意,既切物候变换,又指人事别离。"燕"与"客"形成"归"与"留"的对比,写出客欲归而不得的哀伤。歇拍从此生出,垂柳不能留住已去的情人,反而用来系住行客之舟,多么无奈!"漫长是",见感慨之意。此词小巧,为梦窗词中少见的疏快之作。

【辑评】

　　此词疏快,却不质实。如是者集中尚有,惜不多耳。(宋张炎《词源》)

　　无风花落,不雨蕉鸣,是妙对。"纵"字衬。(明卓人月辑、徐士俊评《古今词统》)

　　"何处合成愁,离人心上秋。"滑稽之隽,与龙辅《闺怨》诗:"得郎一人来,便可成仙去。"同是《子夜》变体。(清王士禛《花草蒙拾》)

　　语浅情长,不第以疏快见长也。(清陈廷焯《词则·别调集》)

　　玉田不知梦窗,乃欲拈出此阕,牵彼就我。无识者群聚而和之,遂使四明绝调,沉没几六百年,可叹。(清陈洵《海绡说词》)

黄孝迈 一首

湘春夜月

　　近清明，翠禽枝上消魂。可惜一片清歌，都付与黄昏。欲共柳花低诉①，怕柳花轻薄，不解伤春。念楚乡旅宿②，柔情别绪，谁与温存。　　空尊夜泣，青山不语，残照当门。翠玉楼前③，惟是有、一波湘水，摇荡湘云。天长梦短，问甚时、重见桃根④。者次第⑤，算人间没个并刀，剪断心上愁痕。

【注释】

① 柳花：柳絮。
② 楚乡：指湘江一带。
③ 翠玉楼：华美的楼。
④ 桃根：晋朝王献之妾桃叶的妹妹。这里指词人的恋人。
⑤ 者次第：这情形。者，这。

【评析】

　　这首词借楚乡春日景物，抒写羁旅愁怀。首句以翠禽使人消魂总摄全篇。"可惜"二句为翠禽清歌无人理会惋惜，再以柳絮不解伤春反衬，进而自伤旅宿孤独，无人温存。由伤春到伤别，层次井然而有波折。换头宕开写景，青山、残照、湘水、湘云，境界愈益开阔，但仍围绕"当门"、"楼前"，构成特定情境。"天长"二句再叹相会之难，歇拍以并刀难剪愁怀作喻，以深长的喟叹收束。全词上下片均采用先景后情、情景交错的结构,在经过精心选择的自然物象中也注入情思,如柳花轻薄、空樽夜泣、青山不语、残照当门,以情写物,情景合一,造成低回婉转的倾诉气氛。

【辑评】

　　此调无他作者,想雪舟自度,风度婉秀,真佳词也。或谓首句"明"字起韵,非也,如此佳词,岂有借韵之理。(清万树《词律》)

　　芊绵凄咽。起数语便觉牢愁满纸。(清陈廷焯《词则·大雅集》)

潘希白 一首

大 有

九 日

戏马台前①，采花篱下②，问岁华、还是重九。恰归来、南山翠色依旧。帘栊昨夜听风雨，都不似、登临时候。一片宋玉情怀③，十分卫郎清瘦④。　　红萸佩、空对酒。砧杵动微寒，暗欺罗袖⑤。秋已无多，早是败荷衰柳。强整帽檐欹侧⑥，曾经向、天涯搔首⑦。几回忆、故国莼鲈⑧，霜前雁后。

【注释】

① 戏马台：在彭城（今江苏徐州），即项羽掠马台。南朝宋武帝刘裕曾于重阳节时在此大会宾客，赋诗唱和。
② 采花篱下：化用晋陶渊明《饮酒二十首》其五："采菊东篱下，悠然见南山。"
③ 宋玉情怀：即悲秋情怀。宋玉《九辩》是著名的"悲秋"之作。
④ 卫郎清瘦：晋朝卫玠体弱多病，好像连衣服都承担不起来。
⑤ 欺：侵袭。
⑥ "强整"句：用孟嘉落帽典。见前刘克庄《贺新郎·九日》注⑤。
⑦ 搔首：抓挠头发，是沉思之状。
⑧ 莼鲈：晋朝张翰在洛阳做官，见秋风起，思念吴中莼菜羹、鲈鱼脍，遂辞官归隐家乡。

【评析】

这首词是重阳悲秋之作。起三句叙重九登临，怀古赏菊。"恰归来"三句写山色依旧而风雨夜至,"依旧"、"不似"与"还是"前后呼应,强调了词人对岁时、景色、气候迁移变化的敏感。"宋玉情怀"、"卫郎清瘦"概括词人的登临感受与神态。过片提顿,写对酒兴感。"砧杵"二句写秋凉,"秋已"二句进一层写残秋衰败景象,暗应上片"风雨"。"强整"二句以正帽、搔首两个动作揭示天涯客子的焦虑和不安。结句点明归乡题旨。全篇用典多与重九有关,恰当地表达了悲秋、怀乡的词意而无堆砌之感。

【辑评】

　　用事用意,搭凑得瑰玮有姿。其高澹处,可以与稼轩比肩。(清查礼《铜鼓书堂词话》)

　　如此用落帽故事,亦新颖而不着迹。(清沈泽棠《忏庵词话》)

黄公绍　一首

青玉案

年年社日停针线①。怎忍见、双飞燕②。今日江城春已半。一身犹在，乱山深处，寂寞溪桥畔。　　春衫著破谁针线③。点点行行泪痕满。落日解鞍芳草岸。花无人戴，酒无人劝，醉也无人管。

【注释】

① 社日：此指春社。停针线：古代妇女在春秋社日不做针线活儿。
② 双飞燕：雌雄并飞的燕子。
③ 著破：穿破。

【评析】

这首词写游子乡思。首句"年年"二字已有不堪意味，与"已"字、"犹"字相呼应，显示对节候的敏感及留滞不归的无奈。春燕"双飞"，反衬"一身"；"乱山"且在"深处"，"溪桥"而又"寂寞"，可见其狼狈落魄。过片"春衫著破"显示离乡之久，连用三"无人"与"一身"二字遥为呼应，一句一叹，悲歌当哭，感人至深。其重叠复沓句式及其递进效果与晁补之《忆少年》词"无穷官柳，无情画舸，无限行客"几句有同一妙处。全词用白描手法，直抒其情，不作修饰，语淡而情浓，事浅而言深。

按：此首《全宋词》作无名氏词，见《阳春白雪》卷五。

【辑评】

"花无人戴,酒无人劝,醉也无人管",与此词(按:晁补之《忆少年》(无穷官柳))起处同一警绝。唐以后,特地有词,正以有如许妙语,诗家收拾不尽耳。(清先著、程洪《词洁》)

词有如张融危膝,不可无一,不可有二者,如刘改之《天仙子》别妾是也。中云:"马儿不住去如飞,牵一憩,坐一憩。"又云:"去则是,住则是,烦恼自家烦恼你。"再若效颦,宁非打油恶道乎。然篇中"雪迷村店酒旗斜",固非雅流不能作此语。至无名氏《青玉案》曰:"落日解鞍芳草岸。花无人戴,酒无人劝。醉也无人管。"语澹而情浓,事浅而言深,真得词家三昧,非鄙俚朴陋者可冒。(清贺裳《皱水轩词筌》)

(上阕)凄切语,情词兼胜。(结句)不是风流放荡,只是一腔血泪耳!(清陈廷焯《云韶集》)

朱嗣发 一首

摸 鱼 儿

对西风、鬓摇烟碧①，参差前事流水。紫丝罗带鸳鸯结②，的的镜盟钗誓③。浑不记，漫手织回文，几度欲心碎。安花著蒂④，奈雨覆云翻⑤，情宽分窄⑥，石上玉簪脆⑦。　朱楼外⑧。愁压空云欲坠。月痕犹照无寐。阴晴也只随天意。枉了玉消香碎⑨。君且醉。君不见、长门青草春风泪。一时左计⑩。悔不早荆钗⑪，暮天修竹，头白倚寒翠⑫。

【注释】

① 鬓摇烟碧：鬓发在苍翠的暮色中飘曳。
② 鸳鸯结：即同心结，表示恩爱。
③ 的（dí）的：明显，显著。镜盟：用乐昌分镜事。见前袁去华《瑞鹤仙》（郊原初过雨）注②。钗誓：传说唐玄宗与杨贵妃以金钗和钿合定情盟誓。
④ 安花著蒂：将落花安到花蒂上。
⑤ 雨覆云翻：比喻反复无常。语出唐代杜甫《贫交行》："翻手作云覆手雨，纷纷轻薄何须数。"
⑥ 分（fèn）：情分，缘分。
⑦ "石上"句：化用唐代白居易《井底引银瓶》："石上磨玉簪，玉簪欲成中央折。"比喻感情不牢固。
⑧ 朱楼：华丽的红色楼房。
⑨ 枉了：徒然。
⑩ 左计：错误的计划，失策。
⑪ 荆钗：以荆枝作钗，是贫家妇女的装束。
⑫ "暮天"二句：化用唐代杜甫《佳人》："天寒翠袖薄，日暮倚修竹。"

【评析】

　　这是一首弃妇之词。上片是对薄情丈夫的谴责，下片直诉追悔怨恨之情。西风中飘散的鬓发勾画出弃妇的憔悴形象。"紫丝"二句写定情的信物及盟誓。"浑不记"二句写自己的真情思念。"安花"四句写婚姻破裂,造成悲剧的原因是所托非人,男子的二三其德。婚姻的脆弱正揭示了古代妇女的悲惨命运。过片写长夜无寐,无奈而又无助。"阴晴"实有双关天气与婚变之意。"君且醉"二句是强为宽解之辞。结尾痛陈悔恨之语,"荆钗"与"紫丝罗带"、"朱楼"对照,再从所用陈皇后典故看,可知弃妇的身份应是一位富家女子。贫贱夫妻尚能相守终生,白头偕老,表现了对幸福爱情生活的渴望。全词上下片开头用景物略作渲染,其馀部分叙事抒情,情、景、事自然融合,蕴藉深沉。

刘辰翁　四首

兰陵王

丙子送春①

送春去。春去人间无路。秋千外，芳草连天，谁遣风沙暗南浦②。依依甚意绪。漫忆海门飞絮③。乱鸦过④，斗转城荒⑤，不见来时试灯处⑥。　　春去。最谁苦。但箭雁沉边⑦，梁燕无主⑧。杜鹃声里长门暮⑨。想玉树凋土⑩，泪盘如露⑪。咸阳送客屡回顾⑫。斜日未能度⑬。　　春去。尚来否。正江令恨别，庾信愁赋⑭。苏堤尽日风和雨。叹神游故国，花记前度⑮。人生流落，顾孺子⑯，共夜语。

【注释】

① 丙子：宋恭帝德祐二年（1276），此年二月，元军攻陷临安，恭帝及太后被掳往北方。此词以"春"喻南宋王朝。
② 风沙：喻元军。
③ 漫忆：徒然思念。海门飞絮：以飘飞不定的柳絮比喻辗转于闽广沿海地区的南宋君臣。海门，海边。
④ 乱鸦：隐喻元军。
⑤ 斗转：北斗星移动位置，指季节转换，兼喻时代变迁。
⑥ 来时：往时。
⑦ 箭雁沉边：以中箭的大雁喻恭帝及太后一行被掳去遥远的边地。
⑧ 梁燕无主：以梁上寻觅旧巢的燕子喻南宋士大夫流落各地。
⑨ 长门：代指南宋皇宫。
⑩ 玉树：六朝时曾把人比作玉树，这里指为国捐躯的人。

⑪ 泪盘如露：唐代李贺《金铜仙人辞汉歌》序载：魏明帝青龙元年八月，派宫官西取汉孝武帝捧露盘仙人，欲立于前殿，宫官拆下盘，铜仙人被搬上车前，竟然潸然泪下。这里借以写因亡国而悲伤流泪。
⑫ "咸阳"句：指被迫北行的人对故国恋恋不舍之情。化用唐代李贺《金铜仙人辞汉歌》："衰兰送客咸阳道，天若有情天亦老。"咸阳，代指南宋都城临安。
⑬ "斜日"句：日已黄昏仍未前进。
⑭ "正江令"二句：南朝梁江淹曾任吴兴令，著有《别赋》。庾信出使西魏时被强留北方，先后在西魏、北周任职，作品多故国之思，著有《哀江南赋》。江淹、庾信皆指被俘北行的南宋士大夫。
⑮ 花记前度：唐代刘禹锡元和年间从贬地被召回长安，游玄都观作诗咏桃花讥刺权贵，被再次远贬。十四年后，又被召回，重游故地，作《再游玄都观》，结尾两句说："种桃道士归何处？前度刘郎今又来。"这里用以代指昔日临安的如花美景。
⑯ 顾：但。孺子：孩子。指词人的儿子。

【评析】

　　这首词借伤春的传统题材，寄寓自己的亡国之痛。发端"送春去"九字以重笔直入题旨，振起全篇。芳草连天，风沙弥漫，遮住了春的归路，正如国势衰微，前途难料，使人怅然神伤，不禁对流离迁转于海隅的幼帝表示担忧。"乱鸦"、"城荒"与昔日张灯结彩的繁华形成鲜明对照，今昔之感蕴含其中。第二片写春去后的无限悲苦。"最谁苦"，出之以诘问，尤显沉重。中箭的大雁沉落边塞，使人想到被迫离乡的南宋君臣；无主的梁燕寻觅旧巢，使人想到四处漂泊的南宋士大夫；暮春的杜鹃使人想到故宫的荒凉。第三片也以诘问发端，表达了词人对宋帝南归、恢复故国的企盼。如今西湖正遭受风吹雨打，只有在神游故都时还记得昔日繁华。歇拍写与儿子共话兴亡，从国家多难转到自身流落，使人倍感怆然。整首词多用比兴象征手法，抒情婉曲，寓意深沉，有屈原"楚骚"意味。三片皆以"春去"重笔发端，绾带全篇，有回环往复、一唱三叹之妙。

【辑评】

　　三段俱以"春去"唤起。峡猿三唱，征鸟踯躅，寒云不飞。（明卓人月辑、徐士俊评《古今词统》）

　　按樊榭论词绝句："'送春'苦调刘须溪。"信然。（清张宗橚《词林纪事》）

题是"送春",词是悲宋,曲折说来,有多少眼泪。凄恻之怀。情词凄绝,水云之流亚也。(清陈廷焯《白雨斋词话》)

宝 鼎 现

红妆春骑①。踏月影、竿旗穿市②。望不尽、楼台歌舞,习习香尘莲步底③。箫声断、约彩鸾归去④,未怕金吾呵醉⑤。甚辇路、喧阗且止。听得念奴歌起⑥。　父老犹记宣和事⑦。抱铜仙、清泪如水⑧。还转盼⑨、沙河多丽⑩。滉漾明光连邸第⑪。帘影冻、散红光成绮。月浸葡萄十里⑫。看往来、神仙才子⑬。肯把菱花扑碎。　肠断竹马儿童⑭,空见说、三千乐指⑮。等多时、春不归来,到春时欲睡。又说向、灯前拥髻⑯。暗滴鲛珠坠⑰。便当日、亲见《霓裳》⑱,天上人间梦里⑲。

【注释】

① 红妆:盛妆的妇女。春骑:游春的车马。
② 竿旗:悬在竿上的旗,指官府的旗。
③ 习习:尘土飞扬的样子。莲步:美人的脚步。
④ 彩鸾:仙女名,喻游春的女子。
⑤ "未怕"句:不用害怕京城禁夜。金吾,即执金吾,负责京城治安的长官,夜间巡逻以禁夜行。古代元宵节不设夜禁。呵醉,汉代名将李广被削职后,曾遭灞陵尉乘醉羞辱并呵止夜行。
⑥ 念奴:唐玄宗时著名歌伎,常出入宫禁演唱。
⑦ 宣和:宋徽宗年号。
⑧ "抱铜仙"句:借汉代金铜仙人被迁出汉宫写亡国之痛。见前刘辰翁《兰陵王·丙子送春》注⑪。
⑨ 转盼:顾盼。
⑩ 沙河:即沙河塘,在钱塘(今杭州)南五里。多丽:形容繁华。
⑪ 滉漾明光:明亮的灯光在水中闪烁。邸第:王侯府第。
⑫ 葡萄:形容湖水深绿如葡萄。
⑬ 神仙:指美女。
⑭ 竹马:以竹竿当马骑,是儿童的玩具。
⑮ 三千乐指:三百人的庞大乐队。每人十指,三百人有三千指。
⑯ 拥髻:手捧发髻,是悲伤的表示。
⑰ 鲛珠:眼泪。古代传说南海中有鲛人,其眼

能泣珠。
⑱ 便：即使。《霓裳》：即《霓裳羽衣曲》，是唐玄宗时著名的歌舞曲，传说杨贵妃善舞此曲。
⑲ 天上人间：化用南唐李煜《浪淘沙》："流水落花春去也，天上人间。"

【评析】

　　这首词作于元大德元年（1297），时距宋亡（1279）已近二十年。词人描写当年京城元宵灯节的繁盛景象，抒发思念故国的情思。第一片追述北宋汴京元宵月夜游赏之乐，从游人之众、楼台之丽、音乐歌舞之盛几方面极力铺陈喧闹欢乐场景。第二片换头"父老犹记宣和事"承上启下，"抱铜仙"句点醒亡国的惨痛现实。"还转盼"又折转到南宋都城临安，重点描写西湖元夜灯火月光交相辉映之美。第三片反跌眼前。"空见说"遥应"父老"句，提顿一笔。"等多时"句以"春"字喻南宋王朝，"到春时"句反转，"春"字实写，反映词人心境的悲凉。

　　整首词通过元宵灯节表现今昔盛衰之感，但在结构上并未作平行的对比，而是在前两叠用浓笔重彩，极力铺陈汴京、临安两地灯节的热闹繁华，只在换头与结尾处略作勾勒，更突出"天上人间"迥隔之感，回忆感慨交织在一起，尤觉韵味深长。通篇以绚烂词采写哀怨之情，以欢乐反衬悲痛，缠绵蕴藉，凄婉动人。

【辑评】

　　（"甚辇路"二句）以永新为念奴，须溪误耶。"菱花"用乐昌元夕事，隐隐以宋比亡陈。（明卓人月辑、徐士俊评《古今词统》）

　　刘须溪丁酉元夕《宝鼎现》词云："（略）。"此词题云"丁酉"，盖元成宗大德元年，亦渊明书甲子之意也。词意凄婉，与《麦秀歌》何殊。（明杨慎《升庵集》）

　　刘辰翁作《宝鼎现》词，时为大德元年，自题曰丁酉元夕，亦义熙旧人只书甲子之意。其词有云："父老犹记宣和事，抱铜仙、清泪如水。"又云："肠断竹马儿童，空见（说）、三千乐指。"又云："向灯前拥髻，暗滴鲛珠坠。便当日、亲见霓裳，天上人间梦里。"反反覆覆，字字悲咽，其孤竹、彭泽之流。（清冯金伯

《词苑萃编》)

永 遇 乐

余自乙亥上元①,诵李易安《永遇乐》②,为之涕下。今三年矣,每闻此词,辄不自堪,遂依其声③,又托之易安自喻,虽辞情不及,而悲苦过之。

璧月初晴,黛云远淡④,春事谁主。禁苑娇寒⑤,湖堤倦暖⑥,前度遽如许⑦。香尘暗陌⑧,华灯明昼,长是懒携手去。谁知道,断烟禁夜⑨,满城似愁风雨。　　宣和旧日⑩,临安南渡,芳景犹自如故⑪。缃帙流离⑫,风鬟三五⑬,能赋词最苦。江南无路⑭,鄜州今夜⑮,此苦又谁知否。空相对,残釭无寐,满村社鼓。

【注释】

① 乙亥上元:宋恭帝德祐元年(1275)元宵节。
② 李易安《永遇乐》:指宋代李清照词《永遇乐》(落日熔金)。李清照号易安居士。
③ 依其声:依照李清照词原来的声韵填词。
④ 黛云:青绿色的彩云。
⑤ 禁苑:帝王的园林。
⑥ 湖堤:指西湖边。
⑦ "前度"句:再来京城临安,景象变化得如此之快。前度,用刘禹锡重游玄都观作诗典。见前刘辰翁《兰陵王·丙子送春》注⑮。
⑧ 香尘暗陌:尘土遮暗道路,形容车马游客之多。
⑨ 断烟:炊烟已断,指城中居民很少。禁夜:实行宵禁。
⑩ 宣和旧日:指宋徽宗宣和年间汴京的繁华景象。
⑪ "临安"二句:指宋室南渡后的临安(今杭州)小朝廷依然繁华。
⑫ 缃帙(zhì)流离:指李清照夫妇所收藏的古籍和金石书画均在南渡途中散失。缃帙,浅黄色的书衣,代指书卷。
⑬ 风鬟三五:李清照《永遇乐》:"中州盛日,闺门多暇,记得偏重三五。""如今憔悴,风鬟雾鬓,怕见夜间出去。"此用其意,写今日元宵夜凄凉景况。三五,指正月十五日。风鬟,头发蓬松散乱的样子。

⑭ 江南无路：指江南已沦于敌手。
⑮ 鄜（fū）州今夜：化用唐代杜甫《月夜》："今夜鄜州月，闺中只独看。遥怜小儿女，未解忆长安。"鄜州，今陕西富县，这里代指妻子所在的地方。

【评析】

　　这首词糅合词人与李清照的共同遭遇，借临安的今昔变化抒发深沉的家国之思。上片由月夜清景引发"春事谁主"的感慨，进而遥想当年临安上元夜游人如织、华灯灿烂的繁盛景象。"谁知道"三句陡转，写如今元军统治下的满城风雨。换头三句承上启下，将宣和年间的汴京与南渡后的临安以"芳景自如故"总括一笔，暗示风景如旧而人世已非。"绡帔"三句写李清照当年漂泊流离、风鬟雾鬓、赋写苦词的情状。"江南"三句转从自身角度，写江南被元军占领，家人离散。从中原沦丧到宋室将亡，国恨家仇，愈积愈深，独对残灯，长夜无眠，"满村社鼓"更反衬出内心的荒凉。词人通过写元宵，忆京华，说变迁，汴京与临安、历史与现实自然绾合，厚重深沉，温婉顿挫。

摸 鱼 儿

酒边留同年徐云屋①

　　怎知他、春归何处，相逢且尽尊酒。少年袅袅天涯恨②，长结西湖烟柳③。休回首。但细雨断桥④，憔悴人归后。东风似旧。问前度桃花，刘郎能记，花复认郎否⑤。
　　君且住，草草留君剪韭⑥。前宵正恁时候。深杯欲共歌声滑⑦，翻湿春衫半袖。空眉皱。看白发尊前，已似人人有。临分把手。叹一笑论文⑧,清狂顾曲⑨,此会几时又⑩。

【注释】

① 同年:科举中同榜考取进士的人。徐云屋:词人的同年好友。
② 袅袅:姿态美好的样子。
③ 结:挂。
④ 断桥:在杭州孤山边。
⑤ "问前度"三句:用刘禹锡重游玄都观典。见前刘辰翁《兰陵王·丙子送春》注⑮。
⑥ 剪韭:用古人以春初早韭为美味,并用作召饮的典故。唐代杜甫《赠卫八处士》:"夜雨剪春韭,新炊间黄粱。"
⑦ 滑:形容歌声悠扬婉转。
⑧ 论文:讨论文学。
⑨ 顾曲:欣赏音乐。三国时周瑜精通音乐,听人奏乐有误即回头看,时人谣曰:"曲有误,周郎顾。"后用以泛指欣赏音乐戏曲。
⑩ 会:相逢。

【评析】

　　这首词写友人久别重逢的感慨及殷勤挽留之情。起势突兀,有清狂之气。暮春相逢,杯酒尽欢,随即回忆起翩翩少年时代在都城交游的情景。"天涯恨"包含昔日羁旅风尘及仕途浮沉等种种失意之事。"休回首"顿住,想象重游西湖,东风依旧,桃花依然,但"刘郎"(词人自指)憔悴,时世已非,有不胜今昔之感。换头扣题点出挽留之意。"前宵"三句具体写"相逢且尽尊酒"的欢快情景。"空眉皱"一顿,由喜转悲,白发岁月,令人倍感相逢的不易和分手的不堪,故感伤迟暮之馀,不禁又企盼着:何时再杯酒论文?何时再同赏音乐?全篇写友情,融入了复杂的人生感慨和时代的动荡印记。

周密 四首

瑶 华

后土之花，天下无二本。方其初开，帅臣以金瓶飞骑，进之天上，间亦分致贵邸。余客辇下，有以一枝①

朱钿宝玦②。天上飞琼③，比人间春别。江南江北，曾未见，漫拟梨云梅雪④。淮山春晚⑤，问谁识、芳心高洁。消几番⑥、花落花开，老了玉关豪杰⑦。　　金壶剪送琼枝，看一骑红尘⑧，香度瑶阙⑨。韶华正好⑩，应自喜、初识长安蜂蝶⑪。杜郎老矣⑫，想旧事、花须能说。记少年，一梦扬州，二十四桥明月⑬。

【注释】

① 编者按语云："下缺。按他本题改作'琼花'。"
② 玦（jué）：环形而有缺口的佩玉。
③ 飞琼：仙女名，传说为王母侍女。这里比喻琼花之珍美。
④ 漫拟：徒然比作。
⑤ 淮山：指扬州。宋代淮南路治所在扬州。
⑥ 消：经得起。
⑦ 玉关：即玉门关，这里泛指边塞。
⑧ 一骑红尘：唐代杜牧《过华清宫绝句三首》其一写飞送荔枝情景："一骑红尘妃子笑，无人知是荔枝来。"
⑨ 瑶阙：华丽的宫殿。
⑩ 韶华：美好时光，春光。
⑪ 长安：代指临安。
⑫ 杜郎：唐代著名诗人杜牧，曾在扬州淮南节度使府任职。这里是词人自喻。
⑬ "记少年"三句：唐代杜牧歌咏扬州诗有《遣怀》："十年一觉扬州梦，赢得青楼薄幸名。"《寄扬州韩绰判官》："二十四桥明月夜，玉人何处教吹箫。"

【评析】

　　这首咏物词托琼花以寓意。上片以花喻人。扬州琼花，天上人间、大江南北，绝无仅有，极写其珍稀贵重。世人只能凭空想象其形态，却无人能识其高洁的品质。"老了玉关豪杰"由物到人，对边关将士壮志难酬、空耗岁月深表同情。下片托古喻今，以唐玄宗派人飞骑进贡荔枝事比拟帅臣进献鲜花，警诫统治者勿要重蹈荒淫误国的覆辙。"韶华"二句隐含对不思复国、文恬武嬉、赏花作乐的南宋君臣的讽刺，与"玉关豪杰"相应，而用意更隐曲。"杜郎"句收转，以杜牧自况，并点化其诗意，以"扬州梦"概括自己身世，以迷离景象作结，使词意微茫含蓄。

【辑评】

　　扬州琼花，天下只一本，士大夫爱重，作亭花侧，榜曰："无双。"德祐乙亥，北师至，花遂不荣。赵棠国炎有绝句吊曰："名擅无双气色雄，忍将一死报东风。他年我若修花史，合传琼妃烈女中。"（元蒋正子《山房随笔》）

　　草窗词意，似亦指此。又杜斿有《琼花记》。"杜郎"句，盖用樊川点出此人。（清江昱《草窗词疏证》）

　　感慨苍茫，不落咏物小家数，亦中仙流亚也。切合大雅，文生于情。（清陈廷焯《词则·大雅集》）

　　周止庵云：草窗长于赋物，然惟此阕，一意盘旋，毫无渣滓。他作纵极工切，不免就题寻典，就典趁韵，就韵成句，堕落苦海矣。特拈出之，以为南宋诸公针砭。（梁令娴《艺蘅馆词选》）

玉京秋

长安独客①，又见西风，素月丹枫，凄然其为秋也，因调夹钟羽一解②。

烟水阔。高林弄残照,晚蜩凄切③。碧砧度韵④,银床飘叶⑤。衣湿桐阴露冷,采凉花、时赋秋雪⑥。叹轻别。一襟幽事⑦,砌虫能说⑧。　　客思吟商还怯⑨。怨歌长、琼壶暗缺⑩。翠扇恩疏⑪,红衣香褪⑫,翻成消歇⑬。玉骨西风⑭,恨最恨、闲却新凉时节。楚箫咽。谁寄西楼淡月。

【注释】

① 长安:指南宋都城临安。
② "因调"句:于是做了一首夹钟羽曲调的词。夹钟,古代十二律中第四律。羽,五声(宫、商、角、徵、羽)之一。唐宋时乐调一般有二十八调,羽声七调的夹钟称夹钟羽。解,乐曲的章节。
③ 晚蜩(tiáo):指秋蝉。
④ 碧砧:碧玉般的捣衣石。度韵:歌唱,吟诵。这里形容有节奏的捣衣声。
⑤ 银床:银饰的井栏。
⑥ 秋雪:指芦花。
⑦ 一襟幽事:满怀隐秘的心事。
⑧ 砌虫:蟋蟀。因其常在台阶下鸣叫,故名。
⑨ 吟商:用音调悲凉的商调吟诵。商,古代五音之一。
⑩ 琼壶暗缺:用晋王敦咏曹操"老骥伏枥"句之典。见前周邦彦《浪淘沙慢》(昼阴重)注⑥。
⑪ 翠扇恩疏:用秋扇见弃典。见前史达祖《玉蝴蝶》(晚雨未摧宫树)注③。这里借以抒写壮志难酬的悲愤。
⑫ 红衣香褪:红花凋谢。
⑬ 翻成:竟成。消歇:完结。
⑭ 玉骨:形容身体清瘦。

【评析】

这是一首客中悲秋之词。发端三句大笔勾勒一幅云水浩茫、落日冉冉的壮阔画面。然后由远及近,以晚蜩、碧砧、落叶、秋露、促织等细节渲染秋日声色气氛,烘托出游子伤别情怀。下片承"一襟幽事",由景到情,分三层写"客思"。"客思"二句一层,写壮心不展的悲愤,"暗"字与上片"幽"字勾连,意脉遥贯篇末"恨"字;"翠扇"三句一层,借宫女失宠喻失意落寞;"玉骨"二句一层,写弃置的怨恨。歇拍以高楼月下的幽咽箫声作结,馀音悠远。全词借景抒情,情景契合,意象丰富,意境浑成。

【辑评】

此词精金百炼，既雄秀，又婉雅，几欲空绝古今，一"暗"字，其恨在骨。凄凄恻恻，可以怨矣。（清陈廷焯《云韶集》）

南渡词境高处，往往出于清真。（"玉骨"二句）何必非髀肉之叹。（清谭献评《词辨》）

"碧砧度韵，银床飘叶"以上纯写新凉时候景物，"衣湿桐阴露冷"句始融景入情，"难轻别"句点题，"吟商"句承上，"翠扇恩疏，红衣香褪"正写别怨，亦即"砌蛩能说"之幽事也。"玉骨西风"应上"衣湿桐阴露冷"句，清词丽藻，竟体生妍。后结二句更有悠然不尽之致。（蔡嵩云《柯亭词评》）

曲　游　春

禁烟湖上薄游①，施中山赋词甚佳②，余因次其韵③。盖平时游舫，至午后则尽入里湖，抵暮始出断桥④，小驻而归，非习于游者不知也。故中山亟击节余"闲却半湖春色"之句⑤，谓能道人之所未云。

禁苑东风外⑥，飏暖丝晴絮⑦，春思如织。燕约莺期⑧，恼芳情偏在，翠深红隙⑨。漠漠香尘隔⑩。沸十里、乱弦丛笛⑪。看画船、尽入西泠⑫，闲却半湖春色。　　柳陌。新烟凝碧。映帘底宫眉⑬，堤上游勒⑭。轻暝笼寒⑮，怕梨云梦冷，杏香愁幂⑯。歌管酬寒食。奈蝶怨、良宵岑寂。正满湖、碎月摇花，怎生去得。

【注释】

① 禁烟：指寒食节。薄游：随意游览。
② 施中山：名岳，字仲山，吴人。
③ 次其韵：依施中山原词用韵次序填词。
④ 抵暮：到傍晚。
⑤ 亟（qì）：屡屡。击节：打拍子，表示欣赏。
⑥ 禁苑：南宋以临安为都城，西湖一带属禁苑。
⑦ 暖丝：虫类所吐的游丝。晴絮：指柳絮。
⑧ 燕、莺：以西湖上的燕、莺借指游湖的仕女。
⑨ 翠深红隙：借花丛比喻深闺。
⑩ 漠漠：飞扬弥漫的样子。
⑪ 乱弦丛笛：指弦乐器与管乐器。
⑫ 西泠：桥名，在西湖白沙堤西。
⑬ 宫眉：描成宫中流行式样的眉毛，此作女子的代称。
⑭ 游勒：骑马的游人。勒，马笼头。
⑮ 轻暝：微微的暮色。
⑯ 幂（mì）：笼罩。

【评析】

　　这首词描写寒食节西湖游赏的盛况。上片前半既写了春风杨柳、莺歌燕语、繁花密叶的风光之美，又以双关（"丝"谐"思"、"絮"谐"绪"）、比喻（莺、燕喻青年男女）手法，点逗出游湖仕女的"春思"、"芳情"，自然巧妙。"漠漠"二句写游人之众与管弦之盛。歇拍"看画船"二句由极热闹突然转入极幽静，既是纪实之笔，又得动静相宜之妙。过片转写堤上游人薄暮归来。"轻暝"五句揣想夜晚天寒，梨花怕冷，杏花多愁，蝴蝶耐不住孤寂，移情入物，摇曳多姿。歇拍写满湖水影月色，将西湖的清幽静谧渲染到无以复加。以反问语气作结，表现无限留恋之意，更有情致。全篇按照由午至夜的顺序铺写游湖情景，风景、人物错落有致，宛如一幅优美的民俗风情画。

【辑评】

　　《志雅堂杂钞》：公谨称施仲山曰先友，则知仲山实公谨父交也。（清江昱《草窗词疏证》）

　　前阕两"丝"字，后阕两"烟"字犯重，似失检点。（清许昂霄《词综偶评》）

　　《蘋洲渔笛谱》称施中山极击节"闲却半湖春色"二语，谓道人所未道云。（梁令娴《艺蘅馆词选》）

花 犯

水仙花

楚江湄①，湘娥再见②，无言洒清泪。淡然春意。空独倚东风，芳思谁寄。凌波路冷秋无际③。香云随步起。漫记得，汉宫仙掌④，亭亭明月底。　　冰弦写怨更多情⑤，骚人恨，枉赋芳兰幽芷⑥。春思远，谁叹赏、国香风味⑦。相将共⑧、岁寒伴侣。小窗静、沉烟熏翠被。幽梦觉，涓涓清露⑨，一枝灯影里。

【注释】

① 湄：水边。
② 湘娥：即湘妃，湘水女神，喻水仙花。
③ 凌波：曹植《洛神赋》写洛水女神"凌波微步，罗袜生尘"，形容其步态轻盈，如踏碧波而行。宋人将水仙花称作凌波仙子。
④ 汉宫仙掌：汉武帝时建铜仙人，手捧承露盘。这里用以形容水仙花的形态。
⑤ 冰弦：琴弦的美称。
⑥ "骚人恨"二句：屈原《离骚》多写香花异草。骚人，诗人。因屈原作《离骚》，故称为骚人。枉赋，空赋。芷，香草名。
⑦ 国香：兰花被称为国香，也用以称美其他极香的花。这里指水仙。
⑧ 相将：相随。
⑨ 涓涓：水细流的样子。

【评析】

　　这是一首著名的咏物词。上片以人喻花，刻画水仙花的风神姿容。如湘水女神，徘徊于水畔；如孤傲淡雅的美人，独立于春风；如洛水女神，飘曳于波上；又如汉宫的铜仙人，挺拔于月下。水仙虽美丽，但有些哀伤和孤独。下片为花写情。屈原《离骚》多写奇花异草，却未提水仙，使人抱憾；堪称国香，却无人欣赏。"相将共"以下人花共写。唯有自己将水仙引为岁寒知己，小窗下，睡梦里，形影相伴。

　　整首词没有拘泥于刻画水仙的外在形态，而是从虚处着笔，以人喻物，重在传达其风神情韵，但所用湘妃与洛神两位神女的传说故事又都贴合水仙的生长环境。下片重在写花品，更多地注入词人的爱怜，从而显得不即不离，空灵飘逸，宛转多情，韵味深长。

蒋 捷 二首

贺新郎

梦冷黄金屋。叹秦筝、斜鸿阵里①,素弦尘扑②。化作娇莺飞归去③,犹认纱窗旧绿。正过雨、荆桃如菽④。此恨难平君知否,似琼台、涌起弹棋局⑤。消瘦影,嫌明烛⑥。　鸳楼碎泻东西玉⑦。问芳踪、何时再展,翠钗难卜⑧。待把宫眉横云样⑨,描上生绡画幅⑩。怕不是、新来妆束。彩扇红牙今都在⑪,恨无人、解听开元曲⑫。空掩袖,倚寒竹⑬。

【注释】

① 斜鸿阵里:筝的弦柱斜列如雁阵,亦称雁柱。
② 素弦尘扑:琴弦布满灰尘。
③ "化作"句:以娇莺比拟悠扬的筝声。
④ 荆桃:樱桃的别名。菽:豆类的总称。
⑤ 弹棋局:弹棋为古代博戏之一,其棋盘中心高,四角微隆。唐代李商隐《无题》:"莫近弹棋局,中心最不平。"这里承上比喻内心不平。局,棋盘。
⑥ 嫌明烛:因烛光照出憔悴的身影,愈觉冷清寂寞,故曰"嫌"。
⑦ 东西玉:酒杯名,亦代指酒。
⑧ 翠钗难卜:以钗占卜吉凶或归期远近。
⑨ 宫眉横云:双眉如纤云横在额前。
⑩ 生绡:没有漂煮过的纺织品,古代用以作画。
⑪ 红牙:调节乐器节拍的拍板,多用檀木制成,色红,故名。
⑫ 解听:听得懂。开元曲:即开元盛世的乐曲。开元,唐玄宗年号。
⑬ "空掩袖"二句:化用唐代杜甫《佳人》:"天寒翠袖薄,日暮倚修竹。"此以佳人自喻。

【评析】

　　这首词借怀人以写亡国之痛。起句"梦冷"二字为全篇确定了情调氛围：梦的幻灭与凄冷。黄金屋喻意难以确指，盖与昔日美好记忆有关。秦筝是上片着意刻画的意象。"素弦尘扑"，暗示闲置时间之久。雁阵使人联想到音信。娇莺比喻筝声，白居易《琵琶行》"间关莺语花底滑"已有此喻。娇莺犹能辨得旧日绿窗纱，联想更进一层，设想奇妙，又回应句首"黄金屋"。"正过雨"句顿住，转到当前。歇拍四句直抒怨恨难平，"消瘦影"二句写形影相吊之苦，着一"嫌"字，犹觉不堪。下片集中写怀人之情。生离死别，芳踪难觅，倩影犹记却描摹不成，"彩扇红牙"犹在但知音已逝，无人听懂盛世旧曲，至此暗应开篇"秦筝"描写音乐数句，而亡国之恨也隐约点出。结尾化用杜甫诗意，以佳人自喻，益见憔悴冷落，与上片结末写消瘦身影照应，而更具悠长馀韵。整首词采用比兴手法，以怀人伤旧寓家国之痛，意脉深细，用笔曲折，极抑扬吞吐之妙。语言丽密，意象新颖，给人丰富的联想。

【辑评】

　　吐兰吞蕙。（明卓人月辑、徐士俊评《古今词统》）

　　瑰丽处鲜妍自在。词藻太密。（清谭献评《词辨》）

　　此亦磊落可喜。竹山集中，便算最高之作。乃秀水必谓其效法白石，何异痴人说梦耶。（清陈廷焯《白雨斋词话》）

　　（前结）磊落英多。（后结）曲高和寡，古今同慨。（清陈廷焯《词则·放歌集》）

　　笔致飞舞奇警，后来惟板桥深得其妙。处处飞舞，如奇峰怪石，非平常蹊径也。（清陈廷焯《云韶集》）

女冠子

元　夕

　　蕙花香也①。雪晴池馆如画。春风飞到，宝钗楼上，一片笙箫，琉璃光射②。而今灯漫挂③。不是暗尘明月④，那时元夜。况年来、心懒意怯，羞与蛾儿争耍⑤。　　江城人悄初更打。问繁华谁解，再向天公借。剔残红炧⑥。但梦里隐隐，钿车罗帕⑦。吴笺银粉砑⑧。待把旧家风景⑨，写成闲话。笑绿鬟邻女⑩，倚窗犹唱，夕阳西下。

【注释】

① 蕙花：蕙兰，兰的一种。
② 琉璃：一种天然的矿石质的半透明体宝石。这里指琉璃彩灯。
③ 漫挂：空挂。
④ 暗尘：形容车马之多。
⑤ 蛾儿：彩纸剪的饰物。
⑥ 剔：挑去灯花。红炧（xiè）：灯烛灰烬。
⑦ 钿车：金花装饰的车子，为贵族妇女所乘坐。
⑧ 吴笺：苏州一带所产笺纸，涂以银粉。也指信笺。砑（yà）：磨光。
⑨ 旧家：指故国。
⑩ 绿鬟：乌黑光亮的鬓发。

【评析】

　　这首词借描写元宵节以寄慨。发端数句直叙昔日元宵夜之盛况。春风吹送花香，池馆楼台，处处笙箫，彩灯明亮，极力铺陈渲染。"而今"二字急转，点明昔盛今衰。灯火无复旧日景观，心情更灰暗到极点。下片写今夕冷落心情。残灯孤梦中，依稀往日温馨，将旧日繁华写成闲话，为的是能留住些许回忆。"犹唱"与"待把"呼应，以邻女之无心反衬自己之哀伤，尤觉沉痛。

【辑评】

沈约之韵，未必悉合声律，而今诗人守之，如金科玉条。此无他，今之诗学李杜，李杜学六朝，往往用沈韵，故相袭不能革也。若作填词，自可通变。……蒋捷元夕《女冠子》云："（略）。"是驳正沈韵"画"及"挂"、"话"及"打"字之谬也。（明杨慎《词品》）

高季迪《石州慢》驳正旧韵，颇与此同。（明卓人月辑、徐士俊评《古今词统》）

不做作而风韵自在，近北宋名家。抚今追昔，大有升沉之痛。（世经堂康熙十七年残本《词综》批语）

伯可词名冠一时，有上元《宝鼎现》词，首句"夕阳西下"。蒋竹山捷同时人，作《女冠子》词咏上元，结句云："笑绿鬟邻女，倚窗犹唱，夕阳西下。"其推重当时如此。（清李调元《雨村词话》）

耍，嬉也。周美成"贪耍不成妆"，蒋竹山"羞与闹蛾争耍"。（清沈雄《古今词话·词品》）

有借音数字，宋人习用之。……蒋捷《女冠子》："羞与闹蛾儿争耍。""耍"字叶霜马切。（清李佳《左庵词话》）

极力渲染。"而今"二字，忽然一转，有水逝云卷、风驰电掣之妙。苦乐不同，他人焉知我心。（清陈廷焯《云韶集》）

张 炎 五首

高 阳 台

西湖春感

接叶巢莺①，平波卷絮②，断桥斜日归船。能几番游，看花又是明年。东风且伴蔷薇住，到蔷薇、春已堪怜③。更凄然。万绿西泠④，一抹荒烟。　　当年燕子知何处⑤，但苔深韦曲⑥，草暗斜川⑦。见说新愁，如今也到鸥边⑧。无心再续笙歌梦⑨，掩重门、浅醉闲眠。莫开帘。怕见飞花，怕听啼鹃⑩。

【注释】

① 接叶巢莺：黄莺在茂密相接的树叶中筑巢。
② 平波卷絮：平静的湖水将柳絮卷入波心。
③ "到蔷薇"句：蔷薇开在晚春，故曰"堪怜"。
④ 西泠：西湖桥名，在白沙堤西。
⑤ "当年"句：写贵族的凋零。暗用唐代刘禹锡《金陵五题·乌衣巷》：“旧时王谢堂前燕，飞入寻常百姓家。”
⑥ 韦曲：在长安城南，唐代韦氏世居于此，故曰"韦曲"。
⑦ 斜川：在今江西星子县与都昌县之间的湖泊中。韦曲、斜川均借指西湖。
⑧ 鸥边：鸥鸟本来无忧无虑，如今也有"新愁"，反衬人之忧愁。
⑨ 笙歌：歌舞升平。
⑩ 啼鹃：相传杜鹃为蜀帝杜宇死后所化，常在暮春啼叫，啼声凄苦。

【评析】

这首词咏西湖暮春景色，抒写亡国哀感。起二句对仗工巧，密叶、柳絮，已露春末夏初景象。"几番"、"又是"自为呼应,感叹花时太短。"东风"二句先说尚有蔷薇可观,下句反转,说蔷薇开时已是残春,反而"堪怜"。"更"字再进一层,写西泠满目绿意笼罩在夕阳馀晖下,更加凄然。过片承西泠荒烟写燕归春去,实寓贵族凋零之意。"苔深"、"草暗"点缀西湖荒凉景象。"见说"二字虚提一笔,以鸥鸟之愁衬托人之深愁。"无心"以下写歌舞旧梦难续,唯有沉醉独卧,"掩重门"、"莫开帘",连飞花啼鹃也不堪闻见,反映了南宋遗民内心的极度苦闷。全篇融情于景,过片处词意不断,层层深入。情调则偏于凄凉幽怨而缺乏慷慨激烈之气。

【辑评】

乐笑翁奇对,"接叶巢莺,平波卷絮"。(元陆辅之《词旨》)

陆文奎跋语云,淳祐、景定间,王邸侯馆,歌舞升平,君王处乐,不知老之将至,馀情哀思,听者泪落,君亦因是弃家远游无方者,此词盖其时作也。时叔夏年二十八。此后皆入元所作。(清张惠言手批《山中白云词》)

今观张、王两家情韵,极为相近,如玉田《高阳台》之"接叶巢莺"与碧山《高阳台》之"浅萼梅酸",尤同鼻息。(清刘熙载《艺概》)

淡淡写来,冷冷自转,此境大不易到。(清许昂霄《词综偶评》)

陆辅之《词旨》摘乐笑翁警句十馀条,阅《山中白云词》,警句殆不止此。因为之补:"能几番游,看花又是明年"。(清吴衡照《莲子居词话》)

情景兼到,一片身世之感。"东风"二语,虽是漂泊之词,然音节却婉约。惹甚闲愁,不如掩门一醉高卧也。(清陈廷焯《云韶集》)

凄凉幽怨,郁之至,厚之至,似此真不减王碧山矣。(清陈廷焯《词则·大雅集》)

玉田《高阳台·西湖春感》一章,凄凉幽怨,郁之至,厚之至,与碧山如出一手。乐笑翁集中亦不多觏。(清陈廷焯《白雨斋词话》)

词贵愈转愈深，稼轩云："是他春带愁来，春归何处，却不解带将愁去。"玉田云："东风且伴蔷薇住，到蔷薇，春已堪怜。"下句即从上句转出，而意更深远。（清沈祥龙《论词随笔》）

（"能几番"句）运掉虚浑。（"东风"二句）措注，是玉田，他家所无。换头见章法，玉田云"最是过变不可断了曲意"是也。（清谭献评《词辨》）

"自怜诗酒瘦，难应接许多春色"，"能几番游，看花又是明年"，此等语亦算警句耶！乃值如许笔力。（王国维《人间词话》）

篇中"帘"字噤口韵，似亦少疵。（杨希闵《词轨》）

麦（孺博）丈云：亡国之音哀以思。（梁令娴《艺蘅馆词选》）

叠"怕"字便滑。（夏敬观《彊村丛书》批语）

八声甘州

辛卯岁①，沈尧道同余北归②，各处杭、越③。逾岁，尧道来问寂寞④，语笑数日，又复别去。赋此曲，并寄赵学舟⑤。

记玉关⑥、踏雪事清游⑦，寒气脆貂裘⑧。傍枯林古道，长河饮马⑨，此意悠悠。短梦依然江表⑩，老泪洒西州⑪。一字无题处，落叶都愁⑫。　　载取白云归去，问谁留楚佩，弄影中洲⑬。折芦花赠远，零落一身秋。向寻常、野桥流水，待招来、不是旧沙鸥⑭。空怀感，有斜阳处，却怕登楼⑮。

【注释】

① 辛卯岁：元世祖至元二十八年（1291）。
② 沈尧道：名钦，号秋江，张炎的友人。至元二十七年（1290）秋，张炎与沈钦同往燕京，一路互相唱和。
③ 杭、越：杭州与绍兴。北归后沈居杭州，张居绍兴。
④ 问：慰问。
⑤ 赵学舟：名与仁，字元父，张炎的朋友。
⑥ 玉关：在甘肃敦煌西北，这里代指北地。
⑦ 清游：清雅的游赏。
⑧ 脆貂裘：貂皮衣因寒冷而冻裂。
⑨ 长河：指黄河。
⑩ "短梦"句：北游如同一梦，醒来后此身仍在江南。江表，江南。
⑪ 西州：古城名，在今南京西。晋朝谢安病重还都，经过西州门。谢安死后，其外甥羊昙不走西州路。后因醉酒，不觉走到西州，触景生悲，大哭而去。这里借以寄托伤悼之情。
⑫ "一字"二句：树叶落尽，无处题写诗句。古人有红叶题诗故事。
⑬ "问谁"二句：化用《楚辞·湘君》："捐余玦兮江中，遗余佩兮澧浦。""君不行兮夷犹，蹇谁留兮中洲。"表达对友人的思念。楚佩，湘水女神的佩玉。弄影，摆弄倩影。中洲，水中沙洲。
⑭ 沙鸥：喻旧日友人。
⑮ 登楼：东汉末王粲避乱荆州，作《登楼赋》，抒发思乡怀亲之情。

【评析】

　　这首词追忆北游，兼叙离别之情。开端以"记"字提唱，直叙北游的豪壮情景。枯林古道，踏雪冒寒，饮马黄河，气象莽苍而心怀旷远。"短梦"四句重笔跌落，写北游犹如一梦，南归后怅然失意，无处诉说，不胜凄凉。换头三句写沈尧道离去时依恋不舍，"折芦花"二句写自己折花相送，"零落一身秋"，芦花与人兼写，流露身世飘零之感。野桥流水依然，但所遇已非旧友，愈感人事日非。歇拍写不敢登楼远眺斜阳，将人生聚散与家国兴衰尽寓其中，不尽之意见于言外。"空"、"却怕"几字，转折有力。通篇直抒胸臆，一气直下，起笔健拔，结处悠远，有苍凉悲壮之气。

【辑评】

　　玉田工于造句，每令人拍案叫绝……《甘州》云："短梦依然江表，老泪洒西州。一字无题处，落叶都愁。"后叠云："折芦花赠远，零落一身秋。"（清陈廷焯《白雨斋词话》）

　　（"零落"句）一片凄感，似唐人悲歌之诗。警句。一片凄感。结笔情深一往。（清陈廷焯《云韶集》）

苍凉悲壮,盛唐人悲歌之诗,不是过也。"折芦花"十字警绝。(清陈廷焯《词则·大雅集》)

一气旋折,作壮词须识此法。白石嚶求稼轩,脱胎耆卿,此中消息,愿与知音人参之。("有斜阳处,却怕登楼")不著屠沽。(清谭献评《词辨》)

解 连 环

孤 雁

楚江空晚①。恨离群万里,恍然惊散②。自顾影、却下寒塘③,正沙净草枯,水平天远。写不成书,只寄得、相思一点④。料因循误了,残毡拥雪,故人心眼⑤。谁怜旅愁荏苒⑥。漫长门夜悄⑦,锦筝弹怨⑧。想伴侣、犹宿芦花,也曾念春前,去程应转⑨。暮雨相呼,怕蓦地、玉关重见⑩。未羞他、双燕归来⑪,画帘半卷。

【注释】
① 楚江:泛指南方。
② 恍然:惆怅失意的样子。
③ "却下"句:化用唐代崔涂《孤雁》:"暮雨相呼失,寒塘独下迟。"
④ "写不成书"二句:雁群飞行时排列成行,队形如字。孤雁排不成字,所以说写不成书信,只有"一点"。
⑤ "料因循"三句:苏武被匈奴幽禁,吃雪与毡毛充饥,后凭雁足传书,才得以回归汉朝。料,料想。因循,拖沓、延误。故人,指被囚禁在北地的南宋爱国志士。心眼,心思。
⑥ 荏苒:愁苦绵延不断。
⑦ 漫:徒然。长门:这里用以衬托雁的哀怨。
⑧ 锦筝弹怨:古筝弦柱斜列如雁阵,声调凄清哀怨。
⑨ 去程应转:指在春天飞回北方。
⑩ 玉关:玉门关,泛指北方。
⑪ "未羞他"二句:想象孤雁与同伴重逢后无比喜悦,不再面对双燕而感到羞惭了。

【评析】

这是词人最负盛名的咏物词。词人借失群的孤雁,抒写自己流离漂泊之苦与孤独凄凉的心境。上片写孤雁离群,徘徊惊惶无处栖身的情状,折射了那个动乱时代的色彩。"离群"、"顾影"、"一点"均紧扣"孤"字极力刻画。"写不成书"由雁阵排字联想到雁足传书,又进而联系苏武故事,表达了对被困北地的爱国志士的关切与敬仰,意脉勾连,又扩大了内涵。换头转写旅愁,幽闭深宫的陈皇后深夜弹筝比喻雁鸣悲切。"想伴侣"五句写孤雁想象芦丛中的同伴正在急切盼望自己在春天飞回北方,当暮雨中意外重逢时该有多么欣喜。结句以双燕反结,映衬"孤"字,饶有风致。全词人雁双关,寄意深婉。用典取喻贴切深刻,既摹写物态,又传达神韵,尤其"写不成书,只寄得、相思一点"二句,形神兼备,词人也由此获得"张孤雁"的美誉。

【辑评】

乐笑翁奇对:"沙净草枯,水平天远。"警句:"写不成书,只寄得、相思一点。"(元陆辅之《词旨》)

《至正直记》:钱塘张叔夏,尝赋孤雁词,有"写不成书,只寄得、相思一点",人皆称曰"张孤雁"。(清江昱《山中白云词疏证》)

乐笑翁张炎词,如"荒桥断浦,柳荫撑出渔舟小",赋春水入画。其咏孤雁云:"自顾影、欲下寒塘,正沙净草枯,水平天远。写不成书,只寄得、相思一点。"如此等语,虽丹青难画矣。(清王弈清《御制历代诗馀》引《草窗词选》)

("写不成书"二句)奇警。("暮雨相呼"一句)"暮雨相呼疾,寒塘欲下迟",唐崔涂《孤雁》诗也。(清许昂霄《词综偶评》)

西泠词客石帚而外,首数玉田。论者以为堪与白石老仙相鼓吹,要其登堂拔帜,又自壁垒一新。盖白石硬语盘空,时露锋芒;玉田则返虚入浑,不啻嚼蕊吹香。如……《解连环·咏孤雁》云"写不成书,只寄得、相思一点。料因循误了,残毡拥雪,故人心眼",类皆遣声赴节,好句如仙。其馀前辈风流,政如佛家夺舍。盖自马塍宿草,骚雅寝衰,王孙以晚出之英,颉之颃之,遗貌取神,遂相伯仲。故知虎贲之似中郎,终嫌皮相,而善学柳下惠,莫如鲁男子也。(清邓廷桢《双砚斋词话》)

此盖在都时自寓之作。芦花伴侣,画帘双燕,指在山不出者而言,明己之必遂初服也。(清张惠言手批《山中白云词》)

张炎词:"写不成书,只寄得、相思一点。"沈昆词:"奈一绳雁影,斜飞点点,又成心字。"周星誉词:"无赖是秋鸿。但写人人,不写人何处。"三词咏雁字各具巧思,皆不落恒蹊。(清李佳《左庵词话》)

亦是侧入而气伤于傺。("写不成书"二句)槜李指痕。("想伴侣"二句)如话。("暮雨"二句)浪花圆蹴,颇近自然。(清谭献评《词辨》)

疏 影

咏荷叶

碧圆自洁。向浅洲远浦,亭亭清绝①。犹有遗簪②,不展秋心,能卷几多炎热。鸳鸯密语同倾盖③,且莫与、浣纱人说。恐怨歌、忽断花风,碎却翠云千叠④。　　回首当年汉舞,怕飞去、漫皱留仙裙褶⑤。恋恋青衫,犹染枯香,还叹鬓丝飘雪⑥。盘心清露如铅水⑦,又一夜、西风吹折。喜净看、匹练飞光⑧,倒泻半湖明月。

【注释】

① 亭亭：耸立。清绝：极其清雅。
② 遗簪：遗落在地的发簪，比喻未展开的荷叶。
③ 倾盖：停车交谈，车盖相近，形容极其亲密。
④ 翠云千叠：形容片片碧绿如云的荷叶。
⑤ "回首"三句：赵皇后为汉成帝歌《归风》、《送远》之曲，酒酣风起，成帝令左右拽住她的裙子，风停后裙为之皱。其后宫女纷纷仿效，有意将裙子折出皱褶，号留仙裙。
⑥ 鬓丝飘雪：鬓发斑白。
⑦ "盘心"句：以汉代建章宫前仙人捧露盘比拟清圆如盘、晶莹欲滴的荷叶。铅水，眼泪。
⑧ 匹练：一匹白绢，形容明净的湖水。

【评析】

　　这首词上片写荷叶的高雅可爱。开头三句咏荷叶的碧圆洁净，清雅绝俗。"犹有"二句写尚有荷叶未展，似乎藏有心事，又似乎要卷走夏天的炎热。"鸳鸯"四句插入趣语，模拟鸳鸯口吻，极活泼可爱。过片用赵飞燕留仙裙褶典故，实暗承上片结句"怨歌"、"花风"句意，以绿裙比荷叶，担心被风吹褶。"恋恋"三句写风霜染白鬓发而荷香犹在，"盘心"二句则写秋风无情，摧残荷叶。结尾写荷叶虽残但湖面更加明净，洒满明月，同样令人喜爱。全篇咏荷叶，或亭亭净植，或未展秋心，或横遭摧残，寄托着自己的品格和身世。

【辑评】

　　此首自寓其意，遗簪不展，当年心苦可知。"浣纱人"即前"卧横紫笛"之辈，恐其罗而致之，不得终其志也。"回首当年汉舞"者，庚辰入都也。彼时惟恐失身，故曰"怕飞去、漫皱留仙裙褶"，幸而青衫未脱，尚带故香。况今老矣，何所求乎。玉田庚寅之归，"西风吹折"时也。自此得长啸湖山，故曰"喜静看、匹练秋光"也。刻《词选》时未见此集，从《词综》作无名氏，所解未当也。（清张惠言手批《山中白云词》）

　　《暗香》、《疏影》二调，为白石自度腔。以咏梅花，张玉田易名《红情》、《绿意》，分咏荷花、荷叶。《词综》成时，玉田生词尚未流布，故《绿意》词属之无名氏，词中"西风吹折"误作"听折"，并于"怨歌"上落"恐"字，几成两体。按原词云："（略）。"《词律》知《绿意》之即《疏影》，亦不知为玉田生作。细绎篇中句读,绝似《花心动》,惟起句与前后两结不同。至元人彭元逊,又易名《解佩环》,于"盘心清露"二句作"汀洲窈窕馀醒寐,遗珮浮沉澧浦"。"遗珮"句少一字,"馀醒寐"亦费解,必有讹脱。(清丁绍仪《听秋声馆词话》)

月 下 笛

> 孤游万竹山中①,闲门落叶,愁思黯然,因动黍离之感②。时寓甬东积翠山舍③。

万里孤云,清游渐远,故人何处。寒窗梦里,犹记经行旧时路。连昌约略无多柳④,第一是、难听夜雨。漫惊回凄悄⑤,相看烛影,拥衾无语。　　张绪⑥。归何暮。半零落,依依断桥鸥鹭。天涯倦旅。此时心事良苦。只愁重洒西州泪,问杜曲⑦、人家在否?恐翠袖天寒,犹倚梅花那树⑧。

【注释】

① 万竹山:在浙江天台县西南。
② 黍离之感:亡国之感慨。见前姜夔《扬州慢》(淮左名都)注④。
③ 甬东:今浙江舟山岛。
④ 连昌:唐别宫名,宫中多植柳树。这里借指南宋故宫。约略:大概。
⑤ 惊回:惊醒。
⑥ 张绪:南朝齐人,风姿清雅,齐武帝在灵和殿前植蜀柳,赞叹说:"此柳风流可爱似张绪当年。"这里是词人自比。
⑦ 杜曲:唐代长安城南的名胜地区,因杜氏世居于此,故名。这里代指南宋故都的风景区。
⑧ "恐翠袖"二句:化用唐代杜甫《佳人》:"天寒翠袖薄,日暮倚修竹。"此以梅花代修竹。

【评析】

这首词通过忆念杭州,写家国身世之感。"万里"三句以孤云兴起孤游,油然而忆同游的旧友。"寒窗"四句写梦游故乡杭州及南宋故宫,"漫惊回"二句顿住,写梦醒后孤独无语、不能安眠的凄苦。过片以张绪自拟,长叹迟归之苦。西湖鸥鹭不能忘情,杜曲人家不能忘怀,"西州泪"为国破家亡而洒,却依然羁留天涯,有家难回。结末活用杜甫诗意,以翠袖佳人隐喻所怀念之人,赞扬其清高自守的气节。词人"心事良苦",故用笔极温婉顿挫。

【辑评】

骨韵俱高,词意兼胜,白石老仙之后劲也。(清陈廷焯《词则·别调集》)

王沂孙 五首

天 香

龙涎香①

孤峤蟠烟②,层涛蜕月③,骊宫夜采铅水④。汛远槎风⑤,梦深薇露⑥,化作断魂心字⑦。红瓷候火⑧,还乍识、冰环玉指⑨。一缕萦帘翠影⑩,依稀海天云气。　　几回殢娇半醉⑪。剪春灯、夜寒花碎⑫。更好故溪飞雪,小窗深闭。荀令如今顿老⑬,总忘却、尊前旧风味⑭。漫惜馀薰,空篝素被。

【注释】

① 龙涎香:香名。古人以为是大海中龙吐涎所化,实则系海洋中抹香鲸的肠内分泌物,和以其他香物,香味浓烈经久,是一种珍贵香料。
② 峤(qiáo):尖而高的山。蟠烟:云烟环绕。传说出产龙涎香的海上有云气笼罩。
③ 层涛蜕月:写波涛翻涌、月光闪烁情景。
④ 骊宫:骊龙所居之宫。铅水:借指龙涎。
⑤ 汛远槎(chá)风:写趁潮乘风远赴海上采香。槎,木筏。
⑥ 薇露:蔷薇水,制作龙涎香所需香料。
⑦ "化作"句:制成心字香。
⑧ 红瓷:盛放香料的瓷盒。候火:焙制时所需的适当火候。
⑨ 冰环玉指:指龙涎香制成的各种形状。
⑩ 翠影:淡绿的龙涎香烟气。
⑪ 殢(tì)娇:娇柔缠绵。
⑫ 花:指灯花。
⑬ 荀令:东汉荀彧官尚书令,人称荀令,其衣有浓香,到人家,坐处香气三日不散。这里是词人自比。顿:顿时。
⑭ 尊前旧风味:饮酒焚香的情趣。

【评析】

　　这首词上片铺陈龙涎香的产地和采集、焙制、焚燃的全过程，层次井然，字语凝练，刻画精细，写得神奇迷离。"铅水"、"断魂"等暗含悲凉意味。下片咏焚香之人事。"几回"、"更好"呼应回旋，分别写春灯冬雪之不同情境，以烘托焚香气氛，最有情致。"荀令"句反接，直落当前，顿生无限今昔悲欢之感。以"漫惜"作结，怅恨不已。整首词上片以赋笔直叙，下片从人写物，侧面映衬，借物寄情，感慨深长。

【辑评】

　　诸香龙涎为最，出大食国。近海旁常有云气罩山间，即知有龙睡其下。或半载，或一二载，土人更相守视，候云散则龙已去，往必得龙涎。又一说，大洋海中，龙在其下，涌出之涎，为日所烁成片，风漂至岸，人得取之。（清张宗橚《词林纪事》引许昂霄语）

　　王圣与工于体物，而不滞色相。如《天香》咏龙涎云："汛远槎风，梦深薇露，化作断魂心字。""荀令如今顿老，总忘却、尊前旧风味。"（清邓廷桢《双砚斋词话》）

　　密栗，是极用力之作。（清周尔墉评《绝妙好词》）

　　起八字高。字字闲雅，斟酌于草窗、西麓之间。亦有感慨，却不激迫，深款处得风人遗旨。（清陈廷焯《云韶集》）

　　王碧山词，品最高，味最厚，意境最深，力量最沉，感时伤世之言，而出以缠绵忠爱。诗中之曹子建、杜子美也。词人有此，庶几无憾。（清陈廷焯《词则·大雅集》）

　　碧山《天香·龙涎香》一阕，庄希祖云："此词应为谢太后作。前半所指，多海外事。"此论正合余意。惟后叠云："荀令如今渐老，总忘却、尊前旧风味。"必有所兴。但不知其何所指，读者各以意会可也。（清陈廷焯《白雨斋词话》）

眉妩

新月

渐新痕悬柳①，淡彩穿花，依约破初暝②。便有团圆意③，深深拜，相逢谁在香径。画眉未稳，料素娥、犹带离恨④。最堪爱、一曲银钩小，宝帘挂秋冷。　　千古盈亏休问⑤。叹慢磨玉斧⑥，难补金镜⑦。太液池犹在⑧，凄凉处、何人重赋清景。故山夜永，试待他、窥户端正⑨。看云外山河，还老桂花旧影⑩。

【注释】

① 新痕：初现的弯月。
② 初暝：天初黑。
③ 团圆意：团圆的迹象。五代牛希济《生查子》词："新月曲如眉，未有团圞意。"这里反用其意。
④ "画眉"三句：以嫦娥的愁眉比喻新月。未稳，未妥。
⑤ 盈亏：指月的圆缺。
⑥ 玉斧：神话传说中的修月斧，如吴刚以斧伐月中桂树。
⑦ 金镜：月亮。比喻故国山河。
⑧ 太液池：汉唐皇宫内水池名，借指宋朝宫苑。
⑨ 窥户：照进窗户。端正：指圆月。
⑩ "看云外"二句：月圆时可以看到故国山河的全貌和月中桂影。云外山河，传说月中阴影是大地山河之影。桂花影，传说月中有桂树。

【评析】

这首咏月词寄托了山河破碎的哀伤。起三句以"渐"字领起，写新月初生，极有生气。"便有"三句写拜月，寄托团圆意愿。"画眉"、"银钩"均写缺月，巧用比喻，既引入离恨，又见其新美可爱。过片劲笔折转，发为千古浩叹。金镜难补，缺月难圆，均寓故国难以恢复之恨。"太液池"二句，吊古伤今。"故山"二句寄望于月圆依旧，山河重整。全词上片句句切合新月，设喻新巧，摹写传神。

下片语义双关,辗转生发,反复咏叹,寄托深远。

【辑评】

　　碧山咏物诸篇,并有君国之忧。此喜君有恢复之志,而惜无贤臣也。(清张惠言《词选》)

　　圣与精能,以婉约出之,以诗派律之,大历诸家,去开、宝未远。玉田正是劲敌,但士气则碧山胜矣。("便有"三句)寓意自深,音辞高亮。欧、晏如《兰亭》真本,此仅一翻。(全阕)蹊径显然。(清谭献评《词辨》)

　　句句是新月,却句句是望到十五。"渐"字及"便有"字,用得婉约。"千古"句忽将上半阕意一笔撇去,有龙跳虎卧之奇。结更高简。(清陈廷焯《云韶集》)

　　后半忽用纵笔,却又是虚笔,寄慨无端,别有天地,极龙跳虎卧之奇,海涵地负之观。(清陈廷焯《词则·大雅集》)

　　圣与工于体物,而不滞色相。……《眉妩》咏新月……则别有怀抱,与石帚《扬州慢》、《凄凉犯》诸作异曲同工。(清邓廷桢《双砚斋词话》)

　　咏物之作,在借物以寓性情,凡身世之感,君国之忧,隐然蕴于其内,斯寄托遥深,非沾沾焉咏一物矣。如王碧山咏新月之《眉妩》……皆别有所指,故其词郁伊善感。(清沈祥龙《论词随笔》)

齐 天 乐

蝉

一襟馀恨宫魂断①,年年翠阴庭树。乍咽凉柯②,还移暗叶③，重把离愁深诉。西窗过雨。怪瑶佩流空，玉筝调柱④。镜暗妆残，为谁娇鬓尚如许⑤。　　铜仙铅泪似洗，叹移盘去远，难贮零露⑥。病翼惊秋，枯形阅世⑦，消得斜阳几度⑧。馀音更苦。甚独抱清商⑨，顿成凄楚。漫想薰风⑩，柳丝千万缕。

【注释】

① 宫魂断：传说齐王王后含愤而死，其魂化而为蝉。
② 乍咽凉柯：刚刚在枝头悲啼。咽，压抑低沉。凉柯，指秋天的树枝。
③ 暗叶：密叶。
④ 瑶佩、玉筝：皆以拟蝉声。
⑤ 娇鬓：比喻蝉翼。魏文帝曹丕宫人所梳发型如蝉翼，称蝉鬓。
⑥ "铜仙"三句：见前刘辰翁《兰陵王·丙子送春》注⑪。蝉饮露，因承露盘被移走，故无法贮存露水。
⑦ 枯形：指蝉蜕。阅世：经历时世沧桑。
⑧ 消得：经得起。
⑨ 清商：哀怨凄清的音调。
⑩ 薰风：南风，指夏天。

【评析】

　　这也是一首寄托家国之恨的咏物词。首句劲笔点题，揭出一腔冤魂遗恨。以下"乍咽"、"还移"、"重诉"，写其哀鸣不已。"西窗"三句写雨中蝉鸣之清婉动听。"镜暗"二句写蝉翼依旧，即承首句齐后之魂而来。过片铜仙铅泪由蝉饮清露产生联想，暗示时事变动。"病翼"三句续写蝉鸣，已是病翼；"馀音"三句再写蝉鸣，已变馀音。秋风夕阳，无限哀苦，于是遥想薰风夏日，以极盛反跌极衰，"漫想"二字更令人不堪回首。全篇就蝉鸣、蝉翼取喻用典，引发联想，贴切传神。既是写蝉，也是写人，融入了词人的身世之感和亡国之恸，词旨含蓄，情调极为凄苦。

【辑评】

　　此家国之恨。（清周济《宋四家词选》批语）

　　（下阕）字字凄断，却浑雅不激烈。（清陈廷焯《白雨斋词话》）

王碧山咏萤、咏蝉诸篇,低回深婉,托讽于有意无意之间,可谓精于比义。(同上)

合上章观之,此当指清惠改装女冠。("馀音")数语,想有感于"太液芙蓉"一阕乎?(清陈廷焯《词则·大雅集》)

此是学唐人句法、章法。"庾郎先自吟愁赋",逊其蔚跂。("西窗"句)亦排宕法。("铜仙"三句)极力排荡。("病翼"三句)玩其弦指收裹处,有变徵之音。(结笔)掉尾不肯直泻,然未自在。(清谭献评《词辨》)

详味词意,殆亦碧山黍离之悲也!首句"宫魂"字点清命意。"乍咽"、"还移",慨播迁也。"西窗"三句,伤敌骑暂退,宴安如故也。"镜暗妆残",残破满眼。"为谁"句,指当日修容饰貌,侧媚依然。衰世臣主,全无心肝,真千古一辙也。"铜仙"三句,伤宗器重宝,均被迁夺北去也。"病翼"三句,更是痛哭流涕,大声疾呼,言海徼栖流,断不能久也。"馀音"三句,哀怨难论也。"漫想熏风,柳丝千万",责诸人当此,尚安危利灾,视若全盛也。语意明显,凄惋至不忍卒读。(清端木埰批注《词选》)

高 阳 台

和周草窗寄越中诸友韵①

残雪庭阴,轻寒帘影,霏霏玉管春葭②。小帖金泥③,不知春是谁家。相思一夜窗前梦,奈个人、水隔天遮。但凄然、满树幽香,满地横斜④。　　江南自是离愁苦,况游骢古道,归雁平沙。怎得银笺,殷勤说与年华⑤。如今处处生芳草，纵凭高、不见天涯。更消他，几度东风，几度飞花。

【注释】

① 周草窗：即周密，号草窗。越中：泛指今浙江绍兴一带。
② 霏霏：形容葭灰飞扬的样子。玉管春葭：表明春天将至。古人以音乐的十二律预测节气。将苇膜烧成灰，放在律管内，到某一节气，相应律管内的灰就会自行飞出。葭，初生的芦苇。
③ 小帖金泥：用金泥涂饰的宜春帖子。古时立春日祝贺新春的帖子，上写"宜春"二字，或写五七言诗句。金泥，即泥金，以金屑涂饰笺纸。
④ "满树"二句：化用宋代林逋《山园小梅》："疏影横斜水清浅，暗香浮动月黄昏。"
⑤ 年华：时光，指与日俱增的相思之情。

【评析】

这首词写春日思友之情。起三句写残雪轻寒，春气萌动，点明冬末春初时节。"小帖"一句顿宕有致，"相思"二句写友人远隔。歇拍写梅花之幽香疏影，妙在不说破。过片"江南"三句从江南至漠北，进一层写离愁，"自是"、"况"字转折传情。"怎得"二句言愁苦之深无法用文字表达。"如今"句写春末景象，凭高远望，芳草萋萋，从空间的无际写相思。结句再深一层，"更"字、"几度"从时间的无尽写离愁。全词由初春起，以暮春结，情景相生，低回掩抑，读之使人回肠荡气。

【辑评】

此伤君臣晏安，不思国耻，天下将亡也。（清张惠言《词选》）

碧山《眉妩》、《高阳台》、《庆清朝》三篇，古今绝构。《词选》取之，确有特识。……右上三章，一片热肠，无穷哀感。《小雅》怨诽不乱，诸词有焉。以视白石之《暗香》、《疏影》，亦有过之无不及。词至是，乃蔑以加矣。（清陈廷焯《白雨斋词话》）

此等伤心语，词家各自出新，实则一意，比较自知文法。（清王闿运《湘绮楼评词》）

法曲献仙音

聚景亭梅次草窗韵①

　　层绿峨峨②,纤琼皎皎③,倒压波痕清浅。过眼年华,动人幽意,相逢几番春换。记唤酒寻芳处④,盈盈褪妆晚⑤。　　已消黯。况凄凉、近来离思,应忘却,明月夜深归辇⑥。荏苒一枝春⑦,恨东风、人似天远。纵有残花,洒征衣、铅泪都满。但殷勤折取⑧,自遣一襟幽怨。

【注释】

① 聚景亭:在杭州西湖东,园中遍植梅花。
② 层绿:指绿梅。峨峨:高耸,指梅树高大。
③ 纤琼:细玉,指白梅。
④ 唤酒:相约饮酒。
⑤ 褪妆:指花落。
⑥ 夜深归辇:宋孝宗、光宗、宁宗三朝皇帝常在聚景园游赏。
⑦ 荏苒:时光渐逝。
⑧ 殷勤:情意浓厚。

【评析】

　　这首词借梅兴感。首三句咏水边梅花。"过眼"三句写几度韶光流逝而梅香如故。"记唤酒"二句忆旧日赏梅宴饮情景。换头宕开写离情。"夜深归辇"忆昔,"人似天远"伤今。"纵有"句自伤羁旅,结尾折梅自遣幽怨,蕴含无限伤感。词人以梅花串联记忆,寄托感慨,词意层折深曲。

【辑评】

　　高似孙《过聚景园》诗云："翠华不向苑中来，可是年年惜露台。水际春风寒漠漠，官梅却作野梅开。"可谓凄怨。读碧山此词，更觉哀婉。（清陈廷焯《词则·大雅集》）

彭元逊 二首

疏 影

寻梅不见

江空不渡，恨蘼芜杜若①，零落无数。远道荒寒，婉娩流年②，望望美人迟暮③。风烟雨雪阴晴晚，更何须，春风千树。尽孤城、落木萧萧，日夜江声流去④。　　日晏山深闻笛⑤，恐他年流落，与子同赋⑥。事阔心违⑦，交淡媒劳⑧，蔓草沾衣多露⑨。汀洲窈窕馀醒寐⑩，遗佩环、浮沉澧浦⑪。有白鸥淡月，微波寄语，逍遥容与。

【注释】

① 蘼芜、杜若：皆香草名。
② 婉娩（wǎn）：迟暮。流年：年华。
③ 美人迟暮：形容时光流逝，盛年难再。语出屈原《离骚》："惟草木之零落兮，恐美人之迟暮。"此用美人代指梅花。迟暮，暮年。
④ "尽孤城"二句：化用唐杜甫《登高》："无边落木萧萧下，不尽长江滚滚来。"萧萧，形容草木摇落声。
⑤ 日晏：日暮。闻笛：指《梅花落》笛曲。
⑥ 子：当指吹笛者。
⑦ 阔：粗疏。心违：心愿没有达到。
⑧ 交淡媒劳：交情淡薄，缺少帮助。
⑨ "蔓草"句：化用《诗经·郑风·野有蔓草》："野有蔓草，零露漙兮。"
⑩ 窈窕：美好的样子。
⑪ "遗佩环"二句：化用《九歌·湘君》："遗余佩兮澧浦。"遗，赠。澧浦，水名。

【评析】

这首词写寻梅不见的怅惘。起三句写百花凋零，暗示春深。次三句以美人喻梅,流露寻梅的急切。"风烟"四句,春风千树衬托梅的空绝群芳,落叶流水倍显时光的流逝。过片写闻笛,双关梅花已落,故赋词以寄留恋惋惜之意。"事阔"三句写寻梅的艰辛和徒劳。"汀洲"以下想象美丽的梅花在水畔沙洲流连徘徊,留赠佩环。末尾以白鸥寄语聊为宽解。全篇以美人喻梅,运用《楚辞》香草美人的手法,且化用其辞意,在迷离婉约的气氛中表现了苦苦寻觅的执着与求之不得的失落感。

【辑评】

元人彭元逊《解佩环·寻梅不见》云:"(略)。"忧深思远,于两宋外,又辟一境。而本原正见相合。出自元人手笔,尤为难得。(清陈廷焯《白雨斋词话》)

六 丑

杨 花

似东风老大①,那复有、当时风气②。有情不收,江山身是寄。浩荡何世③。但忆临官道,暂来不住,便出门千里。痴心指望回风坠④。扇底相逢,钗头微缀。他家万条千缕,解遮亭障驿⑤,不隔江水。　　瓜洲曾舣⑥,等行人岁岁。日下长秋⑦,城乌夜起⑧。帐庐好在春睡⑨。共飞归湖上,草青无地⑩。愔愔雨⑪、春心如腻⑫。欲待化、丰乐楼前帐饮,青门都废。何人念、流落无几。点点抟作⑬,雪绵松润,为君浥泪⑭。

【注释】

① 东风老大:指暮春。老大,年老。
② 风气:风度。
③ 浩荡:杨花飘飞流荡的样子。
④ 回风:旋风。
⑤ 解:懂得。亭障:古代边塞的堡垒。
⑥ 瓜洲:在江苏镇江对面。是有名的渡口。
⑦ 长秋:汉代宫殿名,为皇后所居。
⑧ 城乌夜起:化用唐代李白《乌夜啼》:"黄云城边乌欲栖,归飞哑哑枝上啼。"
⑨ 帐庐:帐篷。
⑩ 无地:无尽,形容广袤。
⑪ 愔(yīn)愔:寂静无声的样子。
⑫ 如腻:指雨水沾湿杨花。
⑬ 抟(tuán):捏聚成团。
⑭ 浥(yì)泪:被泪水沾湿。

【评析】

　　这首词咏杨花而写人生。起笔点明暮春。"有情"三句概言杨花特性、身世,隐含人生、时世之感慨。"但忆"句至下片追忆杨花漂泊无定的一生。官道、扇底、钗头、亭障、渡口、帐庐、湖上、楼前,从各个角度极力铺写,显示杨花无处不在,并以"痴心指望"、"解遮"、"等行人岁岁"拟想其多情善感。歇拍"何人念"一笔收住,遥承"江山身是寄"二句,为其悲剧命运一洒同情之泪。全词用拟人手法刻画情态,细腻传神,情思饱满,浑然一气。

姚云文 一首

紫萸香慢

近重阳、偏多风雨,绝怜此日暄明①。问秋香浓未②,待携客、出西城。正自羁怀多感③,怕荒台高处,更不胜情。向尊前、又忆漉酒插花人④,只座上、已无老兵⑤。
凄清。浅醉还醒。愁不肯、与诗平⑥。记长楸走马⑦,雕弓挖柳⑧,前事休评。紫萸一枝传赐⑨,梦谁到、汉家陵⑩。尽乌纱、便随风去⑪,要天知道,华发如此星星⑫。歌罢涕零。

【注释】

① 绝怜:特别珍惜。暄明:和暖晴朗。
② 秋香:秋天开的花,一般指菊花、桂花。
③ 羁怀:客居他乡的愁怀。
④ 漉酒:滤酒。陶渊明曾用头巾滤酒。
⑤ 老兵:晋朝谢奕曾逼桓温饮酒,桓温害怕,跑了。谢奕又让桓温的一个部下与其共饮,说:"失一老兵,得一老兵。"
⑥ "愁不肯"二句:忧愁不肯向诗屈服,言外之意是说忧愁太深。
⑦ 走马:策马疾奔。
⑧ 雕弓挖(zhà)柳:即百步穿杨。挖,射击。
⑨ 紫萸:紫茱萸,香味浓烈。古人于九月九日重阳节佩藏茱萸以避邪。朝廷也以紫萸传赐臣僚。
⑩ 汉家陵:汉代皇家陵墓。借指故国陵墓。
⑪ "尽(jìn)乌纱"句:用孟嘉落帽典。见前刘克庄《贺新郎·九日》注⑤。尽,听任,放任。
⑫ 星星:形容鬓发斑白。

【评析】

这首词写重阳节怀念故友与故国的悲感。发端平直叙起,连日风雨,难得重阳晴明,正欲出城赏花。"正自"句一顿,登高既怕伤情,赏花饮酒又无故友,将重阳佳节写得极其冷清无聊。过片"凄清"二字承上启下,转抒愁情,情绪越发激昂不平。"记长楸"三句忆往年重阳胜游,而以"休评"二字重笔勒转。"紫萸"二句忆往年重阳传赐紫萸,梦中凭吊王室陵墓,流露故国之思。"尽乌纱"句用重阳节熟典,但变风流雅事为悲凉情怀。全词没有刻画重阳风物,而是穿插对往事故人的回忆,突现出一位鬓发斑白、独立秋风、慷慨悲歌的抒情主人公形象。直抒胸臆,情见乎辞,风格磊落悲壮。

僧 挥 一首

金 明 池

　　天阔云高,溪横水远,晚日寒生轻晕①。闲阶静、杨花渐少,朱门掩莺声犹嫩。悔匆匆、过却清明,旋占得②、馀芳已成幽恨。却几日阴沉,连宵慵困③,起来韶华都尽。
　　怨入双眉闲斗损④。乍品得情怀,看承全近⑤。深深态、无非自许⑥,厌厌意⑦、终羞人问。争知道、梦里蓬莱⑧,待忘了馀香,时传音信。纵留得莺花⑨,东风不住,也则眼前愁闷⑩。

【注释】
① 晕:日、月周围的光圈。
② 旋:即,顷刻。
③ 慵困:倦怠,懒散。
④ 双眉闲斗损:即双眉紧蹙。斗损,斗煞。
⑤ 看承:特别看待。全近:极其亲近。
⑥ 自许:自负。
⑦ 厌厌:百无聊赖。
⑧ 蓬莱:神话中海上三神山之一。
⑨ 莺花:莺啼花开,泛指春日景物。
⑩ 也则:依然。

【评析】
　　这首词写春日闺愁。"天阔"三句写远景,点明时间——傍晚。"闲阶"二句写近景,点明环境——朱门。"悔匆匆"二句点明季节——暮春。"却几日"三句逆入,勾勒女主人公的神态与情思:春睡的慵懒与青春易逝的遗憾。下片集中刻画思妇心理。"乍品得"二句是情人欢会情爱情景。"深深"二句写其孤芳自赏与难言心事。"争知道"三句是别后回忆与思念。结尾慨叹辜负美景,无限怅惘。全词上片情融于景,下片情寓于事,语言清丽自然,且多用口语,生动传神地刻画了闺中女子的神情与心思。

李清照 七首

如梦令

昨夜雨疏风骤。浓睡不消残酒。试问卷帘人①,却道海棠依旧。知否。知否。应是绿肥红瘦。

【注释】

① 卷帘人:指侍女。

【评析】

这是一首惜春词。起句"昨夜雨疏风骤",描写疾风细雨的客观环境。次句"浓睡不消残酒",表现慵懒失意的主观心情。接下去的一问一答,是主观之人面对客观之物的不同反应:卷帘人因为冷漠无知而道海棠依旧,主人公却因惜春伤感而知绿肥红瘦。"绿肥红瘦"四字,固语意新隽,然全词"只数语中层次曲折有味"(清陈廷焯《云韶集》),一句一意,转折切换,自然流畅,最后点明惜春主旨,水到渠成。

【辑评】

近时妇人能文词如李易安,颇多佳句。小词云:"(略)。""绿肥红瘦"此语甚新。(宋胡仔《苕溪渔隐丛话·前集》)

李易安工造语,故《如梦令》"绿肥红瘦"之句,天下称之。余爱赵彦若《剪

彩花》诗云："花随红意发，叶就绿情新。""绿情""红意"，似尤胜于李云。（宋陈郁《藏一话腴》）

绿肥红瘦有新词，画扇文窗遣兴时。象管鼠须书草帖，就中几字胜羲之。（元元淮《金囤集》）

韩偓诗云："昨夜三更雨，今朝一阵寒。海棠花在否。侧卧卷帘看。"此词尽用其语点缀，结句尤为委曲精工，含蓄无穷之意焉，可谓女流之藻思者矣。（明张綖《草堂诗馀别录》）

风雨另从睡里度，肥瘦更问谁人知？语新意隽，更有丰情。写出妇人声口，可与朱淑真并擅词篇。（明《新刻李于鳞先生批评注释草堂诗馀隽》伪托李攀龙评点）

此句较周词更婉媚。（末句）甚新。（托名杨慎评点《草堂诗馀》）

"知否"二字，叠得可味。"绿肥红瘦"创获自妇人，大奇。（明沈际飞《草堂诗馀·正集》）

李易安又有《如梦令》云："（略）。"当时文士莫不击节称赏，未有能道之者。（明蒋一葵《尧山堂外纪》）

易安，我之知己也。今世少解人，自当远与易安作朋。（明茅暎《词的》）

"知否"字，叠得妙。（明潘游龙《精选古今诗馀醉》）

前辈谓史梅溪之句法，吴梦窗之字面，固是确论。尤须雕组而不失天然。如"绿肥红瘦"、"宠柳娇花"，人工天巧，可称绝唱。若"柳腴花瘦"、"蝶凄蜂惨"，即工，亦"巧匠琢山骨"矣。（清王士禛《花草蒙拾》）

查初白云："可与唐庄宗'如梦'叠字争胜。"（清张宗橚《词林纪事》）

一问极有情，答以依旧，答得极澹，跌出"知否"二句来，而"绿肥红瘦"无限凄婉，却又妙在含蓄。短幅中藏无数曲折，自是圣于词者。（清黄苏《蓼园词选》）

只数语中层次曲折有味。世徒称其"绿肥红瘦"一语，犹是皮相。（清陈廷焯《云韶集》）

词人好作精艳语,如左与言之"滴粉搓酥"、姜白石"柳怯云松"、李易安之"绿肥红瘦"、"宠柳娇花"等类,造句虽工,然非大雅。(清陈廷焯《白雨斋词话》)

凤凰台上忆吹箫

香冷金猊①,被翻红浪②,起来慵自梳头。任宝奁尘满,月上帘钩。生怕离怀别苦,多少事、欲说还休。新来瘦,非干病酒,不是悲秋。　　休休。者回去也③,千万遍《阳关》④,也则难留。念武陵人远,烟锁秦楼。惟有楼前流水,应念我、终日凝眸。凝眸处,从今又添、一段新愁。

【注释】

① 金猊(ní):狮形铜香炉。猊,狻猊,狮子。
② 红浪:锦被上的绣文。
③ 者:这。
④《阳关》:据王维《送元二使安西》谱成的《阳关三叠》,为送别之曲。此泛指离歌。

【评析】

这首词写离别后的相思及独处的愁苦。上片写女主人公百无聊赖、满腹心事。前三句即写闺房的熏炉香料已尽,红锦被堆在床上,头也懒得梳理。无聊至极的心情顿现纸面。"任宝奁"二句续写无聊苦闷。"生怕"二句说她有满腹闲愁暗恨却无处诉说。上片结拍三句点明自己既非病酒,又非悲秋。何故烦闷?却未道出。这三句"婉转曲折,煞是妙绝"(清陈廷焯《云韶集》)。下片写别后相思之情。

"休休"等三句是说,罢了,这次分别,即使唱上千遍《阳关曲》也无济于事。原来她欲留下丈夫却未能遂愿。"念武陵"一句用陶渊明《桃花源记》事。但宋人常用武陵指刘晨、阮肇入天台与仙女成婚一事。李清照用此喻丈夫离家而去。"秦楼"指凤女台,在陕西宝鸡南部。传说秦穆公女弄玉及其丈夫萧史曾居此,在此喻清照住处。两用典故是说,丈夫离去,自己独守空房。"惟有"二句写丈夫走后,只有流水是知音,知道她整日凝眸远望。结拍二句以"新愁"回应前片之"新瘦",写法井然。陈廷焯赞之曰:"笔致极佳,馀韵尤胜。"(《云韶集》)

【辑评】

出语自然,无一字不佳。(明茅暎《词的》)

亦是林下风,亦是闺中秀。(明卓人月辑、徐士俊评《古今词统》)

上衷情难诉而顿减容颜,下缱绻莫留而信添愁绪。非病酒,不悲秋,都为苦别瘦。水无情于人,人却有情于水。写出一腔忆别心神,而新瘦新添,真如秦女楼头,声声有和鸣之奏。(明《新刻李于鳞先生批评注释草堂诗馀隽》伪托李攀龙评点)

欲说还休,与"怕伤郎,又还休道"同意。("新来瘦"句)端的为着甚的。(托名杨慎评点《草堂诗馀》)

离愁无限,俱于此词见之。(明《新刻注释草堂诗馀评林》李廷机评语)

懒说出,妙;瘦为甚的,尤妙。"千万遍",痛甚。转转折折,忤合万状。清风朗月,陡化为楚雨巫云;阿阁洞房,立变成离亭别墅,至文也。(明沈际飞《草堂诗馀·正集》)

满楮情至语,岂是口头禅。(明陆云龙《词菁》)

"红浪",奇。"宝奁",镜台也。不病酒,不悲秋,忆共吹箫人,妙甚。(明许铨胤《古今女词选》)

此种笔墨,不减耆卿、叔原,而清俊疏朗过之。"新来瘦"三语,婉转曲折,

煞是妙绝。笔致极佳，馀韵尤胜。（清陈廷焯《云韶集》）

醉 花 阴

薄雾浓云愁永昼①。瑞脑消金兽②。佳节又重阳，玉枕纱厨③，半夜凉初透。　　东篱把酒黄昏后④。有暗香盈袖⑤。莫道不消魂，帘卷西风，人比黄花瘦。

【注释】

① 永昼：漫长的白天。
② 瑞脑：香料，即龙脑。金兽：兽形铜香炉。
③ 纱厨：即纱帐。
④ "东篱"句：化用晋陶渊明《饮酒二十首》其五："采菊东篱下，悠然见南山。"东篱，代指菊圃。
⑤ 暗香：本指梅，此处指菊。

【评析】

　　这是一首悲秋伤别之作。上片前两句，"愁"字点出词人情绪低沉；室中香炉的香料早已燃尽，衬出冷清寂寞。"佳节"三句点明重阳时节，玉枕纱厨早已凉透，夜半独处更何以堪？下片"东篱"二句写黄昏后，词人独自在菊下把酒，用菊香衬托词人孤独无依之况，寓情于景，恰到好处。结尾三句直抒胸臆，写自己因孤寂凄冷而落魄消魂，在瑟瑟秋风中憔悴不堪，消瘦如菊。

　　传说李清照把《醉花阴》寄给赵明诚，赵明诚赞赏不已，自愧不如，但又欲与妻子争胜。于是闭门谢客，废寝忘食三日，写词五十首，杂以李清照《醉花阴》"莫道"三句交给朋友陆德夫。陆德夫吟咏再三说："只有三句佳。"赵问之，陆答道："莫道不消魂，帘卷西风，人比黄花瘦。"这正是李清照所作。虽属传说，却也证明人们对这首词的热爱之情。

【辑评】

　　易安以重阳《醉花阴》词函致明诚，明诚叹赏，自愧弗逮，务欲胜之。一切谢客，忘食忘寝者三日夜，得五十阕，杂易安作，以示友人陆德夫。德夫玩之再三，曰："只三句绝佳。"明诚诘之。答曰："莫道不消魂，帘卷西风，人似黄花瘦。"政易安作也。（元伊世珍《琅嬛记》）

　　（末两句）凄语，怨而不怒。（托名杨慎批点《草堂诗馀》）

　　但知传诵结语，不知妙处全在"莫道不销魂"。（明茅暎《词的》）

　　词内"人瘦也，比梅花、瘦几分"，又"天还知道，和天也瘦"，又"莫道不消魂，帘卷西风，人比黄花瘦"，三"瘦"字俱妙。（明王世贞《艺苑卮言》）

　　语境则"咸阳古道"、"汴水长流"，语事则"赤壁周郎"、"江州司马"，语景则"岸草平沙"、"晓风残月"，语情则"红雨飞愁"、"黄花比瘦"，可谓雅畅。（清毛先舒《诗辨坻》）

　　结句亦从"人与绿杨俱瘦"脱出，但语意较工妙耳。（清许昂霄《词综偶评》）

　　康伯可"人瘦也，比梅花、瘦几分"，与李清照"帘卷西风，人比黄花瘦"同妙。（清沈辰垣等《历代诗馀》）

　　写景贵淡远有神，勿堕而奇险。言情贵蕴藉有致，勿浸而淫亵。"晓风残月"、"衰草微云"，写景之善者也；"红雨飞愁"、"黄花比瘦"，言情之善者也。（清沈祥龙《论词随笔》）

　　词之用字，务在精择。腐者、哑者、笨者、弱者、粗俗者、生硬者、词中所未经见者，皆不可用，而叶字尤宜留意。古人名句，末字必清隽响亮，如"人比黄花瘦"之"瘦"字、"红杏枝头春意闹"之"闹"字皆是；然有同此字而用之善不善，则存乎其人之意与笔。（同上）

　　幽细凄清，声情双绝。（清许宝善《自怡轩词选》）

　　无一字不雅。深情苦调，元人词曲往往宗之。（清陈廷焯《云韶集》）

此语若非出女子自写照，则无意致。"比"字各本皆作"似"，类书引反不误。（清王闿运《湘绮楼评词》）

声 声 慢

寻寻觅觅，冷冷清清，凄凄惨惨戚戚。乍暖还寒时候①，最难将息②。三杯两盏淡酒，怎敌他、晚来风急。雁过也，最伤心，却是旧时相识。　　满地黄花堆积。憔悴损，如今有谁堪摘。守著窗儿，独自怎生得黑③。梧桐更兼细雨，到黄昏、点点滴滴。者次第④，怎一个、愁字了得。

【注释】
① 乍暖还寒：忽冷忽热。
② 将息：休息，调养。
③ 怎生：如何。
④ 次第：光景，情形。

【评析】
这首词大约为词人晚年丧夫之后所作，辞情凄婉，为其代表作。全词以暮秋为背景，写出词人满怀愁绪与孤独无依之状，如怨如慕，如泣如诉。上片起首三句，大胆新奇，用绝无斧痕的十四个叠字，表现出无可排遣和无所寄托的空虚心情。十四字如大珠小珠落玉盘，字字响亮。以下"乍暖"四句亦是这种无聊心境的延续。"雁过也"三句，写词人沦落天涯之苦。下片开首写残菊，反衬自己的无聊之况。"守著"两句描摹出词人形单影只、恓惶无助之状。用民俗之语，发清新之思，被认为是"词意并工，闺情绝调"（彭孙遹语）。而押险韵"黑"字而显得自然平易，更显出李清照高人一筹的功力。"梧桐"二句暗用白居易《长恨歌》"秋雨梧桐叶落时"句意，通过雨滴传达出词人如嗟如叹之情。最后结以"者次第"二句，凄楚之状透出纸背，"后幅一片神行，愈唱愈妙"（清陈廷焯《云韶集》）。

【辑评】

　　此乃公孙大娘舞剑手。本朝非无能词之士，未曾有一下十四叠字者，用《文选》诸赋格。后叠又云："梧桐更兼细雨，到黄昏、点点滴滴。"又使叠字，俱无斧凿痕。更有一奇字云："守定窗儿，独自怎生得黑。""黑"字不许第二人押。妇人中有此文笔，殆间气也。（宋张端义《贵耳集》）

　　近时李易安词云："寻寻觅觅，冷冷清清，凄凄惨惨戚戚。"起头连叠十四字，以一妇人，乃能创意出奇如此。（宋罗大经《鹤林玉露》）

　　《声声慢》一词，最为婉妙（明杨慎《词品》）

　　才一斛，愁千斛，虽六斛明珠，何以易之。（明卓人月辑、徐士俊评《古今词统》）

　　首下十四个叠字，乃公孙大娘舞剑手，宋朝能词之士秦七、黄九辈，未曾有下十四个叠字者，盖用《文选》诸赋格黑字，更不许第二人押。"点点滴滴"四叠字，又无斧迹。易安，间气所生，不独雄于闺阁也。（明沈际飞《草堂诗馀·别集》）

　　连用十四叠字，后又四叠字，情景婉绝，真是绝唱。后人效颦，便觉不妥。（明茅暎《词的》）

　　连下叠字，无迹能手。（明陆云龙《词菁》）

　　予少时和唐宋词三百阕，独不敢次"寻寻觅觅"一篇，恐为妇人所笑。（清沈谦《填词杂说》）

　　此词颇带伧气，而昔人极口称之，殊不可解。（清张宗橚《词林纪事》引许昂霄语）

李清照《声声慢·秋闺》词云："寻寻觅觅，冷冷清清，凄凄惨惨戚戚。……"首句连下十四个叠字，真似大珠小珠落玉盘也。（清徐釚《词苑丛谈》）

梦符（即元乔吉）又有《天净沙》词云："莺莺燕燕春春。花花柳柳真真。事事风风韵韵，娇娇嫩嫩，停停当当人人。"此等句亦从李易安"寻寻觅觅"得来。（同上）

柳七最尖颖，时有俳狎，故子瞻以是呵少游。若山谷亦不免，如"我不合太撋就"，下此则蒜酪体也。惟易安居士"最难将息"、"怎一个愁字"，深稳妙雅，不落蒜酪，亦不落绝句，真此道本色当行第一人也。（清刘体仁《七颂堂词绎》）

从来此体皆收易安所作，盖其遒逸之气，如生龙活虎，非描塑可拟。其用字奇横而不妨音律，故卓绝千古。人若不及其才而故学其笔，则未免类狗矣。观其用上声、入声，如惨字、戚字、盏字、点字、滴字等，原可作平，故能谐协，非可泛用仄字而以去声填入也。其前结"正伤心，却是旧时相识"，于"心"字豆句，然于上五下四者，原不拘，所谓此九字一气贯下也。后段第二三句"憔悴损，如今有谁堪摘"，句法亦然。如高词应以"最得意"为豆，然作者于"输他"住句，亦不妨也。今恐人因易安词高难学，故录竹屋此篇。（清万树《词律》）

其《声声慢》一阕，张正夫称为公孙大娘舞剑器手，以其连下十四叠字也。此却不是难处，因调名《声声慢》，而刻意播弄之耳。其佳处，后又下"点点滴滴"四字，与前照映有法，不是单单落句。玩其笔力，本自矫拔，词家少有，庶几苏、辛之亚。（清陆昶《历朝名媛诗词》）

双声叠韵字要着意布置。有宜双不宜叠，宜叠不宜双处。重字则既双且叠，尤宜斟酌。如李易安之"凄凄惨惨戚戚"，三叠韵，六双声，是锻炼出来，非偶然拈得也。（清周济《宋四家词选目录序论》）

"黑"字警。后幅一片神行，愈唱愈妙。（清陈廷焯《云韶集》）

二阕共十余个叠字，而气机流动，前无古人，后无来者，可为词家叠字之法。

（清陆蓥《问花楼词话》）

李易安《声声慢》词："寻寻觅觅，冷冷清清，凄凄惨惨戚戚。"连叠七字，昔人称其造句新警。其源盖出于《尔雅·释训篇》，篇中自"明明"至"秩秩"，叠句凡一百四十四，"殷殷惸惸"一段连叠十字，此千古创格，亦绝世奇文也。（清陆以湉《冷庐杂识》）

须戒重叠。字面前后相犯，虽绝妙好词，毕竟不妥，万不得已用之。如李易安《声声慢》叠用三"怎"字，虽曰读者全然不觉，究竟敲打出来，终成白璧微瑕，况未能尽如李易安之善运用，慎之是也。（清孙致弥《词鹄·凡例》）

亦是女郎语。诸家赏其七叠，亦以初见故新，效之则可呕。（清王闿运《湘绮楼评词》）

此词最得咽字诀，清真不及也。（梁令娴《艺蘅馆词选》引梁启超语）

念 奴 娇

萧条庭院，有斜风细雨，重门须闭。宠柳娇花寒食近，种种恼人天气。险韵诗成①，扶头酒醒②，别是闲滋味。征鸿过尽，万千心事难寄。　　楼上几日春寒，帘垂四面，玉阑干慵倚。被冷香消新梦觉，不许愁人不起。清露晨流，新桐初引③，多少游春意。日高烟敛，更看今日晴未。

【注释】
① 险韵诗：用冷僻难押字做韵脚的诗。　　② 扶头酒：一种容易醉人之酒。

③"清露"二句:化用《世说新语·赏誉》:"于时清露晨流,新桐初引。"引,长也。

【评析】

　　这首词写词人独处闺房而伤春伤别的凄楚心境。上片写愁苦无聊之心境。前三句写环境和气氛,庭院萧条,斜风细雨,百无聊赖。"宠柳"二句点明寒食节之恼人天气。"险韵"三句写词人独守空闺,只能用诗酒排遣愁怀,然而酒醒之后,愁苦却更加难以排遣。"征鸿"二句是说希望向远方的丈夫寄信诉说却不能。下片写环境之清冷和词人的心情。"楼上"三句写"楼上"寂寥境况,落在一个"慵"字。"被冷"二句,被冷、香消、梦觉,层层叠加,落在一个"愁"字。接下"清露"三句陡然一振,写词人面对春光,心中一阵惊喜。最后"日高"二句却说,日出烟收,不知外面晴了没有。词人究竟是否游春,则成了悬念。整首词笔触细致曲折,通过春天景物变化表现独处深闺的词人之心理变化,写得甚妙。正如毛先舒所言:"词贵开宕,不欲沾滞,忽悲忽喜,乍远乍近,斯为妙耳。"(《诗辨坻》)本词正可当之。

【辑评】

　　前辈尝称易安"绿肥红瘦"为佳句。余谓此篇"宠柳娇花"之语,亦甚奇俊,前此未有能道之者。(宋黄昇《唐宋诸贤绝妙词选》)

　　("被冷"二句)梦境,亦实境。(明陆云龙《词菁》)

　　李易安词"清露晨流,新桐初引",乃全用《世说》语。女流有此,在男子亦秦、周之流也。(明杨慎《词品》)

　　"宠柳娇花",又是易安奇句,后人窃其影,似犹惊目。真声也,不效颦于汉魏,不学步于盛唐,应情而发,能通于人。有首尾。(明沈际飞《草堂诗馀·正集》)

　　上是心事难以言传,下是新梦可以意会。心事有万千,岂征鸿可寄?新梦不知梦何事,想是惜春情结。心事托之新梦,言有寄而情无方,玩之,自有意味。(明《新刻李于鳞先生批评注释草堂诗馀隽》伪托李攀龙评点)

"清露晨流,新桐初引"用《世说》全句,浑妙。尝论词贵开宕,不欲沾滞。忽悲忽喜,乍近乍远,所为妙耳。如游乐词,须微着愁思,方不痴肥。李《春情》词本闺怨,结云"多少游春意"、"更看今日晴未",忽尔拓开,不但不为题束,并不为本意所苦。直如行云,舒卷自如,人不觉耳。(清毛先舒《诗辨坻》)

李易安"被冷香销新梦觉,不许愁人不起"、"守著窗儿,独自怎生得黑",皆用浅俗之语,发清新之思,词意并工,闺情绝调。(清彭孙遹《金粟词话》)

李易安"被冷香消清梦觉,不许愁人不起",又"于今憔悴,风鬟霜鬓,怕见夜间出去",杨用修以其寻常言语度入音律,殊为自然。但"守著窗儿,独自怎生得黑",又"梧桐又兼细雨,到黄昏点点滴滴",正词家所谓以易为险,以故为新者,易安先得之矣。(清沈雄《古今词话·词品》)

只写心绪落漠,遇寒食更难遣耳。陡然而起,便尔深邃。至前阕云"重门须闭",次阕云"不许"、"不起",一开一合,情各戛戛生新。起处雨,结句晴,局法浑成。(清黄苏《蓼园词选》)

世称易安"绿肥红瘦"为佳句。黄叔旸谓:"宠柳娇花"语亦甚奇俊,前此未有能道之者。结亦合拍。(清陈廷焯《云韶集》)

李易安《百字令》词用《世说》,亭然以奇,别出机杼。(清张德瀛《词徵》)

永 遇 乐

落日熔金,暮云合璧,人在何处。染柳烟浓,吹梅笛怨①,春意知几许。元宵佳节,融和天气,次第岂无风雨②。来相召,香车宝马,谢他酒朋诗侣。　　中州盛日③,闺门多暇,记得偏重三五④。铺翠冠儿,捻金雪柳,簇带争济楚⑤。如今憔悴,风鬟霜鬓,怕见夜间出去⑥。不如向帘儿底下,听人笑语。

【注释】

① 吹梅笛怨:笛子吹奏幽怨的《梅花落》。
② 次第:转眼间。
③ 中州:古称河南为中州。此指北宋国都汴京（开封）。
④ 三五:正月十五元宵节。
⑤ "铺翠"三句:形容盛妆。铺翠冠儿,翡翠、羽毛装饰的帽子。捻金雪柳,以金线捻丝制成的头饰。簇带,满头插戴。济楚,整洁美丽。宋方言。
⑥ 怕见:懒得。

【评析】

这首词通过元宵佳节凭吊故国、追忆汴京元宵节的热闹场面,表达了词人深切的故国之思。词情凄婉哀绝,感人至深。上片词采高华,色彩浓重,极写日、云、柳、梅之美,反衬观景人之悲。"人在何处"、"春意知几许",写出词人的茫然、无感,与美景、佳节格格不入。"次第"一句词意陡转,词人似乎预感到狂风暴雨随时会到来。她无心赏景郊游,谢绝酒朋诗侣的邀请。下片乃追忆中州盛日元宵佳节。"中州盛日"三句,用快捷的笔调写中州的元宵盛况,彼时青春年少,生活闲逸,自然看重元宵佳节。"铺翠"三句写女子在元宵盛日的打扮,争艳比美,以渲染愉快的心情及氛围。"如今"三句则从回忆中惊醒过来,却是满目憔悴。结拍二句突发妙笔,以乐景写哀,倍增其哀:词人独坐帘下,孤灯只影;帘外却是笑语喧闹,把词人凄苦孤独之状顿然现出。

【辑评】

易安居士李氏,赵明诚之妻。《金石录》亦笔削其间。南渡以来,常怀京洛旧事。晚年赋元宵《永遇乐》词云"落日熔金,暮云合璧",已自工致。（宋张端义

《贵耳集》）

李易安《永遇乐》云："不如向、帘儿底下，听人笑语。"此词亦自不恶。而以俚词歌于坐花醉月之际，似乎击缶韶外，良可叹也。（宋张炎《词源》）

余自乙亥上元诵李易安《永遇乐》，为之涕下。今三年矣，每闻此词，辄不自堪，遂依其声，又托之易安自喻，虽辞情不及，而悲苦过之。（宋刘辰翁《永遇乐》词序）

辛稼轩词"泛菊杯深，吹梅角暖"，盖用易安"染柳烟轻，吹梅笛怨"也。然稼轩改数字更工，不妨袭用。不然岂盗狐白裘手邪。（明杨慎《词品》）

李易安"落日"、"暮云"，虑周而藻密。（清谢章铤《赌棋山庄词话》）

浣 溪 沙

髻子伤春懒更梳。晚风庭院落梅初。淡云来往月疏疏。　　玉鸭薰炉闲瑞脑，朱樱斗帐掩流苏①。通犀还解辟寒无②。

【注释】

① 朱樱：红如樱桃。斗帐：形如覆斗的小帐。
② 通犀：即通天犀，一种名贵的犀牛角。辟寒：驱寒。

【评析】

此词伤春。上片起句即点明"伤春"主题，又通过描写室外景物来烘托人物心情。阵阵晚风，已倍添愁绪，而随风飘落的梅花又引起人无限的伤感。独自伫立在晚风庭院中，遥望夜空中淡云来往，疏月溶溶。过片转向室内，描写"玉鸭薰炉"、"朱樱斗帐"等闺中摆设。结句欲借通犀辟寒，一语双关，既有驱除春寒之实意，亦有排解心寒之寓意。

相传此词作于政和间词人屏居青州之时，此时赵明诚常外出访碑，李清照家居寡欢，倍感寂寞，故作此词，可为一说。

【辑评】

话头好。渊然。（明沈际飞《草堂诗馀·续集》）

闺秀词惟清照最优，究苦无骨，存一篇尤清出者。（清周济《介存斋论词杂著》）

（"淡云"句）清丽之句。（末句）婉约。（清陈廷焯《云韶集》）

易安居士独此篇有唐调，选家炉冶，遂标此奇。（清谭献评《词辨》）

词人小传

赵 佶

赵佶(1082—1135),即宋徽宗。他在位的二十五年,正是北宋王朝风雨飘摇的覆危之时,宣和七年(1125),让位于其子赵桓(钦宗)。靖康二年(1127)金兵南下攻破汴京,赵佶父子被掳北上。在北方度过了九年耻辱的俘虏生活后,赵佶于高宗绍兴五年(1135)死于五国城(今黑龙江依兰)。赵佶是古代帝王中为数不多的多才多艺的一个,诗词文之外,书画尤有成就。他的词以靖康二年被掳北上为界,分为两期。前期以宫廷游宴生活为主,多曼艳雍和之作,未足深取,后期则注入了沉痛的家国之哀,黍离之悲,成就较前期为高,因此后人或以南唐后主李煜拟之。

钱惟演

钱惟演(977—1034),字希圣,钱塘(今浙江杭州)人。吴越王钱俶之子。宋灭吴越后,从父归宋。初为右屯卫将军,后历任翰林学士、工部尚书、枢密使等职。卒谥曰思,改谥文僖。钱惟演尝预修《册府元龟》。任翰林学士时,与杨亿、刘筠等人相唱和,合辑为《西昆酬唱集》,形成影响一代风气的"西昆体"。其诗多精工典丽,如锦绣成文;其词则多趋于平易浅近,与其诗风迥异。

范仲淹

范仲淹（989—1052），字希文，吴县（今江苏苏州）人。真宗大中祥符八年（1015）进士，历任陕西经略副使、参知政事及河东、陕西宣抚使等。卒谥文正。他是北宋著名的革新派人物，也是宋代少有的道德、事功、文章均为人称道的名臣。他的词虽然仅存五篇，但篇篇可堪讽咏。也许是多年边塞生活的缘故，范仲淹词与同时欧（阳修）、晏（殊）词相较，别饶一种悲凉和清壮的调子，这一点为后来的王安石、苏轼等继承、发扬，遂于嘲风弄月的花间词风之外别开生面。

张 先

张先（990—1078），字子野，湖州乌程（今浙江湖州）人。宋仁宗天圣八年（1030）进士，官至都官郎中。晚年退居乡里，优游冶乐以终。张先诗格清新，尤长于词。早年以小令与晏（殊）、欧（阳修）并称，后来写慢词，与柳永齐名，晚年与苏轼亦有来往。张先所处的时代，正是北宋词由小令向慢词过渡的时代，从张先的词中，正可以看出这种转变。有《安陆词》（亦称《张子野词》）。

晏 殊

晏殊（991—1055），字同叔，临川（今江西抚州）人。七岁能属文，十四岁时以神童召试，赐同进士出身，仕至集贤殿学士、同中书门下平章事，兼枢密使，是宋代著名的"太平宰相"，一代名臣如范仲淹、韩琦、欧阳修等皆出其门下。卒谥元献，世称晏元献。晏殊一生优裕，所作不外是文人雅士的闲情闲愁；其去五代未远,故词风亦受晚唐、五代濡染较深。晏殊是很喜欢冯延巳的词的,其所自作,亦不减冯延巳,风流俊雅,温润秀洁,一时莫及。有《珠玉词》。

韩 缜

韩缜(1019—1097),字玉汝,开封雍丘(今河南杞县)人。仁宗庆历二年(1042)进士,英宗朝任淮南转运使,神宗朝知枢密院事,哲宗朝拜尚书右仆射兼中书侍郎,以太子太保致仕。卒谥庄敏。

宋 祁

宋祁(998—1061),字子京,开封雍丘(今河南杞县)人,幼居安州安陆(今属湖北)。仁宗天圣二年(1024)进士,历官知制诰、工部尚书、翰林学士承旨等职。卒谥景文。曾与欧阳修共修《新唐书》。其兄宋庠亦有文名,时人称之为"大小宋"。

欧阳修

欧阳修(1007—1072),字永叔,自号醉翁,晚号六一居士,庐陵(今江西吉安)人。仁宗天圣八年(1030)进士甲科,曾任知制诰、翰林学士,官至参知政事。好奖掖后进,一时名臣如王安石、苏轼等皆出其门下。卒谥文忠。欧阳修为当时文坛盟主,诗、文、词皆有成就。他是北宋古文运动的倡导者和身体力行者;

其诗则被看作是宋诗发生转变的一个关键；其词深婉清丽，颇受晚唐五代词风的影响。他也喜欢冯延巳词，风格亦近之。后人评价欧词"疏隽开（苏）子瞻，深婉开（秦）少游"（冯煦《蒿庵论词》），表现出晚唐五代词向宋词的转变。

聂冠卿

聂冠卿（988—1042），字长孺，歙州新安（今安徽歙县）人。宋真宗大中祥符五年（1012）进士，仁宗宝元二年（1039）出使辽国，还朝，擢同知通进银台司、审刑院，官终翰林学士兼侍读学士。有《蕲春集》。

柳　永

柳永（987？—1053？），初名三变，字景庄，后改名永，字耆卿，崇安（今福建武夷山市）人。柳永早年仕途不遇，常流连于歌楼妓馆，以填词为务。尝作《鹤冲天》词，其中有"忍把浮名，换了浅斟低唱"。传说仁宗赵祯看了很不高兴，说："且去浅斟低唱，何要浮名！"他就由此自称"奉旨填词柳三变"，可见其疏浪。直到景祐元年（1034）才中进士，官屯田员外郎，颇有政声，后世称之为"柳屯田"。柳永是中国词史上第一个大量创作慢词的词人，他把词从深院台阁的花间樽下，带向了更广阔的市井勾栏，当时人称："凡有井水饮处，即能歌柳词。"词到柳永手里，不论内容，还是表现手法，都发生了转折性的变化。包括苏轼在内的许多宋代词人，多不满于柳词的尘俗，却无一不受到他的沾溉。有《乐章集》。

王安石

王安石(1021—1086),字介甫,晚号半山老人,临川(今江西抚州)人。仁宗庆历二年(1042)进士及第。神宗熙宁二年(1069)拜参知政事,始行新法。后官至同中书门下平章事,加尚书左仆射,封荆国公。卒谥文。《宋史》卷三二七有传。王安石为北宋诗文大家,有《临川集》行世。所作词不多,有《临川先生歌曲》。

王安国

王安国(1028—1074),字平甫,临川(今江西抚州)人,王安石之弟。神宗熙宁初,赐进士及第,历官至秘阁校理。后为吕惠卿所诬,坐夺官,放归田里。《宋史》卷三二七有传。

晏幾道

晏幾道(1038?—1110?),字叔原,号小山,晏殊幼子。监颖昌府许田镇,又曾为开封府判官。一生连蹇,人以为"痴"。有《小山词》。

苏 轼

苏轼(1037—1101),字子瞻,自号东坡居士,眉州眉山(今属四川)人,与其父洵、其弟辙合称"三苏"。苏轼于宋仁宗嘉祐二年（1057）中进士，历通判杭州，知密、徐、湖等州。神宗元丰二年（1079），以"讪谤朝廷"罪入狱，后贬为黄州团练副使。后官至礼部尚书、翰林学士兼侍读。哲宗绍圣初又以"讥讪"连贬惠州（今属广东）、儋州（今属海南）。哲宗元符三年（1100）遇赦北还，次年卒于常州。南宋高宗朝追赠太师，谥曰"文忠"。有《东坡乐府》传世，存词三百馀首。

黄庭坚

黄庭坚（1041—1105），字鲁直，号山谷道人，晚号涪翁，洪州分宁（今江西修水）人。宋英宗治平四年（1067）进士，以校书郎为《神宗实录》检讨官，迁著作郎。哲宗亲政，以修实录不实罪名，贬涪州别驾，黔州安置。崇宁四年（1105），卒于贬所（今广西宜山），私谥文节先生。北宋著名文学家、书法家，和杜甫、陈师道、陈与义位列江西诗派"一祖三宗"。又和张耒、晁补之、秦观游学于苏轼门下，合称为"苏门四学士"。诗作与苏轼齐名，世称"苏黄"。书法与苏轼、米芾、蔡襄并称"宋四家"。词与秦观齐名，并称"秦黄"，有《山谷词》传世，存词一百八十馀首。

秦　观

秦观（1049—1100），字太虚，后改字少游，号淮海居士，扬州高邮（今江苏高邮）人。宋神宗元丰八年（1085）进士及第。初任定海主簿，转蔡州教授。后累官至太学博士、秘书省正字兼国史院编修。因与苏轼交往，坐党籍，连贬至郴州、横州，徙雷州。哲宗元符三年（1100）遇赦召还，卒于藤州（今广西藤县）。

《宋史》卷四四四有传。有《淮海词》传世,存词八十馀首。

晁元礼

晁元礼(1046—1113),即晁端礼,字次膺,其先澶州清丰(今属河南)人,徙家彭城(今江苏徐州)。举神宗熙宁六年(1073)进士。曾两为县令,因忤上司而坐废,晚年除大晟府协律郎。有《闲斋琴趣》。

赵令畤

赵令畤(1051—1134),初字景贶,苏轼改其字为德麟,自号聊复翁,是宋太祖次子燕王德昭的玄孙。哲宗元祐六年(1091)签书颍州公事。苏轼荐之于朝,轼被贬,令畤被罚金。绍圣初,官至右朝请大夫,改右监门卫大将军,历荣州防御使、洪州观察使。高宗绍兴初,袭封安定郡王,迁宁远军承宣使,同知行在大宗正事。有近人辑录《聊复集》。

张　耒

张耒(1054—1114),字文潜,号柯山,楚州淮阴(今江苏淮阴)人。宋神宗熙宁六年(1073)进士,授临淮主簿。绍圣四年(1097),坐党籍落职,谪监黄州酒税。崇宁元年(1102),因党论复起,贬房州别驾,黄州安置。政和四年,卒于陈州(今河南淮阳),归葬淮阴。与秦观、黄庭坚、晁补之并为"苏门四学士"。

词有辑本《柯山词》一卷，存词六首。

晁补之

晁补之（1053—1110），字无咎，济州巨野（今属山东）人。神宗元丰二年（1079）中进士。曾除秘书省正字，迁校书郎。坐修实录失实，贬监处、信二州酒税。徽宗初，召为著作郎，拜礼部郎中。晚年起知达州、泗州。《宋史》卷四四四有传。有词集《琴趣外篇》。

晁冲之

晁冲之（生卒年不详），字叔用，又字用道，晁补之之弟，济州巨野（今属山东）人。举进士。哲宗绍圣初，以党籍被逐，遂隐居具茨山下，号具茨先生。有近人赵万里辑《晁叔用词》一卷。

舒　亶（dǎn）

舒亶（1041—1103），字信道，明州慈溪（今浙江宁波西北）人。神宗元丰年间为监察御史里行，多次弹劾苏轼以诗歌讪谤朝政，酿成"乌台诗案"。后为御史中丞。徽宗朝累除龙图阁待制。近人赵万里辑有《舒学士词》一卷。

朱　服

朱服（1048—1114?），字行中，湖州乌程（今浙江湖州）人。神宗朝中进士。哲宗朝，历中书舍人、礼部侍郎。徽宗朝，加集贤殿修撰。知广州，后坐与苏轼交游，黜知袁州，再贬蕲州，改兴国军，卒。

毛　滂

毛滂（1060—1124后），字泽民，号东堂，衢州（今属浙江）人。为杭州法曹，受知于苏轼。尝知武康县。徽宗政和中，守嘉禾。有《东堂词》。

陈　克

陈克（1081—1137），字子高，自号赤城居士，临海（今属浙江）人，侨居金陵。高宗绍兴中为敕令所删定官。有《赤城词》一卷。

李元膺

李元膺，字号及生卒年不详。东平（今属山东）人，南京教官。近人赵万里辑有《李元膺词》一卷。

时 彦

时彦（？—1107），字邦美，开封（今属河南）人。神宗元丰二年（1079）状元。累官吏部尚书。尝为开封府尹。

李之仪

李之仪（1048—1118），字端叔，自号姑溪居士，沧州无棣（今属山东）人。宋神宗时进士。元祐初为枢密院编修官。徽宗朝提举河东常平，后以文章获罪，编管太平州（今安徽当涂县）。有《姑溪词》。

周邦彦

周邦彦（1056—1121），字美成，自号清真居士，钱塘（今浙江杭州）人。《宋史·文苑传》说他"疏隽少检，不为州里推重，而博涉百家之书"。神宗元丰初，游京师，献《汴都赋》，为神宗所赏识，自太学诸生召为太学正。居五年，出为庐州教授，知溧水县，还京为国子主簿。哲宗朝，以直龙图阁知河中府。徽宗朝官至徽猷阁待制，提举大晟府，出知顺昌府，徙处州，罢官后提举南京（今河南商丘）鸿庆宫。

贺 铸

贺铸(1052—1125),字方回,号庆湖遗老,又号北宗狂客,卫州共城(今河南辉县)人。宋太祖贺皇后族孙,娶宗室女为妻。自称唐代诗人贺知章之后,年少时尚气任侠,喜谈论时事,中年因苏轼等人推荐转为文官,然因秉性耿直,而致仕履蹭蹬,只做过一些品卑职微的地方下僚。晚年遂请老隐居苏州和常州,潜心于藏书校勘。他诗、词、文皆工,尤长于作词度曲。其词题材较为广泛,词风五彩斑斓,兼具阳刚之壮美和阴柔之优美,而各臻其妙,并皆深于情而工于语。有《东山词》。

张元幹

张元幹(1091—1161),字仲宗,自号芦川居士、真隐山人等,福建永福(今福建永泰)人。钦宗靖康元年(1126)曾助李纲守汴京,沦陷后避地江南,休官还乡归隐,后因写词声援抗金派名臣李纲、胡铨而遭秦桧迫害,被削籍下狱。出狱后漫游吴越一带,客死异乡。其词早年风格婉媚旖旎,不脱周邦彦"宣和之音"一路。南渡后,多忧时伤乱之作,词风以豪放悲壮为主,对后来张孝祥、陆游、辛弃疾等人的创作很有影响。有《芦川词》。

叶梦得

叶梦得(1077—1148),字少蕴,号石林居士,吴县(今江苏苏州)人。历任中书舍人、翰林学士、龙图阁直学士,曾出知汝州、蔡州、颖昌府,后落职南归，隐居湖州卞山石林。宋室南渡后起复任户部尚书，精于理财，并提出御敌良策，后两任江东安抚大使，并尝兼知建康府。宋金达成和议后，调任福建安抚使，兼知福州。因忤秦桧意遂请老致仕，再次退居石林，以吟啸自娱。能诗工词，词风早年婉丽，中年步武东坡，南渡后多感怀国事，转向简淡雄杰。有《石林词》。

汪 藻

汪藻（1079—1154），字彦章，号浮溪，又号龙溪，饶州德兴（今属江西）人。曾在南昌提举江南西路学事任上与吕本中、徐俯、向子諲、张元幹等人唱和，历官中书舍人、翰林学士，后历典州郡。高宗绍兴十三年（1143）遭谗夺职谪居永州，屡赦不宥，卒于贬所。博极群书，工诗，尤其四六文更为一时大手笔，早在宋徽宗时便与胡伸并显文坛，有"江左二宝"的美誉，后更被时人比作唐代的陆贽，有南宋"中兴第一"之称。有《浮溪集》。

刘一止

刘一止（1078—1161），字行简，湖州归安（今浙江湖州）人。徽宗宣和三年（1121）进士。累官中书舍人、给事中、敷文阁待制。博学通识，为文不事纤刻，诗自成家，被陈与义、吕本中赞以"语不自人间来也"，词风多样，不主一端。有《苕溪集》。

词人小传

韩 疁（liú）

韩疁，字子耕，号萧闲。生平不详。有《萧闲集》一卷，不传。今存词六首。

李 邴（bǐng）

李邴（1085—1146），字汉老，号云龛居士。济州任城（今山东济宁）人。徽宗崇宁五年（1106）进士。主张抗金，官至参知政事。今存词八首。

陈与义

陈与义（1090—1138），字去非，号简斋，洛阳（今属河南）人。徽宗政和三年（1113）登上舍甲科，历官至参知政事。元方回所称江西诗派"一祖三宗"中的"三宗"之一。诗名早著，亦善于写词，语意超绝，虽所作不多，而首首可传。有《简斋集》。

蔡 伸

蔡伸（1088—1156），字伸道，自号友古居士，莆田（今属福建）人。蔡襄之孙。徽宗政和五年（1115）进士。曾为太学博士，后历官诸州通判、知州，官至左中大夫。其词多抒写离愁别恨，笔致雄爽，清新淡雅，间有悲歌慷慨之作。有

《友古居士词》。

周紫芝

周紫芝（1082—1155），字少隐，自号竹坡居士，宣城（今安徽宣州）人。早年屡试不第，曾隐居陵阳山中，晚岁始登第得官，做过枢密院编修官、知兴国军，后退居九江。因尝作诗文阿谀秦桧，故其人品为后世讥议。其词以写男女情愁者居多，风调清丽婉曲，差近于晏几道，亦不乏登山临水之作。有《竹坡词》。

李 甲

李甲（生卒年不详），字景元，华亭（今上海松江）人。哲宗元符中为武康令。所作小令有闻于时，亦善画翎毛，曾得米芾称赏。

万俟（mò qí）咏

万俟咏（生卒年不详），字雅言，自称大梁词隐。早年即为诗赋老手，然屡试不第，遂绝意仕进，放情歌酒，以填词自娱。徽宗政和初年招试补官，任大晟府制撰，参助周邦彦审定音律，创制新调。曾自编词集，周邦彦、田为皆尝为其《大声集》作序。其词存者大都为作者自度新腔，内容上大多不脱浅斟低唱、倚红偎翠之属，亦不乏点缀升平、颂扬君主之作。

徐 伸

徐伸(生卒年不详),字幹臣,三衢(今浙江衢州)人。徽宗政和初,以知音律为太常典乐,出知常州。有《青山乐府》。

田 为

田为(生卒年不详),字不伐,籍里不详。宋徽宗崇宁间充大晟府制撰。宣和元年(1119)罢典乐,为大晟府乐令。后历官至广西经略使,以忤秦桧被逐,死于狱中。洞晓音律,工于乐府,其才思与万俟咏相抗衡;词善写人意中事,杂以俗言俚语,曲尽要妙。《全宋词》录其词六首。

曹 组

曹组(生卒年不详),字元宠,颍昌(今河南许昌)人,一说阳翟(今河南禹州)人。徽宗宣和四年(1122)奉诏作《艮岳赋》,又与李质共作《艮岳百咏诗》以进,粉饰太平,深得徽宗赏识,官运亦随之亨通,但不久即卒。有《箕颍集》,不传。工词,其词内容以侧艳和滑稽为主,在当时即脍炙人口,尤其是滑稽谐谑的通俗俚词最为风行,其中声名藉甚的《红窗迥》一时为浅薄者所竞相效尤。词人也因此被视为滑稽无赖之魁。

李 玉

李玉,生平事迹不详。

廖世美

廖世美,生平事迹不详。

吕滨老

吕滨老(生卒年不详),一作渭老,字圣求,嘉兴(今属浙江)人。徽宗宣和间以诗名。其词多写相思别离之情,亦不乏方外之思,南渡后则有一些亡国哀音,风格以婉媚深窈为主。

查荎

查荎,生活在北宋末期,生平事迹不详。

鲁逸仲

鲁逸仲（生卒年不详），为孔夷的化名，字方平，汝州龙兴（今河南宝丰）人。哲宗元祐中隐士，与李廌为诗酒侣，又与刘攽、韩维相友善。自号滍皋渔父，又隐名为鲁逸仲。与其侄孔处度齐名。词意婉丽，似万俟咏。《全宋词》录其词三首。

岳 飞

岳飞（1103—1141），字鹏举，相州汤阴（今属河南）人。南宋抗金名将。少年从军，力主抗金恢复中原，屡败金兵，反对和议，后被秦桧以"莫须有"罪名杀害于狱中。宋孝宗时昭雪，追谥武穆，后又追封为鄂王，改谥忠武。其著作后人辑有《岳忠武王文集》。

张 抡

张抡（生卒年不详），字才甫，自号莲社居士，开封（今属河南）人。宋孝宗淳熙五年（1178）曾为宁武军承宣使。好填词应制，形迹有近御用文人，尝同曾觌辈进所撰《柳梢青》词数阕，深得皇上赏赉。词多写山水景物，有萧然世外之致。有《莲社词》。

程 垓

程垓（生卒年不详），字正伯，号书舟，眉山（今属四川）人，苏轼中表程正辅之孙。工诗文，词名更盛，词风以凄婉绵丽为宗。有《书舟词》。

张孝祥

张孝祥（1132—1170），字安国，号于湖居士，历阳乌江（今安徽和县）人。唐代诗人张籍的后裔。高宗绍兴二十四年（1154）廷试擢进士第一，历官至中书舍人、直学士院，并先后六守外郡。力主抗金，反对和议。以词著称，兼擅诗文，工书法。词风继轨苏轼，开辛弃疾词派之先河，实为两者之间之津梁，骏发踔厉，风雷于当世。著有《于湖居士文集》。

韩元吉

韩元吉（1118—1187），字无咎，号南涧，开封雍丘（今河南杞县）人，一说许昌（今属河南）人。先后历官权中书舍人、吏部侍郎、知婺州、知建宁府、吏部尚书、龙图阁学士等职，致仕后归老于信州南涧（今江西上饶）。学识渊博，诗文醇正，加之其政事，有一代冠冕之美誉。曾与其女婿吕祖谦相约讲学于德清寺舍，与叶梦得、张孝祥、范成大、陆游、陈亮、辛弃疾等胜流亦皆有唱和。其词风雄浑豪放与婉丽清新兼而有之。有《南涧甲乙稿》、《焦尾集》。

袁去华

袁去华（生卒年不详），字宣卿，豫章奉新（今属江西）人。只做过几任知县。学问渊博，尤善歌词。与杨万里有唱和，词风得苏轼馀绪。著有《适斋类稿》、《袁宣卿词》。

陆　淞

陆淞（生卒年不详），字子逸，号雪溪，越州山阴（今浙江绍兴）人，与陆游为兄弟行。曾官辰州守，晚以疾废。

陆　游

陆游（1125—1210），字务观，号放翁，越州山阴（今浙江绍兴）人。以荫补官。孝宗即位，赐进士出身。曾任镇江、隆兴府通判，又以参议官佐幕成都。光宗朝，起用为朝议大夫、礼部郎中兼实录院检讨官。晚年退隐山阴。有《渭南文集》、《剑南诗稿》，后人辑有《放翁词》。

陈　亮

陈亮（1143—1194），又名同，字同甫，婺州永康（今属浙江）人，世称龙川先生。孝宗朝曾多次上书。光宗绍熙四年（1193）擢进士第一，授签书建康府判官厅公事，未至官而卒。词风与辛弃疾近，文采稍逊。有《龙川词》。

范成大

范成大（1126—1193），字致能，号石湖居士。平江吴郡（今江苏苏州）人。高宗绍兴二十四年（1154）进士，孝宗乾道六年（1170）以资政大学士使金，全节而归。淳熙时退隐故乡石湖。与陆游、杨万里、尤袤并称"中兴四大诗人"。其词亦工，以淡雅清逸为主，兼有沉郁苍凉之风。有《石湖词》传世。

蔡幼学

蔡幼学（1154—1217），字行之，瑞安（今浙江瑞安）人。宋孝宗乾道八年（1172）进士，试礼部第一。历官秘书省正字，试中书舍人，宁宗时仕至权兵部尚书，兼太子詹事。有《育德堂集》。

辛弃疾

辛弃疾（1140—1207），字幼安，号稼轩。历城（今山东济南）人。二十一岁参加抗金起义军，后率众南归。历任南宋建康通判、滁州知州及江西、湖南等地安抚使。一生力主抗金北伐，但因屡遭投降派打击，遂闲居江西信州（今上饶）二十年。满腔忠愤，寄之于词，词风慷慨激昂，豪放中兼有沉郁、婉约、清丽等多样化特点。辛词语言纵横恣肆，"以文为词"，遍采经、史、子及口语、俗语入词,为豪放词派的张扬与拓展做出了巨大贡献。有《稼轩长短句》传世。

姜　夔

姜夔(1155—1221?),字尧章,号白石道人,饶州鄱阳(今属江西)人。青少年时客居古沔(今湖北汉阳),才名早著。名辈如杨万里、范成大、辛弃疾多有交往。工诗词,善书法,精通乐理。庆元中曾上书乞正太常雅乐,不遇而归,以布衣终。姜夔晚年旅食浙东、嘉兴、金陵间。姜夔为南宋中后期著名词人,其词作守律精严,措意深婉,格调高旷。有《白石道人歌曲》传世。

章良能

章良能(?—1214),字达之,丽水(今属浙江)人。孝宗淳熙五年(1178)进士,除著作佐郎。累官起居舍人、御史中丞、同知枢密院事、参知政事。有《嘉林集》百卷,不传。今存词四首。

刘　过

刘过(1154—1206),字改之,号龙洲道人,吉州太和(今江西泰和)人。曾四次应举,不中。又尝伏阙上书,提出恢复中原的方略,未被采纳。放浪湖海间,以布衣终。有《龙洲集》。

严 仁

严仁（生卒年不详），字次山，号樵溪，邵武（今属福建）人。与严羽、严参称"邵武三严"。有《清江欸乃集》，不传。

俞国宝

俞国宝，生平不详，临川（今江西抚州）人，宋孝宗淳熙间为太学生。有《醒庵遗珠集》，不传。今存词五首。

张　镃

张镃（1153—1221），字功甫，号约斋居士，西秦（今陕西）人。后居临安。张俊诸孙。曾官奉议郎直秘阁。有《南湖诗馀》。

史达祖

史达祖（生卒年不详），字邦卿，号梅溪，汴（今河南开封）人。曾依附韩侂胄，韩败，史受黥刑。他的词奇秀清逸，受到姜夔的喜爱。有《梅溪词》。

刘克庄

刘克庄（1187—1269），字潜夫，号后村居士，莆田（今属福建）人。以荫仕。宋理宗淳祐六年（1246）赐同进士出身，官至龙图阁学士。有《后村先生大全集》。

卢祖皋

卢祖皋（生卒年不详），字申之，又字次夔，号蒲江，永嘉（今浙江温州）人。宋宁宗庆元五年（1199）进士。曾官秘书省正字，校书郎。嘉定十六年（1223）权直学士院。有《蒲江词稿》。

潘 牥（fāng）

潘牥（1205—1246），字庭坚，号紫岩，闽（今福建）人。宋理宗端平二年（1235）进士第三，历太学正，通判潭州。有《紫岩集》。

陆 叡（ruì）

陆叡（？—1266），字景思，号云西，会稽（今浙江绍兴）人。宋理宗绍定五年（1232）进士。淳祐中沿江制置使参议。宝祐五年（1257）由礼部员外郎除秘书少监,又除起居舍人。景定五年(1264)中大夫、集英殿修撰,江南东路计度转运副使兼淮西总领。

萧泰来

萧泰来(生卒年不详),字则阳,号小山,临江军新喻(今江西新馀)人。宋理宗绍定二年(1229)进士,为抚州察推、广东经干,知新昌县。淳祐末,擢监察御史,迁右补阙。宝祐元年(1253),擢起居郎,出知隆兴府。著有《小山集》,已佚。今传诗九首,词二首。

吴文英

吴文英(约1212—约1272),字君特,号梦窗,晚号觉翁,四明(今浙江宁波)人。本姓翁氏而入继吴氏,与翁逢龙、翁元龙为亲兄弟。长期居游于苏杭等地,往来江浙间。以词章曳裾王门,以布衣终,交游较广。曾为苏州仓台幕僚、吴潜浙东安抚使幕僚、宗室嗣荣王门客。有《梦窗甲乙丙丁稿》传世。梦窗精通音律,能自度曲。词深得周邦彦之妙。清人多将其与诗人李贺、李商隐相比。语言冶炼工丽,长于使事用典且多用代字。组织缜密,运意幽邃,常潜气内转,予人以时空错综之奇幻感。多感旧怀人之作,以丽密深曲见长,然个别词作不免晦涩。

黄孝迈

黄孝迈（生卒年不详），字德夫，号雪舟。曾从刘克庄游。词风清丽绵密，接近秦观。今传词四首。

潘希白

潘希白（生卒年不详），字怀古，自号渔庄。永嘉（今浙江温州）人。理宗宝祐元年（1253）进士，干办临安府节制司公事。恭帝德祐初，召为史馆检讨，不赴。《绝妙好词》载其词一首。

黄公绍

黄公绍（生卒年不详），字直翁，邵武（今属福建）人。度宗咸淳元年（1265）进士，隐居樵溪。有《在轩词》。

朱嗣发

朱嗣发（1234—1304），字士荣，号雪崖，乌程（今浙江湖州）人。专志奉亲。宋亡后不仕。《阳春白雪》卷八存其词一首。

刘辰翁

刘辰翁（1232—1297），字会孟，号须溪，吉州庐陵（今江西吉安）人。理宗景定三年（1262）廷试对策，因触犯权相贾似道，置于丙第。曾任濂溪书院山长，固辞史馆及太学博士职务。宋亡后隐居不仕。他是宋末著名爱国诗人，其词多反映宋末元初的重大政治军事事件，抒发亡国之痛，词采绚丽，风格遒劲，属苏、辛豪放词派。有《须溪词》。

周 密

周密（1232—1298），字公谨，号草窗，又号蘋洲、弁阳啸翁、萧斋、四水潜夫等。济南（今属山东）人。曾任义乌令。宋亡后不仕，寓居吴兴，与王沂孙、张炎、王易简、李彭老、仇远等共结词社。其词受周邦彦、姜夔影响，风格清丽秀润，与吴文英（号梦窗）并称"二窗"。有《草窗词》（又名《蘋洲渔笛谱》）二卷，编有《绝妙好词》，并著有《武林旧事》、《齐东野语》、《癸辛杂识》等杂著。

蒋 捷

蒋捷（生卒年不详），字胜欲，自号竹山。阳羡（今江苏宜兴）人。度宗咸淳十年（1274）进士，宋亡后隐居不仕。元大德间有人荐举他做官，他不肯去，表现了民族气节。其词多追昔伤今之感，艺术上兼取辛弃疾、姜夔等人之长，文字精练，音调谐畅，风格悲慨清峻。有《竹山词》一卷。

张　炎

张炎（1248—1323?），字叔夏，号玉田，又号乐笑翁，临安（今浙江杭州）人。张俊后裔。在元兵入侵临安时，家庭遭遇巨大变故。宋亡后流落江湖，闲游纵饮。曾北上元都，失意南归。其词兼学周邦彦、姜夔，多写身世盛衰之感，音律和洽，用字工巧，风格雅丽，尤以咏物词著称。有《山中白云词》及词学专著《词源》。

王沂孙

王沂孙（1240?—1310?），字圣与，号碧山，又号中仙、玉笥山人，会稽（今浙江绍兴）人。元世祖至元中曾任庆元路学正。词风与张炎相近，多咏物之作，有些作品寄托了身世之感与故国之思，凄婉动人，但词旨较隐晦。有《碧山乐府》（又名《花外集》）。

彭元逊

彭元逊（生卒年不详），字巽吾，庐陵（今江西吉安）人。理宗景定二年（1261）解试。与刘辰翁多有唱和。宋亡后隐居不仕。

姚云文

姚云文（生卒年不详），字圣瑞，高安（今属江西）人。度宗咸淳进士，任兴县县尉。入元，授承直郎，抚、建两路儒学提举。有《江村遗稿》。

僧 挥

僧挥（生卒年不详），俗姓张，名挥，安州（今湖北安陆）人，曾举进士。因事出家，法名仲殊，字师利，住苏州承天寺、杭州吴山宝月寺，与苏轼有交往。宋徽宗初年，自缢死。擅诗与词，小令尤佳，词风清婉。《全宋词》、《全宋词辑补》录其词70首。

李清照

李清照（1084—1156?），号易安居士，齐州章丘（今属山东）人。李格非之女。她自幼饱读诗书，十八岁嫁太学生赵明诚。靖康之难，随夫南渡。明诚于高宗建炎三年（1129）病故。李清照晚境凄凉，诗风亦改早年之清新俊秀，一变为凄咽悲楚。有《漱玉词》一卷。

附 录
清故光禄大夫前礼部右侍郎朱公行状[①]

江阴夏孙桐悔庵

公讳祖谋，原名孝臧，字藿生，一字古微，号沤尹，晚仍用原名，又号彊村。先世自明初居归安埭溪镇，至公凡十九世，世有隐德。曾祖讳毂，郡庠生。祖讳若烺。考讳光第，国学生，官河南邓州知州。三世并以公贵，赠光禄大夫。妣孙太夫人，生子四，公其长也。邓州初幕游江淮间，吴越方被寇乱，尽室相从。公幼即颖异，耽文学。光绪初，随宦大梁[②]，年甫冠，出交中州贤士，诗歌唱酬[③]，才誉大起。邓州在官多惠政，会有王树汶之狱。树汶者邓人，为镇平盗魁胡体安执爨，镇平令捕体安急，贿役以树汶伪冒。既定谳，临刑呼冤，重鞫则檄邓州逮其父季福为验。前南阳守某，已擢开归陈许道，驰书阻勿逮季福[④]，且诱怵之，邓州曰："吾安能惜此官以陷无辜！"竟以季福上。大吏犹袒初谳，而摭他事劾邓州去官。后刑部提鞫，乃得实，释树汶。邓州被诬劾在案外，终不得白。未几，公于壬午、癸未联捷成二甲一名进士，改庶吉士。侯官张侍郎

---

① 本文首刊于《词学季刊》创刊号，1933年4月；后收入夏氏《观所尚斋文存》卷四，中华印书局1939年排印。两者文字略有不同，今据《词学季刊》收录，并校以《观所尚斋文存》(以下简称《文存》)，异文则出以校记。
② "宦"，《文存》作"官"。
③ "唱酬"，《文存》作"酬唱"。
④ "勿"，《文存》作"毋"。

亨嘉，亦以大挑知县官河南，同鞫是狱，不肯附和，辞官应试，至是，与公同入翰林，一时舆论叹天道报施之不爽也。邓州既亲见公通籍，寻弃养。服阕，散馆，授编修，历充国史馆协修，会典馆总纂、总校，戊子科江西副考官①，戊戌科会试同考官，教习庶吉士。时辇下风气，崇尚古学，稍负才望者，各以考据辞章相矜诩，继则争谈时务，以变法为名高。公在馆职十馀年，盱衡世变，忧时之念甚深，而不自表襮，足迹稀至朝贵之门，交游同志所深契者，多清望劭闻、贞介不苟之士。纂校会典，勤于其职。理藩院一门，因本署无汉员，档册疏漏，钩稽官书，证以私家纪载，独手成之，最称详审。叙劳以五品坊缺开列在前，擢侍讲，充日讲起居注官，累迁侍读、庶子、侍讲学士。

戊戌之后，朝局翻覆，国是未定，纪纲日斁，公屡有所论列。粤绅刘学询勾结日本上海领事小田切之助，谋包办江浙两省厘捐，由其国代捕旅居之政治犯以为报。而要请皇太后亲签名国书，以学询为专使赍往。事由御史杨崇伊介于庆亲王，径达宫廷，秘不使枢臣与闻。公疏劾学询妄诞，大伤国体。大学士徐桐，言官张仲炘、高燮曾、余诚格相继并有疏论，事乃得寝②。庚子，义和拳起，仇教开衅，亲贵及大臣偏执守旧者主之，群相附和，无敢昌言其害者。公奋然抗疏曰："近日拳匪蔓延，夷情叵测，昨日复有甘军戕毙日本书记官之事，祸机丛集，不可端倪，措置安危，间不容发。今廷臣持论，或目拳匪为义民，欲倚以为剿除各国联兵，其存心无他，其召乱必速，圣明过听，其祸有不可胜言者，臣敢为我皇太后、皇上披沥陈之。盖中国自强，原以兵事为要领，然联络邦交，专与一国执言，可也；激犯众怒，概与各国构衅，不可也。一面受敌，合中国而御之，可也；八面受敌，分中国之力应之，不能也。且外则军火何自购？内则饷源何自筹？论势则彼众而我寡，论理则彼直而我曲，纵将现在中土之

---

① 《文存》"江西"下有"乡试"二字。
② 自"粤绅刘学询"至"事乃得寝"一段文字，《文存》删。

各国官商①，以及兵队区区数千人，一时歼尽，其能使十数国者詟我兵威，不报复耶？其能使我沿边沿海数万里，固此金汤，不容各国一骑一舰阑入耶？逞血气之忿，取快目前，而未有以善其后，是直以宗社为孤注于一掷，恐不止震惊宫阙、危及乘舆已也。持此说者，亦明知中国兵力未充，不足以敌各国，所恃者拳民忠愤，及其术不畏刀炮耳！不知逆民肇事，恒托于假仁假义，以结人心，此事萌芽，虽由于为教民所激，然邪说煽惑，必有奸猾为之渠魁，蚩蚩者惑于新奇，焉得人人深明大义。且梅东益于景州，袁世凯、聂士成于山东、天津等处，颇有剿杀，是不畏刀炮之说，显为虚诳。即以嘉庆年间，教匪拳术及真空八字神咒，初颇猖獗，旋即覆亡。今欲以此等邪说②，以挽积弱而御外侮，岂不大误！臣维此时救急之策，宜简派威望大臣，赴各国使馆，开诚布公，示以朝廷措置，必能消弭变乱，保全中外臣民，以安各公使之心，止其续调兵队，以防肘腋之患。一面厚集兵力，懔遵查拿首要，解散胁从之谕，认真办理，剋日完结。事平之日，商诸各国，妥定教约，以善其后，以毖后患，亦一机会，目前未可卤莽以图也。此中机宜，非我皇太后、皇上独断于心，决定大计，则廷议纷纭，稍一谬误，其贻祸有非臣子所忍言者。臣为保持危局起见，谨密折上陈，伏乞圣鉴。"疏上，有禁逐拳民之旨，都市为之顿清。次日，大学士刚毅自涿州回京，拳民随至，纵火市廛，延烧正阳门。忽讹传洋兵已至东安县，距京仅六十里。是日，召见廷臣，仓皇集议，亲贵诸人祖义和拳主战，公班次在后，言拳民固不可用，董福祥兵亦不可恃，兵事宜用山东巡抚袁世凯，议和急召大学士李鸿章。太后犹未之识，问高声瞋目者何人。终定议抚用拳民。遂戕杀德国公使，围攻使馆。外兵犯天津，事益急。公又上疏曰："臣闻师直为壮，曲为老。又闻《春秋》之义，不戮行人。故曰：'兵交，使在其间可也。'今我军围攻使馆，连旬不解，

---

① "官商"，《文存》作"商人"。
② "以"，《文存》作"藉"。

聚而歼之，既乖古谊，亦未足以振国威，徒使彼国之师见而切齿，其致死于我，必十倍于寻常。彼若杀我使臣，以相报复，是朝廷自杀无罪之臣也。若阑入边境，肆其屠戮，是朝廷自杀无罪之民也。设彼置我使臣不杀，入我边境不扰，而专据理以相诘责，则彼辞甚直，而我将何以自解。请饬总理衙门，设法照会各公使，告以今日战事，实由各国兵弁不守保护常例，枪毙途人，以致我军激而为此，并非朝廷之意。现拟约定时期，彼此停战，一面派兵护送公使出京。其各国军人，亦勒令尽数遣出。彼既自分菹醢，而忽有更生之庆，宜无不感戴皇仁，就我约束。后虽胜负无定，而曲直已分，可以示天朝不杀之仁，可以杜万国责备之口，可以灭敌人裂眥之愤，可以留他日转圜之机。近闻各督抚电奏，多有'保全公使'、'尚可挽回'之语，而驻英使臣罗丰禄所述英外部之言，以为保护公使，即不算我国开衅。是公使之保全与否，其关系于大局者甚重。臣所谓筹全局以纾后患者，此也。"疏上，即命军机大臣传询保护公使应用何法。公援笔立书："请饬总理衙门查照万国公法战时之例办理。"覆奏上，良久，始命退出。是日所奏忤旨，被诘问，几获罪，终以文学侍从之臣，未遽加谴，而为左右主战者所深嫉，其不从许袁诸公之后者，幸也。

洎两宫西狩，欲追扈从，而车马为溃军所掠，不得行。和议开后，又有请早定大局之疏。是非既明，忠悃益著，一岁之中，迭迁少詹事、内阁学士。辛丑回銮后，遂擢礼部侍郎。召对称旨，有留心外事之褒。寻兼署吏部侍郎。

壬寅，考试试差，策问免厘加税事，自以所对未尽，复上疏论之曰："窃维纳税者，商民应尽之义；收税者，国家应有之权。中国自外侮迭乘，将税务一端，归入议和条约，因而操纵由人，阴受挟制，犹赖此厘捐为自主之事，利权不致旁落。今和约既定，外人复以商税为言，钦派大臣，会同督抚商办订约①，其中裁厘加税一事，开议已久，众论杂陈。以臣揣

---

① "订"，《文存》作"计"。

之，则外人之阴谋秘计，殆有不可不防者。夫彼为畅销洋货起见，则应请减税，何以议加？应请免洋货之厘，何以并议免土货之厘？盖中外之通商，与各国异。各国自为通商，不过口税轻出重入，互相抵制而已。独于我国之情形则不然。大抵我国土货出口，改造后，复行入口。故我土货之价值，即彼之成本也；我运营之商贩，犹彼之行栈也。是以彼中考求商务者，恒以我土货为本原。其心计所及，恒注重于出口之土货，而不尽注重于进口之洋货。于是虑我商之屯积居奇也，则有准洋商在内地采买土货之约①。又虑税口之转折为难也，则有准洋商在内地设厂制造土货之约②。夫内地采买土货，彼既行之久矣，若内地设厂制造土货，定约十年，绝少举动，何也？盖设厂费巨，而前户部侍郎张荫桓与日本所定行船章程，复有厂货制成，值百抽十之约。又以我厘捐未撤，则行销厂货，难保不设法重征，阻彼销路，故迟回以至于今，而内地设厂之利，仍无把握。彼中辗转图维，惟有裁去厘捐，而后厂货畅销而无滞。然裁厘不易邀允也，则许加进口货税以饵之。夫进口货税，加至值百抽十二五，而内地洋厂货税，止值百抽十，且一税不问所之，则舍运出改造之法，而用内地设厂改造之法，不待再计而决矣。内厂既多，进口渐少，则中国有加税之名，必无加税之实矣。洋关而外，更无税货之权，则干预之术方多，而自主之权日损矣。英使马凯，谓中国而别立名目③，暗行厘捐，则外国应将所加关税全行索还，则税权既失之后，永无收回之日矣。土货价值，由彼低昂，则国权既损，而商权亦全失矣。内厂林立，凡糊口于工艺者，悉被驱遣，工价之增减，坐受主持，则商业既失，而工业亦不振矣。总之，加税者，迫成其内地设厂之举者也；裁厘者，曲全其改造土货之利者也。目前洋厂未兴，关税所增，或可稍资赔款之抵注，数年以后，情细势见，裁厘为实

---

① "采买"，《文存》作"设厂制造"。
② 此句《文存》缺。
③ "而"，《文存》作"如"。

害，加税则虚名，救燃眉之急，而贻噬脐之悔，臣窃痛之。臣维法穷则变，中国之厘税，犹可维持。窃以为今日慎毋博加税之名，自谓得计也，变通税法而已；亦毋以裁厘之说，授权外人也，整顿厘法而已。变通税法之说有二：一曰内地改造货税。查旧税，出进口皆值百抽五，故内地改造货税①，定为值百抽十，暗将出进口税融纳其中。窃谓洋厂出货值百抽十，以抵洋货进口税则可，以包括土货出口税则不可。今议凡华商售土货于洋商，无论其售归洋厂，或运载出口，应令于售定后，按照税章，将出口正税，就地完纳，方准交货。如有隐匿不报，无论已否成交，概将该货罚令充公。其洋厂行栈进货存数，应责成洋关设簿稽查。如此则内地即有洋厂之设，而顿形短少矣②。且于洋厂制造，暗收一层口税，即暗增一层阻挠，亦不致使洋厂蔓延而不可遏抑矣。明知此举于华商无益，然洋商内地制造，内地行销，出进口税，两皆无著，不能不以此为抵制，万一裁厘之议，竟难中止③，尤当抱定此说，百折不回。税例本有国者自主之权，但使朝廷有定见，当局能坚持，外人即不能尽应我之所求，亦不能尽却我之所议。一曰子口半税。臣闻海关各册，此税从无与正税相符者，其中偷漏甚多。今倘议加税则已，否则，应将此项，归入进出口正税，一并征收，于税款所关匪细，应请饬下吕海寰、盛宣怀，将土货出售，就地完纳正税，及子口税归于进出口税，一并带征办法，详慎核定，并与英使揭明，就地完税，乃为洋厂设立后取偿出口正税起见，似于防后患而保利权，不为无益。若夫厘金一项，侵吞苛扰，百弊丛滋。臣尝详询外省官员，则落地认捐之法，尚为妥协。升任浙江藩司恽祖翼，于嘉、湖两府厘局裁撤二十馀所，改办落地认捐，额数加增，而商旅亦无所苦。后因官吏掣肘，未竟其事，致为可惜。近闻张之洞、陶模等，于湖北、广东办理膏

---

① "故"，《文存》缺。
② "形"，《文存》作"行"。
③ "竟"，《文存》作"竞"。

捐，集款甚巨，与此相仿。应请饬下各省督抚推广落地认捐办法，以祛厘金之积弊。盖关税不必骤望大增，而惟求保护权利；厘捐不必遽言裁撤，而要当抉剔弊端。若但计较于目前进项之多寡，而不设想于裁厘以后之情形，窃恐改弦易辙之未终，已隳入术中而无可补救①。所有另筹厘税办法缘由，是否有当，伏乞圣鉴。"

是秋，简放广东学政。广东才薮，亦弊薮，公衡鉴精而关防严，士论翕服，而围姓充饷，除弊不能尽绝，乃疏陈其害，请申厉禁曰："臣维赌非政体，赌而害于选举，则尤非政体。粤东赌局林立，弊不胜穷，然未有亵名器，坏人才，伤风败俗，如围姓充饷之甚者也。光绪初年，御史邓承修、巡抚张兆栋先后奏请裁革，奉旨严禁，不准藉词开设，煌煌彝训，薄海同钦。嗣地方筹饷，权请弛禁，积廿馀年，有司视为正供，而若辈之作奸日甚。综其大旨，不越两端，即粤人所谓扛鸡、禁蟹者是也。所买之姓则扛之，于是为之通贿赂，倩枪替，使白丁皆可倖进；不买之姓则禁之，于是散讹言，施毒手，使真才多遭沮抑。倖进既妨贤路，沮抑尤伤士心。以国家抡才之典，士子进身之阶，而奸商猾侩，竟能窃其柄而颠倒之，不亦轻朝廷而羞当世之士耶！夫前之所以弛禁者，以粤省赌风甲天下，围姓盛行，骤不可遏，我若禁之于内地，外人开之于租界，为丛驱爵②，所损实多。任封疆者，又因比年多故，库款空虚，藉此挹注，不无小补，因循不禁，职此之由。然证诸今日情形，则又不然。昔止围姓一端，故其赌盛。今则有山票，有铺票，有番摊，有各省签捐彩票，势分而财散，彼长则此消。现以获利甚微，无人承充，暂由官督商办。无论官自开赌，大碍观瞻，且收数寥寥，不及曩时十分之一，中国自开如此，外人岂复生心。是利权既不虞外溢，饷项又所得无多，方当百度维新，兴利革弊之时，何必徒留此不正之名？妨士类，坏人心，伤政体，不一湔除而廓清

---

① "隳"，《文存》作"堕"。
② "爵"，《文存》作"雀"。

之耶？今年，署督臣岑春煊禁止白鸽票赌，一时舆论翕然。白鸽票认饷逾百万，只以废时失业，为害闾阎，故毅然禁之。围姓之害，正与此同，而关涉试事，弊窦尤多，承饷较少，以彼例此，当禁明矣。或谓围姓与科举为盛衰，科举将停，则围姓不禁而自绝。无论名额分科递减，停办固尚需时，不宜作姑待来年之计。即今科举悉罢，而学堂一律开办之后，学生卒业仍须派员考试。若围姓不禁，此辈必将踵行故事，以充饷为名，而阴行其扛禁之术。则是兴学育才者，终为赌徒舞弊丛奸之薮，根株不拔，流毒无穷，学校何由得兴，人才何由得出？且此项闻督抚臣已奏请改拨，其势成弩末可知。与其力疲局散，使停办之议出自下；孰若涤瑕荡秽，整顿之权操之上。应请特颁严谕，将此项围姓，永远禁绝，以肃国纪，而清士风，于大局实有关系。所有围姓贻害太深，请旨重申厉禁缘由，伏乞圣鉴，允准施行。"时因科举将停，当事仍暂以充饷为便，终搁置之。

　　乙巳，以修墓请假离学政任回籍。次年，乞病解职①，卜居吴门。既而江苏创立法政学堂，聘为监督。士林仰公清望，归依甚殷，公亦苦心经营，实事求是，不以寻常祠禄视之。宣统纪元，特诏征召。次年，设弼德院，授顾问大臣。皆以宿疾未痊，乞假未赴。辛亥国变后，不问世事，往来湖淞之间，以遗老终矣。乙卯岁，一至旧京，袁世凯方为总统，优礼旧僚，欲罗致而不得。闻其至，急致书聘为高等顾问，笑却之，未与通一字。乙丑，谒天津行在，谆谆于典学生计两端，忠诚靖献，仅止于此，每言之深恫也。少以诗名，孤怀独往，其蹊径在山谷、东野之间。四十始为词，与王半唐给谏最契②，同校《梦窗》四稿，词格一变，穷究倚声家正变源流，晚造益深。尝言半唐所以过人者，其生平所学及抱负③，尽纳词

---

① "乞病"，《文存》作"遂以病乞"。
② "契"，《文存》作"相契"。
③ "其"，《文存》无。

中，而他不旁及，公亦正与之相同。身世所历，忧危沉痛，更过于半唐。清末词学，视浙西朱、厉，毗陵张、周诸家，境界又进者，亦时为之也。故公词遂为一代之结局。半唐《四印斋所刻词》，风行一时。公赓续之，积年所得，遍求南北藏书家善本勘校，综宋、金、元凡一百三十六家①，既博且精，足补常熟毛氏、南昌彭氏搜集所未逮，即半唐亦不能不让继事之尽善。又辑《湖州词征》二十四卷，《国朝湖州词征》六卷②。年德益劭，郁为江表灵光，海内言词者，奉为斗杓。公亦宏奖为怀，后进就质，靡不餍所欲闻而去。海滨避世，赏析之乐，足慰桑榆，而家道轗轲，门祚单弱，六十后丧子，强作旷达，中实轸结。与诸弟友爱最笃，季弟早世，叔弟里居，仲弟孝威亦寓吴，相依为命，前岁病殁，伤之甚，遂益衰。辛未十一月廿二日，卒于上海寄庐，距生咸丰丁巳七月廿一日，享年七十有五。配严氏，封一品夫人。侧室陆氏。子一，方诒，严夫人出③。二品荫生，官山东通判，才隽有父风，壮年殒折，娶夏氏孙桐第三女也④。孙一：贞同，奇慧先殇。所以继大宗者犹有待。晚乃抚仲弟子方飭为嗣⑤。

公易簀前口占《鹧鸪天》词云⑥："忠孝何曾尽一分。年来姜被减奇温。眼中犀角非耶是，身后牛衣怨亦恩。　　泡露事，水云身。枉抛心力作词人。可哀惟有人间世，不结他生未了因⑦。"呜呼！斯足尽其生平已。遗稿亲授龙君榆生，所手定者《彊村语业》三卷（生前词已屡刻，以此为定本）、《彊村弃稿》一卷（手定诗集）、《词莂》一卷（手选清词）、足本《云谣集》一卷（手校足本）、定本《梦窗词》不分卷（第四次校定）、《沧

---

① "凡一百三十六家"，《文存》作"凡总集五种、别集一百三十六家"。
② 本句，《文存》无。
③ "子一，方诒，严夫人出"，《文存》作"严夫人生子一：方诒"。
④ "也"，《文存》缺。
⑤ "仲弟"，《文存》作"弟"。
⑥ "公"，《文存》缺。
⑦ "不"，《文存》作"休"。

海遗音集》十二卷（手辑友朋词十一家）①，又集外词一卷②，将总编为《彊村遗书》。嗣子未冠，从侍未久，以孙桐肺腑之亲，缔交最早，于公志事，知之较深，乞次行状。窃见公志节之忠亮，器识之通敏，一时罕与匹俦。身居侍从，仅以言见，庚子两疏，凤鸣朝阳，奋不顾身之概，可信其能任艰巨。虽跻九列，立朝未久，已隐窥直道难行，洁身早退，屡上封事，焚草不存，身后发篋，仅见三篇。又于旧档得《论免厘加税》一疏，至为深切，并叙入状，见公经世之一斑，俾他日重修清史者，有所采录，后世勿仅以词人目公也。夏孙桐谨状。

作"《沧海遗音》"。